Diogenes Taschenbuch 22478

de
te
be

Ray Bradbury

Die Laurel & Hardy-Liebesgeschichte

und andere Erzählungen

Aus dem Amerikanischen von Otto Bayer

Diogenes

Titel der bei Alfred Knopf, New York, erschienenen
Originalausgabe: ›The Toynbee Convector‹

Die Erzählungen *Stillgestanden!* und *Qualvolle Teilung*
wurden von Jürgen Bauer übersetzt
Die deutsche Erstausgabe erschien 1990
im Diogenes Verlag
Umschlagillustration unter Verwendung
einer Fotografie von Stan Laurel und
Oliver Hardy

In Liebe meinen Enkelinnen
Julia und Claire
und Georgia und Mallory

Veröffentlicht als Diogenes Taschenbuch, 1992

100/92/8/1
ISBN 3 257 22478 8

Inhalt

Der Toynbee-Konvektor

»Toll! Prima! Ein Tusch für Roger!«

Roger Shumway sprang in seine Dragonfly Super-6, schnallte sich fest, warf den Rotor an, ließ den Helikopter in den Sommerhimmel steigen und schwirrte nach Süden ab, nach La Jolla.

»Glück muß der Mensch haben!«

Denn am Ziel erwartete ihn eine unerhörte Begegnung. Nach hundert Jahren Schweigen hatte der Zeitreisende in ein Interview eingewilligt. Er wurde heute 130 Jahre alt, und heute nachmittag um Punkt vier Uhr pazifischer Zeit jährte sich seine erste und einzige Zeitreise.

Mein Gott, ja! Vor einhundert Jahren hatte Craig Bennett Stiles noch einmal gewinkt, war in seine *Große Uhr* gestiegen, wie er das Ding nannte, und aus seiner Gegenwart verschwunden. Er war als erster und einziger Mensch in der Geschichte durch die Zeit gereist. Und nun war Shumway als erster und einziger Reporter nach so vielen Jahren zum Nachmittagstee eingeladen. Und weiter? Vielleicht die Bekanntgabe einer zweiten und letzten Zeitreise? Der Reisende hatte so etwas angedeutet.

»He, Alter!« rief Shumway. »Mr. Craig Bennett Stiles – ich komme!«

Die Dragonfly schwang sich, seinem Fieber gehorchend, auf einen Wind und ritt mit ihm die Küste hinunter.

Der alte Mann erwartete ihn auf dem Dach des Time Lamasery, das am Rand des Drachenflugfelsens von La Jolla stand. Die Luft schwirrte von roten, blauen und gelben Hängegleitern, unter denen junge Männer juchzten, während junge Frauen von der Küste aus nach ihnen riefen.

Stiles war mit seinen immerhin 130 Jahren noch nicht alt. Sein Gesicht, das dem Helikopter blinzelnd entgegensah, war wie die leuchtenden Gesichter dieser drachenfliegenden Apolljünger, die schnell abdrehten, als der Helikopter nahte.

Shumway hielt sein Flugzeug noch ein Weilchen im Schwebeflug, um die Verzögerung zu genießen.

Unter ihm wartete ein Gesicht, das Bauwerke geträumt, beispiellose Leidenschaften gekannt, Sekunden und Stunden und Tage zu geheimnisvollen Plänen verwoben und sich dann in den Strom der Jahrhunderte gestürzt hatte, um dagegen anzuschwimmen. Ein Sonnenaufgangsgesicht, das seinen eigenen Geburtstag feierte.

Denn nur einmal, vor hundert Jahren, hatte Craig Bennett Stiles, frisch aus der Zeit zurückgekehrt, einen Abend lang über Telstar zu Milliarden Menschen in aller Welt gesprochen und ihnen von ihrer Zukunft erzählt.

»Wir haben es geschafft!« sagte er. »Es ist vollbracht! Die Zukunft ist unser. Wir haben unsere Städte umgebaut, die Dörfer erneuert, Seen und Flüsse gesäubert, die Luft gereinigt, die Delphine gerettet, die Wale vermehrt, die Kriege beendet, Sonnenstationen im All verteilt, um die Erde zu erhellen, den Mond besiedelt und uns weiter auf den Mars begeben, dann nach Alpha Centauri. Wir haben den Krebs geheilt und den Tod besiegt. Wir haben es geschafft – Dank sei Dir, Herr! – wir haben es geschafft. O herrlich leuchtende Zinnen der Zukunft, wachset empor!«

Er zeigte ihnen Bilder, brachte Proben mit, gab ihnen Tonbänder und Schallplatten, Filme und Tonkassetten von seiner wundersamen Hin- und Rückreise. Die Welt geriet aus dem Häuschen und eilte herbei, um diese Zukunft zu schaffen, diese Städte der Verheißung zu bauen und alles zu bewahren und mit den Tieren zu Land und Wasser zu teilen.

Der Willkommensruf des alten Mannes tönte durch den Wind zu ihm herauf. Shumway antwortete und ließ die Dragonfly sanft aus ihrem sommerlichen Element niederschweben.

Craig Bennett Stiles, 130 Jahre alt, nahte mit forschen Schritten und mußte – unglaublich! – dem jungen Reporter aus dem Flugzeug helfen, denn Shumway fühlte sich ob der Begegnung auf einmal ganz schwindlig und schwach.

»Ich kann's nicht fassen, daß ich hier bin«, sagte Shumway.

»Sie sind es, und keinen Tag zu früh«, lachte der Zeitreisende. »Es kann jetzt jeden Tag passieren, daß ich mich kurzerhand in nichts auflöse und fortwehe. Das Essen wartet. Marsch!«

Und wie eine Einmannparade unter den schwirrenden Rotorschatten, die ihn aussehen ließen wie die flimmernde Wochenschau einer bereits vergangenen Zukunft, marschierte Stiles davon.

Shumway folgte wie ein Hündchen der ruhmreichen Armee.

»Was wollen Sie wissen?« fragte der alte Mann, während sie im Eilmarsch über das Dach schritten.

»Erstens«, keuchte Shumway, der mühsam Schritt hielt, »warum wollen Sie nach hundert Jahren Ihr Schweigen brechen? Zweitens, warum vor *mir*? Drittens, was ist das für eine große Ankündigung, die Sie heute nachmittag um vier machen wollen, genau zu der Stunde, zu der Ihr jüngeres Ich aus der Vergangenheit erwartet wird und Sie für einen kurzen Augenblick an zwei Orten zugleich zu sehen sein werden, das Paradoxon: der Mann, der Sie waren, und der Mann, der Sie sind, verschmolzen zu einer glorreichen Stunde, die wir feiern?«

Der alte Mann lachte. »Sie legen aber los!«

»Entschuldigung.« Shumway errötete. »Das habe ich gestern abend geschrieben. Es sind meine Fragen.«

»Sie sollen Ihre Antworten bekommen.« Der alte Mann rüttelte ihn sanft am Ellbogen. »Alles zu seiner – Zeit.«

»Sie müssen mir meine Aufregung verzeihen«, sagte Shumway. »Aber schließlich *sind* Sie ein Mysterium. Sie waren berühmt, von aller Welt gefeiert. Sie sind weggeflogen, haben die Zukunft gesehen, sind wiedergekommen, haben uns davon berichtet und sich in die Versenkung begeben. Ja, gewiß: Sie sind ein paar Wochen lang per Fernschreiber durch die Welt gereist, haben sich im Fernsehen gezeigt, ein Buch geschrieben, uns einen herrlichen zweistündigen Fernsehfilm geschenkt, aber dann haben Sie sich hier eingeschlossen. Ja, gewiß, unten im Keller wird die Zeitmaschine ausgestellt, und jeden Mittag dürfen die Massen hinein und sie ansehen und anfassen. Aber Sie selbst haben sich dem Ruhm entzogen –«

»Keineswegs.« Der alte Mann führte ihn am Dachrand entlang. In den Gärten unten landeten jetzt andere Hubschrauber und brachten Fernsehkameras aus aller Welt, die das Wunder am Himmel festhalten sollten, den Augenblick, in dem die Zeitmaschine aus der Vergangenheit auftauchen und glitzernd weiterfliegen würde zu anderen Städten, ehe sie wieder in die Vergangenheit entschwand. »Ich hatte zu tun, ich habe als Baumeister mitgewirkt an der Erschaffung ebendieser Zukunft, die ich als junger Mann gesehen hatte, als ich in unserm goldenen Morgen eintraf!«

Sie blieben kurz stehen und sahen den Vorbereitungen dort unten zu. Es wurden lange Tische für Speisen und Getränke aufgestellt. Honoratioren aus aller Herren Länder würden bald eintreffen, um dem legendären, fast mythischen Reisenden durch die Jahre zu danken – vielleicht zum letztenmal.

»Kommen Sie mit«, sagte der alte Mann. »Möchten Sie sich einmal hineinsetzen in die Zeitmaschine? Das hat bisher noch niemand gedurft. Wollen Sie der erste sein?«

Das bedurfte keiner Antwort. Der alte Mann sah ein feuchtes Glänzen in den Augen des jungen.

»Na, na«, sagte der alte Mann. »Aber, aber.«

Ein gläserner Aufzug trug sie nach unten und entließ sie in einen blütenweißen Keller, und dort in der Mitte stand –

Die unerhörte Maschine.

»Bitte.« Stiles drückte auf einen Knopf, und die Plastikkapsel, die hundert Jahre lang die Zeitmaschine umgeben hatte, glitt zur Seite. Der alte Mann nickte. »Nur zu. Setzen Sie sich hinein.«

Shumway ging langsam auf die Maschine zu.

Stiles drückte auf einen zweiten Knopf, und in der Maschine wurde es hell wie in einer Höhle voller Spinnweben. Sie atmete Jahre ein und hauchte Erinnerungen aus. Geister bewohnten ihre kristallenen Venen. Eine große Gottspinne hatte in einer einzigen Nacht ihre Tapisserien gewebt. Die Maschine war von Geistern bewohnt, sie lebte. Unsichtbare Gezeiten kamen und gingen in ihrem Räderwerk. Sonnen brannten, und Monde verbargen darin ihre Zyklen. Hier wehte ein Herbst in Lumpen davon, dort kamen Winter in Schneegestöbern, die zu Frühlingsblüten wurden und auf Sommerwiesen niederrieselten.

In dieses alles setzte der junge Mann sich mittenhinein, sprachlos, und umfaßte die Armlehnen des Polstersessels.

»Keine Angst«, meinte der alte Mann freundlich. »Ich will Sie nicht auf die Reise schicken.«

»Ich hätte gar nichts dagegen«, sagte Shumway.

Der alte Mann musterte sein Gesicht. »Nein. Das sehe ich Ihnen an. Sie sehen genauso aus wie ich vor hundert Jahren. Sie würden mir als Sohn Ehre machen!«

Darauf schloß der junge Mann die Augen, und seine Lider glänzten, während rings um ihn die Geister in der Maschine seufzten und ihm noch viele Morgen verhießen.

»Na, und was halten Sie von meinem Toynbee-Konvektor?« fragte der alte Mann und brach mit seinem munteren Ton den Bann. Der junge Mann öffnete die Augen.

»Toynbee-Konvektor? Was –«

»Rätsel über Rätsel, ja? Der große Historiker Toynbee, der einmal gesagt hat, daß jede Gruppe, jede Rasse, jede

Welt, die sich nicht beeilt, die Zukunft anzupacken und zu gestalten, dazu verdammt sei, im Grab der Vergangenheit zu verwesen.«

»Das hat er gesagt?«

»Mehr oder weniger. Ja. Welcher Name wäre also besser geeignet für meine Maschine? Toynbee, ganz gleich, wo du jetzt bist, hier ist er, dein die Zukunft anpackender Apparat!«

Er faßte den jungen Mann am Ellbogen und führte ihn wieder aus der Maschine.

»Das genügt jetzt. Es wird spät. Fast Zeit für das große Erscheinen, ja? Und für die welterschütternde letzte Ankündigung des alten Zeitreisenden Stiles! Hopp!«

Sie waren wieder auf dem Dach und sahen in die Gärten hinunter, in denen sich jetzt die Berühmten und weniger Berühmten der Welt drängten. Die umliegenden Straßen waren verstopft, am Himmel wimmelte es von Hubschraubern und langsam schwebenden Doppeldeckern. Die Drachenflieger hatten längst aufgegeben und standen aufgereiht am Klippenrand wie ein Schwarm bunter Pterodaktylen mit angelegten Flügeln und erhobenen Köpfen und stierten wartend in die Wolken.

»Mein Gott«, sagte der alte Mann leise, »und das alles *meinetwegen*!«

Der junge Mann sah auf die Uhr.

»Zehn vor vier, Countdown läuft. Fast Zeit für das große Erscheinen. Pardon, so habe ich es genannt, als ich vorige Woche in den *News* über Sie schrieb. Diesen winzigen Augenblick der gleichzeitigen Ankunft und Abreise, in dem Sie mit dem Durchschreiten der Zeit die ganze Zukunft der Welt verändert haben, von der Nacht zum Tag, vom Dunkel zum Licht. Ich habe mich schon oft gefragt –«

»Was?«

Shumway suchte den Himmel ab. »Als Sie vorwärts durch die Zeit reisten, hat *niemand* Sie da ankommen sehen? Ich meine, hat da überhaupt *irgend jemand* hochgeschaut und Ihren Apparat in der Luft schweben sehen, zuerst hier, wenig später dann über Chicago, dann New York, Paris? *Niemand*?«

»Hm«, machte der Erfinder des Toynbee-Konvektors, »ich glaube kaum, daß jemand mich *erwartet* hat. Und falls doch einer etwas gesehen hat, wußte er gewiß nicht, was er da in drei Teufels Namen sah. Allerdings habe ich auch darauf geachtet, daß ich mich nirgends zu lange aufhielt. Ich brauchte ja nur soviel Zeit, bis ich die umgebauten Städte fotografiert hatte, die sauberen Seen und Flüsse, die frische, smogfreie Luft, die abgerüsteten Völker, die geretteten, geliebten Wale. Ich war schnell, habe schnell fotografiert und bin durch die Jahre wieder nach Hause zurückgereist. Heute ist es paradoxerweise anders. Jetzt blicken Millionen und Abermillionen Augen mit großen Erwartungen nach oben. Gewiß werden sie von dem jungen Narren, der da am Himmel aufscheint, herübersehen zu dem alten Narren hier, der immer noch seinen Triumph genießt, oder?«

»Doch«, sagte Shumway. »*Bestimmt* tun sie das!«

Ein Korken knallte. Shumway wandte sich von den Menschenmassen auf den umliegenden Wiesen und den wimmelnden Schwärmen am Himmel ab und sah, daß Stiles eine Flasche Champagner geöffnet hatte.

»Für unsern ganz privaten Toast, unsere ganz private Feier.«

Sie hoben die Gläser und warteten auf den genauen Augenblick, den richtigen Augenblick zum Anstoßen.

»Fünf vor vier, Countdown läuft. Warum ist eigentlich nie mehr ein anderer durch die Zeit gereist?« fragte der junge Reporter.

»Das habe ich selbst verhindert«, antwortete der alte Mann, indem er sich über den Dachrand beugte und auf die Menge hinuntersah. »Ich hatte begriffen, wie gefährlich es war. Auf mich selbst hatte ich mich natürlich verlassen können, da bestand keine Gefahr. Aber mein Gott, stellen Sie sich das vor – *irgendwer* würde so mir nichts, dir nichts über die Kegelbahn der Zeit dahinrollen und die Kegel abräumen, hier die Eingeborenen ängstigen, dort die Bürger erschrecken, in Napoleons vergangenes Leben eingreifen und Hitlers zukünftigen Vettern wieder zur Macht verhelfen! Nein, nein! Und die Regierung hat natürlich eingewilligt – nein, verlangt –, daß der Toynbee-Konvektor verschlossen und versiegelt wurde. Sie waren heute der erste und letzte, der je seine Hebel berührt hat. Zehntausende von Tagen wurde der Konvektor rund um die Uhr aufs strengste bewacht, damit ihn keiner stehlen konnte. Wieviel Uhr ist es bei Ihnen?«

Shumway sah auf die Uhr und schnappte nach Luft.

»Eine Minute, Countdown läuft –«

Er zählte. Der alte Mann zählte. Sie hoben ihre Champagnergläser.

»Neun, acht, sieben –«

Tief unten in der Menge wurde es unvorstellbar still. Der Himmel wisperte vor Erwartung. Die Fernsehkameras schwenkten nach oben und begannen zu suchen.

»Sechs, fünf –«

Sie stießen an.

»Vier, drei, zwei –«

Sie tranken.

»Eins!«

Sie tranken Champagner und lachten. Sie sahen in den Himmel. Die goldene Luft über der Küste von La Jolla wartete. Der Augenblick für das große Erscheinen war da.

»Jetzt!« rief der junge Reporter, wie ein Zauberkünstler, der einen Trick vorführte.

»Jetzt«, sagte Stiles ernst und leise.

Nichts.

Fünf Sekunden vergingen.

Der Horizont blieb leer.

Zehn Sekunden vergingen.

Die Himmel warteten.

Zwanzig Sekunden vergingen.

Nichts.

Endlich drehte Shumway sich um und sah verwundert den alten Mann neben sich an.

Stiles sah ihn ebenfalls an und sagte achselzuckend: »Ich habe geschwindelt.«

»Sie haben *was*?« rief Shumway.

Unten kam Unruhe in die Menge.

»Geschwindelt«, sagte der alte Mann gelassen.

»Nein!«

»Doch«, erwiderte der Zeitreisende. »Ich bin niemals irgendwohin gereist. Ich war hier und habe nur den Anschein erweckt. Es gibt gar keine Zeitmaschine – nur ein Ding, das so *aussieht*.«

»Aber wieso?« rief der junge Mann bestürzt und mußte sich am Dachgeländer festhalten. »Warum?«

»Ich sehe, daß Sie ein Mikrofon am Revers tragen. Schalten Sie das Ding ein. Ja. So. Ich möchte, daß alle es erfahren. Jetzt.«

Der alte Mann leerte sein Glas und sagte dann:

»Ich bin geboren und aufgewachsen in einer Zeit – es waren die Sechziger, Siebziger, Achtziger –, in der die Menschen nicht mehr an sich glaubten. Ich habe diesen Unglauben gesehen, diese Vernunft, die für ihr eigenes Überleben keine Gründe mehr wußte, und ich war bewegt, bedrückt. Dann machte es mich wütend.

Ich sah und hörte überall nur Zweifel. Hörte überall von Zerstörung. Überall herrschten professionelle Verzweiflung, intellektuelle Langeweile, politischer Zynismus. Und wo nicht Langeweile und Zynismus herrschten, da grassierten Skeptizismus und keimender Nihilismus.«

Der alte Mann unterbrach sich, denn ihm war etwas eingefallen. Er bückte sich und holte unter dem Tisch eine Flasche Burgunder hervor, die ein Etikett mit der Jahreszahl 1984 trug. Er begann sie zu öffnen, hantierte vorsichtig mit dem alten Korken, während er weiterredete.

»Alles, was Ihnen einfällt, wir hatten es. Die Wirtschaft war eine Schnecke, die Welt eine Jauchegrube. Wirtschaftspolitik blieb ein unlösbares Rätsel. Melancholie war das Gefühl der Zeit, Unabänderlichkeit die Mode, Weltuntergang die Parole.

Nichts lohnte sich noch zu tun. Abends ins Bett, vollgepumpt mit schlechten Elf-Uhr-Nachrichten, morgens wieder aufwachen zu noch schlechteren Sieben-Uhr-Nachrichten. Sich durch den Tag schleppen wie unter Wasser. Nachts ertrinken in einer Flut von Pest und Plagen. Ah!«

Denn soeben war der Korken mit einem leisen Plopp herausgeglitten. Der harmlos gewordene 1984er durfte heraus. Der Zeitreisende schnupperte daran und nickte.

»Nicht nur die vier apokalyptischen Reiter kamen über den Horizont, um sich auf unsere Städte zu werfen, nein, mit ihnen ritt ein fünfter, übler noch als alle andern: Verzweiflung im dunklen Gewand der Niederlage, unablässig kündend von vergangenen Katastrophen, gegenwärtigen Mißerfolgen, künftigen Feigheiten.

Die Menschheit, zugeschüttet mit dunkler Spreu und ohne ein einziges goldenes Korn – welche Ernte erwartete sie zum Ausgang dieses unerhörten zwanzigsten Jahrhunderts?

Vergessen war der Mond, vergessen die roten Landschaften des Mars, das große Auge des Jupiter, die phantastischen Ringe des Saturn. Wir ließen uns nicht mehr trösten. Wir weinten am Grab unseres Kindes, und das Kind waren *wir*.«

»So war es vor hundert Jahren?« fragte Shumway leise.

»Ja.« Der Zeitreisende hob die Weinflasche hoch, als enthielte sie den Beweis. Er goß ein paar Tropfen in ein Glas, betrachtete es, schnupperte daran und fuhr fort: »Sie haben die Wochenschauen gesehen und die Bücher aus dieser Zeit gelesen. Sie wissen es doch.

Gewiß, es gab auch ein paar lichte Momente. Als Salk den Kindern der Welt das Leben schenkte. Oder jene Nacht, als der *Eagle* landete und dieser große Sprung für die Menschheit den Mond berührte. Doch in den Köpfen und aus den Mündern vieler Menschen jubelte es dumpf dem fünften Reiter entgegen. Und manche schienen große Hoffnungen auf seinen Sieg zu setzen. Dann hätten sie voll trister Befriedigung erklären können, daß sie mit ihren Unheilsverkündigungen von Anfang an recht gehabt hatten. So wurden Prophezeiungen in die Welt gesetzt, die sich selbst erfüllten; wir schaufelten unsere Gräber und waren dabei, uns hineinzulegen.«

»Und das konnten Sie nicht zulassen«, sagte der junge Reporter.

»Sie wissen es ja.«

»Deshalb haben Sie den Toynbee-Konvektor gebaut –«

»Nicht gleich. Erst nach jahrelangem Grübeln.«

Der alte Mann verstummte und schwenkte den dunklen Wein im Glas, betrachtete ihn lange, schloß die Augen und trank einen Schluck.

»In dieser Zeit war ich verzweifelt wie ein Ertrinkender, ich weinte still bis in die späte Nacht und dachte: Was kann ich tun, wie kann ich uns vor uns selbst nur retten? Meine Freunde retten, meine Stadt, mein Land, die ganze *Welt* retten vor diesem besessenen Untergangsglauben? Ja, und dann stieß ich eines späten Abends in meiner Bibliothek, als meine Hand die Regale absuchte, auf dieses alte, heißgeliebte Buch von H.G. Wells. Geisterhaft rief seine Zeitmaschine durch die Jahre nach mir. Ich *hörte*! Ich verstand. Ich *lauschte*. Dann begann ich Pläne zu zeichnen. Ich baute. Ich reiste, scheinbar zumindest. Der Rest ist Geschichte, die Sie kennen.«

Der alte Zeitreisende trank seinen Wein und öffnete die Augen.

»Großer Gott«, flüsterte der junge Reporter kopfschüttelnd. »Lieber Gott! Und welches Wunder, dieses Wunder –«

Unten in den Gärten, auf den umliegenden Wiesen und Straßen, in der Luft begann es zu gären. Noch immer warteten die Millionen. Wo blieb das große Erscheinen?

»Ach ja«, sagte der alte Mann, indem er jetzt ein zweites Glas für den jungen Reporter füllte. »Aber bin ich nicht gut? Ich habe die Maschinen konstruiert, Stadtmodelle gebaut, Seen, Teiche, Meere angelegt, weite Landschaften vor kristallklarem Himmel entstehen lassen. Ich habe mit Delphinen geredet, mit Walen gespielt, Tonbänder gefälscht und Filmepen ersonnen. Oh, es hat Jahre gedauert, Jahre schweißtreibender Arbeit und heimlicher Vorbereitung, bis ich meine Reise ankündigen, abreisen und mit der frohen Botschaft wiederkommen konnte!«

Sie tranken den alten Wein bis zur Neige. Stimmen summten. Die Menschen dort unten sahen alle zum Dach herauf.

Der Zeitreisende winkte ihnen zu und drehte sich um.

»Schnell. Ab jetzt liegt alles bei Ihnen. Sie haben das Band mit meiner Stimme, eben erst aufgenommen. Hier sind drei weitere Bänder mit ausführlicheren Angaben. Hier ist die komplette Geschichte meines genialen

Schwindels auf einer Filmkassette. Hier ein letztes Manuskript. Nehmen Sie, nehmen Sie alles, und geben Sie es weiter. Ich ernenne Sie zum Sohn, auf daß er den Vater erkläre. Schnell!«

Shumway sah sich von neuem in den Aufzug gedrängt und fühlte die Welt unter seinen Füßen wegsinken. Er wußte nicht, ob er lachen oder weinen sollte, und endlich johlte er laut.

Verdutzt johlte der Alte mit, und sie stiegen unten aus und näherten sich dem Toynbee-Konvektor.

»Du verstehst doch die Pointe, mein Sohn? Leben hat schon *immer* geheißen, uns selbst etwas vorzulügen! Als kleine Jungen, junge Männer, alte Männer. Als kleine Mädchen, junge Frauen, alte Frauen. Lügen und die fromme Lüge zur Wahrheit machen. Träume spinnen und die Träume mit Verstand, mit Ideen ausfüllen, mit Fleisch auskleiden, mit echter Wirklichkeit. Alles ist letzten Endes nur Verheißung. Was Lüge scheint, ist ein gebrechliches Verlangen, das sich wünscht, geboren zu werden. Hier. Und so und jetzt.«

Er drückte auf den Knopf, der den Plastikschild hochhob, dann auf einen zweiten, und die Zeitmaschine begann zu summen. Schnell ging er hin und setzte sich in den Konvektor.

»Dreh den letzten Schalter, junger Mann!«

»Aber –«

»Du meinst –« und nun lachte der alte Mann – »wenn die Zeitmaschine ein Schwindel ist, wird sie ja nicht funktionieren, wozu also den Schalter drehen? Dreh ihn trotzdem. Diesmal *wird* sie funktionieren!«

Shumway wandte sich um, fand den Schalter, faßte ihn und sah zu Craig Bennett Stiles auf.

»Ich verstehe das nicht. Wo wollen Sie denn *hin*?«

»Ist doch klar. Eins sein mit der Zeit. Jetzt existieren, jedoch in der tiefen Vergangenheit.«

»Wie soll das *gehen*?«

»Glaub mir, diesmal wird es gehen. Leb wohl, mein lieber, schöner, guter junger Freund.«

»Leb wohl.«

»So. Und nun sag meinen Namen.«

»Was?«

»Sprich meinen Namen und dreh den Schalter.«

»Zeitreisender?«

»Ja. *Jetzt*!«

Der junge Mann drehte den Schalter herum. Die Maschine brummte, brüllte, glühte vor Kraft.

»Ah«, sagte der alte Mann und schloß die Augen. Sein Mund lächelte sanft. »Ja!«

Sein Kopf sank nach vorn, fiel auf seine Brust.

Shumway schrie auf, riß den Schalter zurück, sprang hin und zerrte an den Gurten, die den alten Mann an sein Gefährt fesselten.

Doch mitten in diesem Tun hielt er inne. Er faßte nach dem Handgelenk des Zeitreisenden, legte die Finger an seinen Hals, um dort den Puls zu fühlen, und seufzte. Er weinte.

Ja, der alte Mann war zurückgereist in der Zeit, und ihr Name war Tod. Er reiste jetzt in die Vergangenheit, für immer.

Shumway ging zurück und schaltete die Maschine wieder ein. Wenn der alte Mann reiste, so sollte die Maschine – jedenfalls symbolisch – mit ihm reisen. Die Maschine summte mitfühlend. Ein Feuer brannte in ihren Spinnengittern und Armaturen, das strahlende Feuer der Sonne, das auf den Wangen und der breiten Stirn des alten Reisenden glühte, und sein Kopf schien zu nicken mit den Vibrationen, während er ins Dunkel reiste, und sein Lächeln war das Lächeln eines sehr zufriedenen Kindes.

Der Reporter stand noch lange da und fuhr sich mit den Handrücken über die Wangen. Dann drehte er sich um, ohne die Maschine abzuschalten, ging durch den Raum zurück und drückte auf den Knopf für den gläsernen Aufzug, und während er darauf wartete, nahm er die Tonbänder und Kassetten des Zeitreisenden aus seinen Jackentaschen und warf sie nacheinander in die Müllverbrennungsklappe in der Wand.

Die Tür glitt auf, er trat in den Aufzug, die Tür glitt zu. Der Aufzug summte, auch er eine Zeitmaschine, die ihn hinauftrug in eine erstaunte Welt, eine wartende Welt, ihn emporhob auf einen strahlenden Kontinent, ein Land der Zukunft, einen herrlichen Planeten, der weiterlebte.

Und den ein Mann allein geschaffen hatte, allein mit einer Lüge.

Die Falltür

Clara Peck wohnte schon an die zehn Jahre in dem alten Haus, bevor sie die sonderbare Entdeckung machte. Auf halber Treppe ins Obergeschoß, in der Decke über dem Treppenabsatz –

Die Falltür.

»Großer Gott!«

Sie hielt mitten im Treppensteigen inne, um die Überraschung anzufunkeln, ob sie denn auch wahr sei.

»Es kann nicht sein! Wie hätte ich denn so blind sein können? Himmel, mein Haus hat einen *Dachboden*!«

Tausendmal war sie diese Treppe nun schon hinauf- und hinuntergegangen, an tausend Tagen, und hatte nie etwas *gesehen*.

»Wie kann man nur so dämlich sein!«

Fast stolperte sie die Treppe wieder hinunter und hatte ganz vergessen, wozu sie eigentlich hinaufgegangen war.

Vor dem Lunch ging sie wieder hin und stellte sich unter die Falltür. Da stand sie wie ein aufgeschossenes, mageres Kind mit ihren hellen Haaren und Wangen und den viel zu strahlenden Augen, die nervös umherblickten, starrten, funkelten.

»Nachdem ich nun das olle Ding entdeckt habe, was soll ich damit machen? Das ist doch gewiß ein Abstellraum da oben. Also –«

Und sie ging wieder fort, ein wenig unbehaglich, weil sie das Gefühl hatte, es werde wohl langsam Nacht in ihrem Kopf.

»Dummes Zeug, Clara Peck!« sagte sie beim Staubsaugen im Wohnzimmer. »Du bist erst siebenundfünfzig. Noch lange nicht senil, weiß Gott!«

Und trotzdem, warum hatte sie nichts *gesehen*?

Diese besondere Stille – ja, die war es. Noch nie war ihr Dach undicht gewesen, und so war noch nie Wasser auf die Decke getropft; noch nie hatte sich das Dachgebälk im Wind bewegt, und Mäuse gab es hier auch nicht. Hätten je Regentropfen geflüstert oder Balken geächzt oder Mäuse auf dem Dachboden getanzt, so hätte sie gewiß einmal aufgesehen und die Falltür *längst* gefunden.

Aber das Haus war stumm geblieben, und sie blind.

»Quatsch!« rief sie beim Abendessen. Dann wusch sie das Geschirr ab, las noch bis zehn und ging früh zu Bett.

In dieser Nacht hörte sie dann die ersten leisen Klopfzeichen, das erste zarte Kratzen dort oben hinter dem leeren, bleichen Mondgesicht der Zimmerdecke.

Im Halbschlaf flüsterten ihre Lippen: »Mäuse?«

Dann graute der Morgen.

Als sie hinunterging, um Frühstück zu machen, sah sie die Falltür unverwandt mit ihrem starren Kleinmädchenblick an, und es juckte sie in den dürren Fingern, die Trittleiter zu holen.

»Zum Teufel! Wozu soll ich mir einen leeren Dachboden ansehen?« knurrte sie. »Nächste Woche vielleicht.«

Dann blieb die Falltür drei Tage lang verschwunden.

Das heißt, Clara Peck vergaß einfach, hinzusehen. Ebensogut hätte sie also auch gar nicht dasein können.

Aber in der dritten Nacht hörte sie gegen Mitternacht erneut die Mäuse, oder was immer es war, über ihrer Schlafzimmerdecke trippeln wie Wollgrasgespenster auf den leeren Weiten des Mondes.

Dieser ausgefallene Gedanke brachte sie dann weiter auf Steppenhexen und Pusteblumen oder normalen Staub, der von einem Mansardensims rieselte.

Sie dachte an Schlaf, aber das Denken half nicht.

Ausgestreckt lag sie im Bett und fixierte so unverwandt die Decke, daß es ihr vorkam, als ob sie wie mit Röntgenaugen alles sehen könnte, was dort hinter dem Gips sein Unwesen trieb.

Ein Flohzirkus? Eine zigeunernde Mäusesippe beim Exodus aus einem Nachbarhaus? In letzter Zeit waren einige dieser Nachbarhäuser zugehängt worden, so daß sie aussahen wie dunkle Zirkuszelte, in die der Kammerjäger seine Todesbomben werfen und weglaufen und das heimliche Leben darin sterben lassen konnte.

Da hatte das heimliche Leben wohl seine Fellsäcke gepackt und die Flucht ergriffen. Und ihr neues Zuhause fern von zu Hause war nun Clara Pecks gastlicher Dachboden, freie Kost inbegriffen.

Und trotzdem ...

Während sie dalag und nach oben starrte, begannen die Geräusche von neuem. Sie formten sich zu Bildern auf dem breiten Antlitz der Zimmerdecke; lange Fingernägel, die kratzend in der versteckten Kammer dort oben von einer Ecke in die andere wanderten.

Clara Peck hielt den Atem an.

Die Bilder wurden dichter. Das leise Pirschen drängte sich an einer Stelle jenseits ihrer Schlafzimmertür zusammen. Es war, als ob die Winzlinge, wer sie auch sein mochten, dort oben eine weitere Geheimtür beschnüffelten und hinauswollten.

Langsam setzte Clara Peck sich im Bett auf, langsam stellte sie die Füße auf den Boden, damit wenigstens *der* nicht knarrte. Langsam drückte sie die Schlafzimmertür einen Spaltbreit auf und spähte auf den Flur hinaus, den das kalte Licht des Vollmonds überflutete. Es strömte durch das Fenster am Treppenabsatz herein und zeigte ihr –

Die Falltür.

Und wie von ihrer Wärme gerufen, kamen die verlorenen kleinen Gespensterfüße jetzt zur Falltür selbst getrippelt und drängten sich aufgeregt um ihren Rahmen.

Herr Jesus! dachte Clara Peck. Sie *hören* mich. Sie wollen, daß ich –

Die Falltür erschauerte sanft unter den unruhigen Federgewichten dieser Raschelwesen über ihr.

Und mehr und mehr von diesen unsichtbaren Spinnenfüßen, Mäusefüßen, verwehten Fusseln vergilbten Zeitungspapiers trippelten und raschelten auf dem Holzrahmen.

Lauter und lauter.

Clara war drauf und dran zu schreien: Weg da! Haut ab!

Als das Telefon klingelte.

»Aaah!« stöhnte Clara Peck.

Sie fühlte eine Tonne Blut wie ein losgerissenes Gewicht durch ihren Körper plumpsen und ihre Zehen zermalmen.

»Aaah!«

Sie rannte hin, packte den Hörer, riß ihn hoch, erstickte das Bimmeln.

»Ja?« rief sie.

»Clara! Hier ist Emma Crowley! Was ist *los*?«

»Mein Gott!« rief Clara. »Emma! Du hast mir einen Mordsschrecken eingejagt. Wieso rufst du so spät in der Nacht noch an?«

Langes Schweigen, während die Frau auf der anderen Seite der Stadt erst einmal Luft holte.

»Es ist albern, aber ich konnte nicht schlafen. Ich hatte so ein dummes Gefühl –«

»Emma –«

»Nein, laß mich ausreden. Ganz plötzlich dachte ich, Clara geht es nicht gut, Clara hat sich verletzt oder –«

Clara Peck sank auf die Bettkante, wie hinuntergezogen vom Gewicht der Stimme ihrer Freundin. Sie schloß die Augen und nickte.

»Clara«, sagte Emma wie aus tausend Meilen Entfernung, »geht's dir – gut?«

»Ja, mir geht's gut«, sagte Clara endlich.

»Du bist nicht krank? Dein Haus brennt nicht?«

»Nicht doch. Nein!«

»Gott sei Dank. Dumm von mir. Nichts für ungut?«

»Nichts für ungut.«

»Also dann ... gute Nacht.«

Und Emma Crowley legte auf.

Clara Peck saß noch eine volle Minute da, starrte das Telefon an und lauschte dem Freizeichen, das ihr sagte, da war jemand fortgegangen, und endlich legte sie blind den Hörer auf die Gabel zurück.

Sie ging wieder hinaus und sah zu der Falltür auf.

Alles still. Nur die Schatten der Blätter vor dem Fenster zuckten und tanzten auf dem hölzernen Rahmen.

Clara sah blinzelnd die Falltür an.

»Ihr haltet euch wohl für *schlau*, was?« fragte sie.

Es gab in dieser Nacht kein Schleichen, Trippeln, Flüstern, keinen Mäusereigen mehr zu hören.

Drei Nächte später kamen die Geräusche wieder und waren – *stärker*.

»Von wegen *Mäuse*«, sagte Clara Peck. »Ausgewachsene *Ratten*! Oder?«

Zur Antwort vollführte die Zimmerdecke über ihr ein kunstvolles kreuzweises Ballett ohne Musik. Dieser Spitzentanz besonderer Art ging weiter, bis der Mond sank. Kaum war das Licht verblaßt, wurde es still im Haus, und nur Clara Peck atmete wieder auf, lebte wieder auf.

Bis zum Ende der Woche wurden die Bilder geometrischer. Die Geräusche kamen aus allen Zimmern im Obergeschoß, dem Nähzimmer, dem alten Schlafzimmer und der Bibliothek, wo ein früherer Bewohner einmal in Büchern geblättert und über ein Meer von Kastanienbäumen hinausgeblickt hatte.

Als in der zehnten Nacht, einer Nacht aus lauter Augen ohne Gesicht, die Geräusche sich zu Trommelwirbeln und unheimlichen Synkopen formten, griff Clara Peck um drei Uhr morgens mit verschwitzter Hand zum Telefon, um Emma Crowley anzurufen:

»Clara! Ich hab *gewußt*, daß du anrufen wirst.«

»Es ist drei Uhr morgens, Emma. Wunderst du dich nicht?«

»Nein, ich liege hier und muß immerzu an dich denken. Ich wollte dich ja auch schon anrufen, kam mir aber so dämlich vor. Es *ist* etwas los, nicht wahr?«

»Emma, sag mir eines: Wenn ein Haus jahrelang einen leeren Dachboden hat und auf diesem Dachboden plötzlich lauter – *Zeug* ist, *wie kommt das*?«

»Ich wußte gar nicht, daß du einen Dachboden *hast* –«

»Wer wußte das schon? Nun paß mal auf, es hörte sich zuerst wie Mäuse an, dann wie Ratten, und jetzt hört es sich an, als liefen da oben Katzen herum. Was soll ich tun?«

»Ratzaway Pest an der Main Street hat die Nummer – warte mal. Hier. MAIN sieben-sieben-neun-neun. Bist du *sicher*, daß auf deinem Dachboden wirklich etwas ist?«

»Die komplette Turnriege der High School.«

»Wer hat früher in deinem Haus gewohnt, Clara?«

»Früher –?«

»Ich meine, es war doch die ganze Zeit sauber, oder, und jetzt auf einmal – *haust* darin etwas. Ist dort jemand *gestorben*?«

»Gestorben?«

»Na klar, wenn da oben mal jemand gestorben ist, sind es vielleicht gar keine Mäuse, o *nein*.«

»Du meinst – Gespenster?«

»Glaubst du nicht an –?«

»Gespenster, oder sogenannte Freundinnen, die mich damit erschrecken wollen. Ruf mich bitte nicht mehr an, Emma!«

»Aber *du* hast *mich* angerufen!«

»Leg auf, Emma!!«

Emma Crowley legte auf.

Am kalten Morgen um Viertel nach drei glitt Clara Peck auf den Flur hinaus, blieb einen Augenblick stehen und zeigte zur Decke hinauf, wie um sie herauszufordern.

»Gespenster?« flüsterte sie.

Die Scharniere der Falltür, unsichtbar in der Nacht des Dachbodens, ölten sich mit Wind.

Clara Peck drehte sich langsam um, ging zurück und legte sich, jede Bewegung wohl bedenkend, wieder ins Bett.

Um zwanzig nach vier wachte sie auf, weil ein Windstoß das Haus rüttelte.

Draußen im Flur – war es möglich?

Sie spannte den Körper. Sie spitzte die Ohren.

Ganz sanft, ganz leise quietschte die Falltür über der Treppe.

Und ging weit auf.

Es *kann* nicht sein! dachte sie.

Die Tür klappte hoch, kippte zurück, fiel mit dumpfem Schlag nach hinten.

Und ist aber *doch*! dachte sie.

Ich muß mir Gewißheit verschaffen, dachte sie dann.

Nein!

Sie sprang auf, rannte zur Tür, schloß sie ab und sprang ins Bett zurück.

»Hallo, Ratzaway!« hörte sie sich dumpf unter der Bettdecke rufen.

Als sie morgens um sechs Uhr hinunterging, weil sie nicht schlafen konnte, sah sie auf der Treppe starr geradeaus, um die gräßliche Tür nur ja nicht zu sehen.

Halb unten, warf sie dennoch einen Blick zurück, erschrak zuerst und mußte dann lachen.

»Ich dumme Gans!« rief sie.

Denn die Falltür war gar nicht offen.

Sie war zu.

»Ratzaway?« sprach sie an einem strahlenden Morgen um halb acht ins Telefon.

Es war Mittag, als der Wagen von Ratzaway vor Clara Pecks Haus hielt.

Clara sah schon an der unverschämten Haltung, mit der Mr. Timmons, der junge Inspektor, den Gartenweg heraufkam, daß er sich mit allen Mäusen, Termiten, alten Jungfern und sonderbaren nächtlichen Geräuschen dieser Welt auskannte. Er betrachtete im Gehen die Welt ringsum mit dem feinen maskulinen Hochmut des Stierkämpfers in der Arena, des Fallschirmspringers nach freiem Fall, des Verführers, der sich mit dem Rücken zu der armen Kreatur, die hinter ihm im Bett liegt, eine Zigarette anzündet. Als er auf die Klingel drückte, war er Gottes höchstpersönlicher Bote. Clara öffnete und hätte die Tür fast im selben Moment wieder zugeschlagen, denn sein Blick riß ihr schon die Kleider vom Leib, ihr Fleisch, ihre Gedanken. Sein Lächeln war das Lächeln eines Alkoholikers. Trunken von sich selbst. Da gab es nur eins:

»Stehen Sie hier nicht so herum!« herrschte sie ihn an.

»Machen Sie sich nützlich!« Sie wirbelte herum und ließ ihn mit seinem verdatterten Gesicht stehen.

Sie überzeugte sich mit einem Blick nach unten von der Wirkung. So hatten noch nicht viele Frauen mit ihm gesprochen. Er sah die Tür an. Dann trat er aus Neugier doch ein.

»Hierher!« sagte Clara.

Sie stolzierte durch die Diele und vor ihm her die Treppe hinauf bis zum Absatz, auf den sie schon eine metallene Trittleiter gestellt hatte. Dann zeigte sie mit ausgestreckter Hand nach oben.

»Da ist der Dachboden. Sehen Sie mal, ob Sie aus diesen dummen Geräuschen da oben schlau werden. Und schreiben Sie mir hinterher nicht zuviel auf die Rechnung. Putzen Sie sich die Schuhe ab, wenn Sie herunterkommen. Ich muß jetzt einkaufen gehen. Kann ich mich darauf verlassen, daß Sie mich in meiner Abwesenheit nicht ausplündern?«

Sie sah ihn wanken unter jedem Schlag. Sein Gesicht lief rot an. Seine Augen funkelten. Ehe er etwas sagen konnte, stolzierte sie jedoch schon wieder die Treppe hinunter und warf sich einen leichten Mantel über.

»Wissen Sie überhaupt, wie Mäuse auf dem Dachboden sich anhören?« fragte sie über die Schulter zurück.

»Darauf können Sie verdammt noch mal Gift nehmen, Lady«, antwortete er.

»Waschen Sie sich gefälligst den Mund. Und verstehen Sie was von Ratten? Es könnten nämlich Ratten sein, oder etwas noch Größeres. Was kann es auf einem Dachboden noch Größeres geben?«

»Haben Sie schon mal Waschbären in der Gegend gesehen?« fragte er.

»Wie kämen die denn *hier* herein?«

»Kennen Sie Ihr eigenes Haus nicht, Lady? Ich –«

Aber hier verstummten plötzlich beide.

Von oben war ein Ton gekommen.

Zuerst war es nur wie ein leises Kribbeln. Dann ein Kratzen. Dann pochte es dumpf wie ein Herz.

Auf dem Dachboden bewegte sich etwas.

Timmons sah blinzelnd zu der geschlossenen Falltür auf und schnaubte durch die Nase.

»Hoppla!«

Clara Peck nickte zufrieden und zog sich, ohne ihn aus den Augen zu lassen, die Handschuhe an und rückte ihren Hut zurecht.

»Das klingt wie –«, nuschelte Mr. Timmons.

»Ja?«

»Hat in diesem Haus mal ein Seemann gewohnt?« fragte er endlich.

Wieder dieser Ton, diesmal lauter. Das ganze Haus schien zu wanken und zu heulen unter einem Gewicht, das da oben umhergeschoben wurde.

»Hört sich an wie Frachtkisten.« Timmons schloß die Augen und lauschte. »Verrutschende Frachtkisten auf einem Schiff, das den Kurs ändert.« Er brach in lautes Gelächter aus und öffnete die Augen wieder.

»Mein Gott«, sagte Clara, die sich das vorzustellen versuchte.

»Andererseits«, meinte Mr. Timmons mit einem schiefen Grinsen zur Decke, »haben Sie da oben vielleicht ein

Gewächshaus oder so etwas Ähnliches? Hört sich an wie Pflanzen, die wachsen. Oder ein außer Rand und Band geratener Hefepilz, so groß wie eine Hundehütte. Ich habe mal von einem Mann gehört, der in seinem Keller Hefepilze züchtete. Die –«

Das Fliegengitter an der Haustür schlug zu.

Clara Peck stand draußen und bedachte seine Witzeleien mit bösen Blicken.

»Ich bin in einer Stunde wieder da«, sagte sie. »Hopp!«

Sein Lachen folgte ihr, als sie den Gartenweg hinunterstolzierte. Nur einmal hielt sie kurz inne, um zurückzusehen.

Da stand dieser Narr am Fuß der Trittleiter und sah nach oben. Dann zuckte er mit einer wegwerfenden Gebärde die Achseln und –

Erklomm die Trittleiter wie ein Seemann.

Als Clara Peck nach einer Stunde wiederkam, stand das Ratzaway-Auto noch immer stumm am Straßenrand.

»Herrgott«, schimpfte sie, »ich dachte, er wäre längst fertig. Was soll ich mit einem fluchenden fremden Mann im Haus –«

Sie blieb stehen und lauschte zum Haus.

Stille.

»Komisch«, brummte sie.

»Mr. Timmons!?«

Da sie aber noch gute fünf Meter von der offenen Haustür entfernt war, ging sie als erstes hin und rief durchs Fliegengitter:

»*Ist* da jemand?«

Sie trat ein und wurde von einer Stille umfangen wie in der guten alten Zeit, bevor die Mäuse sich in Ratten verwandelt hatten und die Ratten sich tanzend auf dem Oberdeck des Dachbodens zu etwas immer Größerem, Unheimlicherem aufblähten. An so einer Stille konnte man ersticken, wenn man sie einatmete.

Sie stand schwankend am Fuß der Treppe und starrte hinauf, die Einkaufstüte an sich gedrückt wie ein totes Kind.

»Mr. Timmons –?«

Doch es war still im ganzen Haus.

Die Leiter stand nach wie vor wartend auf dem Treppenabsatz.

Aber die Falltür war zu.

Da oben ist er also *offensichtlich* nicht! dachte sie. Er würde doch nicht hinaufsteigen und sich dort einschließen. Der Tölpel ist einfach weggegangen.

Sie drehte sich um und blinzelte zu dem Wagen hinaus, der verlassen in der gleißenden Mittagssonne stand.

Sicher hat der Wagen eine Panne. Und er ist Hilfe holen gegangen.

Sie stellte ihre Einkäufe in der Küche ab und zündete sich, ohne zu wissen warum, zum erstenmal seit Jahren eine Zigarette an, rauchte sie, zündete eine neue an und bereitete sich geräuschvoll einen Lunch, daß die Pfannen klapperten und der Dosenöffner heißlief.

Das Haus hörte sich das alles an und antwortete nicht.

Als es zwei war, hüllte die Stille sie ein wie eine Wolke von Bohnerwachs.

»Ratzaway«, sagte sie, während sie die Nummer wählte.

Der Boss von Ratzaway Pest kam eine halbe Stunde später mit dem Motorrad vorgefahren, um den stehengelassenen Wagen abzuholen. Er tippte sich an die Mütze und kam ins Haus, um mit Clara Peck ein paar Worte zu wechseln, sich in den leeren Zimmern umzusehen und die Stille zu wägen.

»Nur keine Aufregung, Madam«, meinte er endlich. »Charlie hat in letzter Zeit schon öfter über die Stränge geschlagen. Wenn er morgen wieder aufkreuzt, fliegt er. Was hat er hier überhaupt *gemacht*?«

Dabei warf er einen Blick zu der Trittleiter auf dem Treppenabsatz.

»Ach«, sagte Clara Peck schnell, »er hat – sich hier nur mal umgesehen.«

»Morgen komme ich selbst«, sagte der Boss.

Und während er in den Nachmittag fuhr, ging Clara Peck langsam die Treppe hinauf und hob das Gesicht, um nach der Falltür zu sehen.

»Auch *er* hat dich nicht gesehen«, flüsterte sie.

Kein Balken rührte sich, auf dem Dachboden tanzte keine Maus.

Sie stand reglos wie eine Statue und fühlte das Sonnenlicht weiterwandern und zur Haustür hereinlugen.

Warum nur? dachte sie. Warum habe ich gelogen?

Nun, zum einen ist die Falltür zu, oder?

Und ich weiß nicht warum, dachte sie, aber ich will nicht, daß jemals wieder einer diese Trittleiter hinaufsteigt. Ist das nicht dumm? Ist das nicht komisch?

Sie aß früh zu Abend und lauschte.

Sie wusch das Geschirr ab und spitzte die Ohren.

Sie ging um zehn zu Bett, aber sie legte sich unten in das seit langen Jahren nicht mehr benutzte Dienstmädchenzimmer. Warum sie lieber hier unten lag, wußte sie selbst nicht, es war einfach so. Und dann lag sie mit schmerzenden Ohren da, während ihr Puls ihr in Hals und Stirn hämmerte.

Starr wie eine Grabmalsfigur lag sie unter der Bettdecke und wartete.

Gegen Mitternacht fuhr ein Windstoß ums Haus und bewegte die Laubschatten auf ihrer Bettdecke. Sie riß die Augen weit auf.

Die Balken des Hauses zitterten.

Sie hob den Kopf.

Auf dem Dachboden wisperte etwas – ganz leise.

Sie setzte sich auf.

Das Geräusch wurde lauter, schwerer, wie ein großes, aber gestaltloses Tier, das durch das Dunkel des Dachbodens schlich.

Sie stellte die Füße auf den Boden und starrte auf sie hinunter. Wieder dieses Geräusch, ganz weit oben, hier ein Scharren wie von Karnickelpfoten, dort ein Pochen wie von einem großen Herzen.

Sie ging in die Diele hinaus, und dort stand sie in Mondlicht gebadet, das rein und kühl die Fenster füllte wie Morgengrauen.

Die Hände am Geländer, schlich sie verstohlen die Treppe hinauf. Auf dem Treppenabsatz faßte sie die Trittleiter an und sah nach oben.

Sie zwinkerte mit den Augen. Ihr Herz machte einen Satz, dann hielt es still.

Denn vor ihren Blicken klappte über ihr langsam die Falltür hoch. Sie öffnete sich, zeigte ihr ein wartendes dunkles Viereck gleich einem Minenschacht, der nach oben führte und kein Ende hatte.

»Jetzt habe ich aber *genug*!« schrie sie.

Sie eilte in die Küche hinunter und kam im Sturmschritt mit Hammer und Nägeln zurück, um wütend die Trittleiter zu ersteigen.

»Ich *glaube* das einfach nicht!« rief sie. »Schluß jetzt!«

Auf der obersten Leitersprosse angekommen, mußte sie sich hochrecken, um mit der einen Hand in die greifbare Finsternis des Dachbodens zu fassen. Und dazu mußte sie auch den Kopf halb durch die Öffnung stecken.

»So!« sagte sie.

Und gerade als ihr Kopf sich durch die Luke schob und ihre Finger nach der Falltür tasten wollten, geschah etwas Unerhörtes, und ganz schnell.

Wie wenn etwas ihren Kopf packte, wie wenn sie ein Korken wäre, der aus der Flasche gezogen wurde, flog ihr ganzer Körper nach oben, wurden ihre Arme, ihre ausgestreckten Beine auf den Dachboden gerissen.

Sie verschwand wie eines Zauberkünstlers Taschentuch, sauste aufwärts wie eine Marionette, von einer unsichtbaren Macht an ihren Fäden hochgerissen.

Das Ganze ging so rasch, daß ihre Slipper auf den Trittleiterstufen zurückblieben.

Es folgte kein Stöhnen, kein Schrei. Nur eine lange, atmende Stille von etwa zehn Sekunden Dauer.

Dann klappte ohne ersichtlichen Grund die Falltür wieder zu.

Wegen der ganz besonderen Stille in dem alten Haus fiel die Falltür keinem wieder auf…

Bis die neuen Bewohner schon zehn Jahre dort lebten.

Orientexpreß Nord

Es war im Orientexpreß von Wien über Paris nach Calais, da sah die alte Dame den bleichen Mitreisenden.

Offenbar siechte der Mann an einer furchtbaren Krankheit dahin.

Er fuhr in Abteil 22 im dritten Waggon von hinten und ließ sich dorthin auch seine Mahlzeiten bringen, nur in der Abenddämmerung machte er sich in den Speisewagen auf und saß dann dort inmitten von falschem elektrischem Licht und Gläserklingen und Frauenlachen.

An dem bewußten Abend kam er mit entsetzlich langsamen Bewegungen herein und suchte sich einen Platz auf der anderen Gangseite, der betagten Dame gegenüber, deren Busen wie eine Festung war, das Gesicht heiter und gütig ihr Blick, den die Zeit gereift hatte.

Sie hatte eine schwarze Arzttasche neben sich stehen, und im Revers ihres Herrenjacketts steckte ein Fieberthermometer.

Als sie den bleichen Mann sah, griff sie sich mit der linken Hand langsam an dieses Revers, um nach dem Thermometer zu fassen.

»Ach je«, flüsterte Miss Minerva Halliday.

Der *Maitre d'* kam vorbei. Sie tippte ihn am Arm und nickte über den Gang.

»Pardon, wohin fährt dieser arme Mann?«

»Calais–London, Madame. So Gott will.«

Damit eilte er weiter.

Minerva Halliday war der Appetit vergangen; sie konnte nur noch hinüberstarren zu diesem Skelett aus Schnee.

Der Mann schien eins mit dem vor ihm liegenden Besteck. Messer, Gabel und Löffel klimperten mit kaltsilbernem Ton. Immer wenn die Bestecke langsam verrutschten, aneinanderstießen, klangen, dann lauschte er gebannt, als kämen die Töne aus seiner innersten Seele; ein Glockenklang aus anderen Sphären. Er hatte die Hände auf dem Schoß liegen wie zwei einsame Hündchen, und wenn der Zug durch eine lange Kurve schwankte, schwankte sein Körper seelenlos mit, dahin, dorthin, als wollte er gleich umkippen.

Jetzt in diesem Moment fuhr der Zug durch eine scharfe Kurve und ließ das Silber klimpernd zusammenstoßen. An einem weiter entfernten Tisch lachte eine Frau laut auf und rief:

»Ich *glaub's* nicht!«

Worauf ein Mann, noch lauter lachend, schrie:

»Ich auch nicht!«

Dieser Zufall löste bei dem bleichen Mitreisenden ein schreckliches Schmelzen aus. Das Lachen des Zweifels bohrte sich in seine Ohren.

Er schrumpfte sichtlich. Sein Blick wurde leer, und fast sah man kalten Dampf aus seinem Mund wehen.

Miss Minerva Halliday lehnte sich erschrocken über den Gang und streckte die Hand aus. Sie hörte sich flüstern:

»*Ich* glaube.«

Es wirkte sofort.

Der bleiche Reisende streckte den Rücken. Farbe kehrte in seine weißen Wangen zurück. In seinen Augen glomm ein wiederentfachtes Feuer. Er wandte den Kopf und starrte über den Gang zu dieser wundertätigen Frau herüber, deren Worte heilten.

Heftig errötend besann sich die alte Krankenschwester mit dem großen warmen Busen. Sie stand auf und entfernte sich rasch.

Keine fünf Minuten später hörte Miss Minerva Halliday den *Maitre d'* über den Gang eilen, an Türen klopfen, flüstern. Als er an ihrer offenen Abteiltür vorbeikam, warf er einen Blick zu ihr herein.

»Sind Sie vielleicht –«

»Nein«, kam sie ihm zuvor, »keine Ärztin. Aber Krankenschwester. Geht es um diesen alten Mann im Speisewagen?«

»Ja, Madame, ja! Bitte, hier entlang.«

Sie hatten den bleichen Mitreisenden in sein Abteil getragen.

Dort angekommen, warf Miss Minerva Halliday einen forschenden Blick hinein.

Der fremde Mann lag hingestreckt, die Augen welk und fest geschlossen, der Mund war eine unblutige Wunde, und das einzig Lebendige an ihm war der Kopf, der jedesmal wackelte, wenn der Zug schaukelte.

Mein Gott, dachte sie, er ist *tot*!

Aber laut sagte sie: »Ich werde Sie rufen, wenn ich Sie brauche.«

Der *Maitre d'* ging.

Miss Minerva Halliday schloß ruhig die Schiebetür und wandte sich dem Toten zu – denn er war ganz gewiß tot. Und doch...

Endlich wagte sie es aber doch, nach seinen Handgelenken zu fassen, in denen all das Eiswasser floß. Sie zuckte zurück, als hätte sie sich die Finger an Trockeneis verbrannt. Dann bückte sie sich und flüsterte dem bleichen Mitreisenden ins Gesicht.

»Hören Sie gut zu. *Ja*?«

Sie glaubte zur Antwort das kalte Beben eines einzigen Herzschlags zu vernehmen.

Sie sprach weiter. »Ich weiß nicht, wie ich darauf komme. Aber ich weiß, wer Sie sind und woher Ihre Krank-...«

Der Zug ging in eine Kurve. Der Kopf des Mannes wackelte lose, als wäre sein Genick gebrochen.

»Ich sage Ihnen, woran Sie sterben«, flüsterte sie. »Die Krankheit, an der Sie leiden, sind – *Menschen*!«

Seine Augen flogen weit auf, als hätte ihn eine Kugel ins Herz getroffen. Sie sagte:

»Die Menschen in diesem Zug bringen Sie um. *Das* ist Ihr Leiden.«

In der Wunde seines geschlossenen Mundes regte sich so etwas wie ein Atemzug.

»So issst esssss... ssss.«

Sie faßte sein Handgelenk fester, versuchte einen Puls zu finden.

»Sie kommen aus einem osteuropäischen Land, nicht wahr? Wo die Nächte lang sind und die Leute, wenn der

Wind weht, *zuhören*. Doch jetzt ist alles anders geworden, und Sie versuchen reisend zu entkommen, aber...«

Genau in dem Moment drängte sich eine Gruppe junger Touristen, voll des Weines und Lachsalven feuernd, durch den äußeren Gang vorbei.

Der bleiche Mitreisende sank zusammen.

»Woher...«, flüsterte er, »wissen Sie... dassss?«

»Ich bin eine Krankenschwester besonderer Art und habe ein besonderes Gedächtnis. So einen wie Sie habe ich einmal gesehen, getroffen, als ich sechs war –«

»Gesehen?« hauchte der bleiche Mann.

»In Irland, in der Nähe von Kileshandra. Das Haus meines Onkels, hundert Jahre alt, voller Regen und Nebel, da hörte man spätabends Schritte auf dem Dach und ein Geräusch in der Diele, als ob der Wind hereingekommen wäre, und schließlich trat dieser Schatten in mein Zimmer. Er setzte sich auf mein Bett, und von der Kälte seines Körpers wurde *mir* ganz kalt. Ich erinnere mich gut daran und weiß, daß es kein Traum war, denn der Schatten, der da kam und sich auf mein Bett setzte und flüsterte... war so ähnlich... wie Sie.«

Aus den Tiefen seiner arktischen Seele, die Augen geschlossen, antwortete der kranke alte Mann in klagendem Ton:

»Und wer... *was*... bin ich?«

»Sie sind nicht krank. Sie sterben auch nicht... Sie sind –«

Der Orientexpreß pfiff, man hörte es nur von ganz fern.

»– ein Gespenst«, sagte sie.

»So issst esssss!« schrie er.

Es war ein Schrei der höchsten Not, des Erkennens, der Bestätigung. Er richtete sich fast kerzengerade auf.

»Ja!«

Im selben Moment erschien an der Tür ein junger Priester, darauf brennend, seines Amtes zu walten. Mit leuchtenden Augen und feuchten Lippen, eine Hand um sein Kruzifix geklammert, blickte er auf die hingestreckte Gestalt des bleichen Reisenden und rief: »Darf ich –?«

»Die Sterbesakramente?« Der steinalte Mann öffnete ein Auge wie den Deckel eines silbernen Etuis. »Von Ihnen? Nein.« Sein Blick wanderte zu der Krankenschwester. »Von *ihr*!«

»Ich muß doch bitten!« rief der junge Priester.

Er wich zurück, packte sein Kruzifix wie die Reißleine eines Fallschirms, machte kehrt und lief davon.

Zurück blieb die alte Krankenschwester und musterte ihren nun noch fremderen Patienten, bis dieser endlich sprach.

»Wie können *Sie*«, keuchte er, »etwas für *mich* tun?«

»Nun –« Sie lachte leise, wegwerfend. »Wir müssen uns eben etwas einfallen lassen.«

Abermals warf sich der Orientexpreß heulend einer neuen Nacht- und Nebelwand entgegen, durchschnitt sie kreischend.

»Sie fahren nach Calais?« fragte sie.

»Und weiter nach Dover, London, dann vielleicht ein Schloß bei Edinburgh, wo ich sicher bin –«

»Das ist fast unmöglich –« Sie hätte ihn ebensogut ins Herz schießen können. »Nein, nein, halt!« rief sie. »Warten Sie doch! Unmöglich... ohne *mich*! Ich begleite Sie nach Calais, und weiter nach Dover.«

»Aber Sie *kennen* mich nicht!«

»Nein, aber als Kind habe ich Sie geträumt, lange bevor ich einem wie Ihnen begegnet war. In Irlands Nebeln und Regen. Mit neun Jahren habe ich in den Mooren den Hund von Baskerville gesucht.«

»Ja«, sagte der bleiche Reisende. »Sie sind Engländerin, und die Engländer *glauben*!«

»Richtig. Besser als die Amerikaner, die *zweifeln*. Die Franzosen? Zyniker! Die Engländer sind am besten. Kaum ein altes Haus in London ohne seine eigene verschleierte Dame, die vor Morgengrauen schluchzt.«

Und als in diesem Moment die Abteiltür weit aufflog, weil der Zug durch eine langgestreckte Kurve schlingerte, schlug vom Gang eine Woge giftiger Reden herein, ein irres Gackern, ein unverkennbar gottloses Lachen. Der bleiche Mitreisende welkte.

Minerva Halliday sprang auf und schlug die Tür zu, dann drehte sie sich wieder um und sah mit der Vertrautheit lebenslanger Traumbegegnungen ihren Reisegefährten an.

»Und nun zu Ihnen«, sagte sie. »Wer *sind* Sie?«

Und da der bleiche Mitreisende in ihrem Gesicht das Gesicht eines traurigen Kindes sah, dem er vor langer Zeit einmal begegnet sein mochte, erzählte er ihr sein Leben:

»Ich ›lebte‹ zweihundert Jahre lang in einem Ort bei Wien. Um mich der Übergriffe von Atheisten ebenso wie von wahrhaft Gläubigen zu erwehren, hielt ich mich in Bibliotheken versteckt, in staubigen Bücherregalen, wo ich von Mythen und Grablegenden zehrte. Ich schmauste mitternächtlich die Angst und das Grauen scheuender Pferde, heulender Hunde, jagender Kater ... Krümel von Grabmalsplatten. Die Jahre vergingen, Schlösser verfielen, Grafen vermieteten ihre verwunschenen Gärten an Frauenvereine und Hoteliers, und meine Landsleute verschwanden einer nach dem andern aus dem Reich des Unsichtbaren. Ausgestoßen versanken wir, die gespenstischen Wanderer der Welt, in Asphalt und Moor, in Unglauben und Zweifel, Verachtung und offenem Hohn. Und während der Unglaube sich mit der Bevölkerungszahl täglich verdoppelte, begaben alle meine Gespensterfreunde sich auf die Flucht. Ich bin der letzte, und nun durchquere ich Europa auf der Suche nach einem sicheren, verregneten Bergfried, wo die Menschen sich noch geziemend fürchten vor dem Ruß und Rauch der wandernden Seelen. Auf nach England! Schottland!«

Seine Stimme wurde schwächer und verhauchte.

»Und wie heißen Sie?« fragte sie endlich.

»Ich *habe* keinen Namen«, flüsterte er. »Tausend Nebel haben meine Familiengruft heimgesucht. Tausend Regen haben meinen Grabstein genäßt. Sonne und Wasser und Nebel haben die Meißelspuren getilgt. Mein Name ist dahin mit den Blumen, den Gräsern, dem Marmorstaub.« Er öffnete die Augen.

»Warum tun Sie das?« fragte er. »Warum *helfen* Sie mir?«

Da endlich lächelte sie, denn sie hörte von ihren Lippen die richtige Antwort fallen:

»Mir war mein Leben lang kein *Lachen* vergönnt.«

»Lachen!?«

»Ich habe das Leben einer ausgestopften Eule geführt. Ich war keine Nonne, aber nie verheiratet. Erst mußte ich eine kranke Mutter und einen halbblinden Vater pflegen, dann gab ich mich ganz den Krankenhäusern hin, den Totenbetten, den Schreien in der Nacht und den Arzneien, die keine Wohlgerüche sind für den, der hinscheidet. So bin ich doch selbst gewissermaßen ein Gespenst, nicht wahr? Und nun, nach sechsundsechzig Jahren, finde ich heute abend in Ihnen endlich einen Patienten, der so wunderbar anders ist, so frisch, so vollkommen neu! Welche Aufgabe, o Gott! Ein Wettrennen! Ich will Ihnen vorangehen, den Leuten vor dem Zug die Stirn bieten, Sie in Paris durch die Massen geleiten, dann auf der Fahrt zum Meer, vom Zug auf die Fähre. Welch ein Spaß, ein –«

»Lachen!« rief der bleiche Mitreisende, und das Lachen schüttelte ihn.

»Lachen, ja! *Lach*tauben wollen wir sein!«

»Aber in Paris fängt man Tauben, um sie zu essen«, sagte sie, »und man macht sich über Priester lustig.«

»Paris?« flüsterte er mit geschlossenen Augen. »Ach ja.«

Der Zug heulte. Die Nacht ging dahin.

Und sie kamen nach Paris.

Und als sie in den Bahnhof fuhren, kam ein kleiner Junge von höchstens sechs Jahren an ihrem Abteil vorbei und erstarrte. Er stierte den bleichen Mitreisenden an, und der bleiche Mitreisende schoß einen Blick zurück, in dem arktische Eisschollen trieben. Mit einem Aufschrei floh der Junge. Die alte Krankenschwester stieß die Tür weit auf und sah hinaus.

Am Hinterende des Wagens brabbelte der kleine Junge

auf seinen Vater ein. Schon kam der Vater durch den Gang gestürmt und rief:

»Was geht hier *vor*? Wer erschreckt hier meinen –«

Er blieb vor der Tür stehen, den Blick auf den bleichen Mitreisenden geheftet, während der Orientexpreß bremste, und auch der Mann bremste sogleich seine Zunge. »– meinen Sohn«, schloß er.

Der bleiche Mitreisende sah ihn aus nebelgrauen Augen ruhig an.

»Ich –« Der Franzose trat, ungläubig an seinen Zähnen saugend, den Rückzug an. »Pardon«, entfuhr es ihm noch. »Bedaure!«

Und er machte schleunigst kehrt und schubste seinen Sohn vor sich her. »Lümmel! Weg hier!« Seine Abteiltür schlug zu.

»Paris!« hallte es durch den Zug.

»Still jetzt, und schnell!« befahl Minerva Halliday, als sie ihren bejahrten Freund auf einen Bahnsteig voll übler Laune und verwechseltem Gepäck drängte.

»Ich *schmelze*!« rief der bleiche Reisende.

»Nicht dort, wohin *ich* Sie bringe!« Sie schwenkte einen Picknickkorb und stieß ihn zu dem einzigen, wundersam übriggebliebenen Taxi. Und sie kamen unter einem stürmischen Himmel zum Friedhof Père Lachaise. Soeben wollten die großen Tore sich schließen, aber die Krankenschwester winkte mit einer Handvoll Francs. Die Tore hielten still.

Friedlich wandelten sie zwischen zehntausend Denkmälern dahin. Es gab hier soviel kalten Marmor, so viele verborgene Seelen, daß der alten Krankenschwester plötzlich schwindlig wurde; sie fühlte einen Stich im Handgelenk und eine flüchtige Kälte in der linken Gesichtshälfte. Sie schüttelte den Kopf, wollte davon nichts wissen. Und sie gingen weiter zwischen den Steinen.

»Wo wollen wir Picknick machen?« fragte er.

»Irgendwo«, antwortete sie. »Aber Vorsicht! Dies ist ein *französischer* Friedhof. Voller Zyniker! *Heerscharen* von Selbstgerechten, die heute andere Menschen ihres Glaubens wegen verbrennen, morgen *ihres* Glaubens wegen verbrannt werden! Also. Suchen Sie sich's aus!« Sie gingen weiter. Der bleiche Reisende nickte. »Hier, der erste Stein. Darunter: *nichts*. Endgültiger Tod, kein Raunen der Zeit. Der zweite Stein: eine Frau, die heimlich glaubte, denn sie liebte ihren Mann und hoffte ihn in der Ewigkeit wiederzusehen ... hier wispert ein Geist, wendet sich ein Herz. Schon *besser*. Nun dieser dritte Grabstein: Ein Schriftsteller, hat Schauergeschichten für ein französisches Magazin geschrieben. Aber er *liebte* seine Nächte, seine Nebel, seine Schlösser. *Dieser* Stein ist richtig temperiert, ganz wie ein guter Wein. Hier werden wir also sitzen, liebe Dame, während Sie Champagner einschenken und wir warten, daß wir wieder zurück können, zum Zug.«

Sie reichte ihm glücklich ein Glas. »Können Sie denn trinken?«

»Versuchen wir's.« Er nahm das Glas. »Man kann nur versuchen.«

Als sie Paris verließen, wäre der bleiche Reisende fast »gestorben«. Durch die Gänge drängte sich ein Grüppchen Intellektueller, die frisch von einem Seminar über

Sartres »Ekel« kamen und heiße Luft über Simone de Beauvoir absonderten, brodelnde Leere hinter sich lassend.

Der bleiche Reisende wurde noch bleicher.

Beim zweiten Halt hinter Paris eine neue Invasion! Eine Gruppe Deutscher stürmte den Zug, lauthals ihren Unglauben an die Geister der Ahnen verkündend, an Politik zweifelnd, einige sogar mit einem Buch unterm Arm: *Gab es je einen Gott?*

Das Orientgespenst verzog sich tiefer in sein Röntgenbildskelett.

»Ach je«, rief Miss Minerva Halliday und rannte zu ihrem Abteil, und als sie wiederkam, ließ sie einen Stapel Bücher niederplumpsen.

»*Hamlet*!« rief sie. »Sein Vater, ja? *Weihnachtslied in Prosa. Vier* Gespenster! *Sturmhöhe*. Kathy *kehrt zurück*, nicht wahr? Und spukt im Schnee? Ah, ja, *Die Tortur*, und... *Rebecca*! Und dann – mein Lieblingsbuch! *Die Affenpfote*! Welches?«

Aber das Orientgespenst gab nicht einen Marley von sich. Seine Augen waren fest geschlossen, sein Mund mit Eiszapfen zugeheftet.

»Halt!« rief sie.

Und schlug das erste Buch auf.

Wo Hamlet auf der Burgmauer steht und den Geist seines Vaters stöhnen hört, und sie sprach die Worte:

»›... Hör an... Schon naht sich meine Stunde, wo ich den schweflichten, qualvollen Flammen mich übergeben muß...‹«

Dann las sie:

»›Ich bin deines Vaters Geist: Verdammt auf eine Zeitlang, nachts zu wandern ...‹«

Und weiter:

»›... Wenn du je deinen teuren Vater liebtest ... O Himmel! ... Räch seinen schnöden, unerhörten Mord ...‹«

Und wieder:

»›... Ja, schnöder Mord ...‹«

Und der Zug fuhr durch die Nacht, während sie den Geist von Hamlets Vater seine letzten Worte sprechen ließ:

»›... Lebe wohl mit eins ...‹«

»›... Ade! Ade! Ade! Gedenke mein.‹«

Das wiederholte sie:

»›... gedenke mein!‹«

Und das Orientgespenst zuckte ganz leicht. Sie tat, als merkte sie es nicht, und nahm das nächste Buch:

»›... Marley war tot, um es gleich zu sagen ...‹«

Während der Orientexpreß auf einer dämmrigen Brücke hoch über einen unsichtbaren Fluß hinwegdonnerte.

Wie Vögel flatterten ihre Hände über die Bücher.

»›Ich bin der Geist vergang'ner Weihnacht!‹«

Dann:

»›Die Geisterrikscha glitt aus dem Dunst hervor und verschwand klapp-klapp im Nebel –‹«

Ertönte da nicht ein leises Echo von verfolgenden Pferdehufen im Mund des Orientgespensts?

»›Unter den Dielen pochte, pochte, pochte des alten Mannes verräterisches Herz!‹« rief sie leise.

Und *da*! Wie das Hüpfen eines Frosches. Seit über einer

Stunde der erste schwache Herzschlag des Orientgespensts.

Die Deutschen am anderen Ende des Wagens feuerten eine Salve Zweifel ab.

Doch *sie* verabreichte die Medizin:

»›Der Hund heulte fern im Moor –‹«

Und dieses Heulen, ein Schrei der tiefsten Verzweiflung, hallte aus der Seele ihres Reisegefährten wider, wimmerte aus seiner Kehle.

Und die Nacht schritt voran, und der Mond ging auf, und über eine Landschaft wandelte eine Frau in Weiß, während die alte Krankenschwester redete und erzählte, und eine Fledermaus wurde zum Wolf, wurde zur Eidechse und huschte über des bleichen Mannes Stirn wie über eine Mauer.

Und als endlich der Zug im Schlaf verstummte, ließ Miss Minerva Halliday das letzte Buch zu Boden fallen, daß es wie ein Körper plumpste.

»*Requiescat in pace*?« flüsterte der Orientreisende mit geschlossenen Augen.

»Ja.« Sie lächelte nickend. »*Requiescat in pace*.« Und sie schliefen.

Und endlich kamen sie ans Meer.

Ein Dunst zog auf und wurde zum Nebel, wurde zum Regen, der aus saumlosem Himmel fiel gleich einem Tränenguß.

Worauf der bleiche Mitreisende die Lippen teilte, öffnete, und flüsternd Dank sagte für den geisterhaften Himmel und die von den Gespenstern der Gezeiten heimgesuchte Küste, und derweil lief der Zug in die Halle ein, und es begann die drangvoll lärmende Verwandlung, vom vollen Zug zum vollen Schiff.

Das Orientgespenst hielt sich weit zurück und stand als letzter im nunmehr gespenstisch leeren Zug.

»Warten Sie«, rief er kläglich. »Das Schiff! Es gibt dort kein Versteck! Und der *Zoll*!«

Aber die Zollbeamten warfen nur einen kurzen Blick auf das bleiche Schneegesicht unter der dunklen Ohrenmütze und winkten die frostige Seele rasch auf die Fähre.

Wo blöde Stimmen und stumpfsinnige Ellbogen sie umgaben, wo Menschenmassen schoben und drängten, während das Schiff sich zitternd in Bewegung setzte und die Krankenschwester ihren zarten Eiszapfen von neuem schmelzen sah.

Eine Horde Kinder lief kreischend vorbei und gab ihr die Idee ein. »Schnell!« sagte sie.

Und fast hob sie den Knochenmann hoch und trug ihn, immer den Kindern nach.

»Nicht doch!« rief der bejahrte Reisende. »Der Lärm!«

»Aber gerade!« Die Krankenschwester bugsierte ihn durch eine Tür. »Hier! Die rechte Medizin!«

Der alte Mann sah mit wildem Blick in die Runde.

»Aber das ist –«, flüsterte er – »ein Spielzimmer!«

Und sie führte ihn mitten in das Kreischen und Rennen.

»Kinder!« rief sie.

Die Kinder standen wie angewurzelt.

»Märchenstunde!«

Sie wollten gerade wieder losrennen, als sie hinzufügte: »*Gespenster*märchen!«

Sie zeigte beiläufig auf den bleichen Mitreisenden, der sich mit blassen Mottenfingern den Schal um den eisigen Hals zog.

»Alles *runter*!« rief die Krankenschwester.

Die Kinder warfen sich quiekend zu Boden. Sie setzten sich rund um den Orientreisenden wie Indianer um den Wigwam und starrten an seinem Körper hinauf bis zu dem klaffenden Mund, wo Schneestürme seltsame Temperaturen erreichten.

Er wankte, und sie sagte rasch:

»Ihr *glaubt* doch an Gespenster, ja?«

»*Ja*!« schrie es. »Ja!«

Es war, als ob ihm ein Ladestock ins Rückgrat geschossen wäre. Der Orientreisende richtete sich steif auf, in seinen Augen blitzten winzigste spröde Funken. Winterrosen erblühten auf seinen Wangen. Und je gebannter die Kinder ihn ansahen, desto größer wurde er, desto wärmer sein Teint. Er richtete einen Eisfinger auf ihre Gesichter.

»Ich –«, flüsterte er. »Ich –.« Pause. »– will euch eine schreckliche Geschichte erzählen. Von einem *echten* Gespenst!«

»Au *ja*!« schrien die Kinder.

Und er erzählte, und während seine fiebernde Zunge Nebel beschwor, Dunstschleier zauberte und Regen lockte, rückten die Kinder immer enger zusammen, ein Bett glühender Kohlen, auf dem er glücklich schmorte. Und während er redete, trat Schwester Halliday zur Tür und sah, was auch er über das gespenstische Meer hinweg sah: die Geisterklippen, die Kreidefelsen, die sichere Küste von Dover und nicht weit dahinter, wartend, die flüsternden Türme und raunenden Burgverliese, wo wie zu allen Zeiten Geister wohnten und stille Dachkammern harrten. Ohne den Blick davon zu wenden, tastete die alte Krankenschwester mit der einen Hand nach ihrem Revers, zum Fieberthermometer. Sie fühlte sich den Puls. Eine flüchtige Schwärze berührte ihre Augen.

Da fragte ein Kind: »Wer *bist* du?«

Und der bleiche Reisende zog seinen Schleier um sich, gab seiner Phantasie die Sporen und antwortete.

Erst das Tuten der Landungssirene beendete die lange Märchenstunde. Eltern kamen herbeigeströmt, um ihre verirrten Kinder abzuholen, fortzuziehen von dem fremdländischen Herrn mit den gespenstischen Augen, dessen fabulierende Zunge ihnen Schauer um Schauer durchs Mark jagte, bis das Schiff den Pier berührte und der letzte kleine Junge sich unter Protest wegzerren ließ und der alte Mann allein mit seiner Pflegerin im Spielzimmer zurückblieb und das Schiff sein wohliges Zittern einstellte, als hätte es ihm zugehört, gebannt gelauscht, sich trunken ergötzt an den Mitternachtsmärchen.

Am Steg sagte der Orientreisende ein wenig ungehalten: »Nein, ich brauche keine Hilfe, wenn ich hier hinuntergehe. Sehen Sie!«

Und er ging den Steg hinunter. Und wie die Kinder ein Tonikum gewesen waren für seine Wangen, seine Größe, seine Stimme, so wurde nun mit jedem Schritt, der ihn England näherbrachte, sein Gang fester, und als er den Fuß auf den Pier setzte, entrang sich seinen Lippen gar ein Freudenlaut, und die Krankenschwester hinter ihm runzelte nicht länger die Stirn und ließ ihn zum Zug eilen.

Und wie sie ihn laufen sah, ihr vorauseilen wie ein Kind, konnte sie nur dastehen, starr vor Freude und etwas anderem noch als Freude. Er lief und lief, und ihr Herz lief mit ihm und fühlte auf einmal einen ungeahnt schmerzhaften Stich, und Dunkelheit klappte auf sie herab wie ein Dekkel, und sie sank in Ohnmacht.

In seiner Eile merkte der bleiche Reisende nicht, daß die alte Krankenschwester nicht mehr neben oder hinter ihm war, so ungeduldig lief er.

»So!« keuchte er, beim Zug angekommen, und packte mit sicherem Griff die Abteiltür. Jetzt erst fühlte er sich auf einmal allein und drehte sich um.

Minerva Halliday war nicht da.

Aber einen Augenblick später war sie doch da, blasser als vorher, jedoch mit einem unerhört strahlenden Lächeln. Er war es jetzt, der die Hand ausstreckte.

»Liebe Dame«, sagte er. »Sie waren so gütig.«

»Aber«, antwortete sie ruhig und sah ihn an, wartete, bis auch er sie richtig ansah, »wir trennen uns nicht.«

»Wir ...?«

»Ich fahre mit Ihnen«, sagte sie.

»Und Ihre Pläne?«

»Haben sich geändert. Ich *kann* sonst nirgendwo mehr hin.«

Und sie drehte sich halb um und schaute zurück.

Auf dem Pier liefen Leute zusammen und starrten auf die Planken, wo jemand lag. Sie tuschelten und riefen. »Arzt«, wurde ein paarmal gerufen.

Der bleiche Reisende schaute Minerva Halliday an. Dann sah er wieder zurück zu der Menge und dem am

Boden liegenden Grund für ihre Aufregung: Da lag ein Fieberthermometer zersplittert unter ihren Füßen. Und er schaute wieder zu Minerva Halliday, die noch immer nach dem zerbrochenen Fieberthermometer starrte.

»Meine liebe, gute Dame«, sagte er endlich. »Kommen Sie.«

Sie sah ihm ins Gesicht. »Lachtauben?« fragte sie.

Er nickte und antwortete: »Lachtauben.«

Er half ihr in den Zug, der bald darauf mit einem Ruck anfuhr und rasselnd und pfeifend über die Schienen jagte, nach London und Edinburgh, zu den Mooren und Burgen, den dunklen Nächten und langen Jahren.

»Wer sie nur war?« fragte der bleiche Reisende, den Blick zu den vielen Leuten am Pier.

»Ach Gott«, erwiderte die alte Krankenschwester. »Das habe ich eigentlich nie gewußt.«

Und der Zug verschwand.

Es dauerte volle zwanzig Sekunden, bis die Schienen zu zittern aufhörten.

Eine Nacht im Leben

Er kam an einem richtig schönen Spätfrühlingsmorgen in schneller Fahrt nach Green River in Iowa. Außerhalb der Stadt, in der prallen Sonne, war es heiß in seinem Cadillac gewesen, aber nun kam er auf die Stadt zu, und das grüne Dach der Wälder, die Fülle der lieblichen Schatten, die raunende Kühle ließen ihn langsamer werden.

Fünfzig Kilometer sind schnell genug, dachte er.

Als er von Los Angeles losgefahren war, hatte er das Kabrio durch die glühende Landschaft gejagt, zwischen Felsenschluchten und blitzendem Gestein, wo man nur schnell fahren konnte, weil alles so schnell und hart und sauber schien.

Aber hier war schon das Grün der Luft wie ein Fluß, den kein Auto durchrasen konnte. Man konnte nur treiben auf der Flut laubiger Schatten, hingleiten auf dem sonnengefleckten Beton wie ein Flußkahn auf dem Weg zum Sommermeer.

Durch diese herrlichen Bäume emporzusehen war wie man auf dem Grund eines tiefen Teiches zu treiben.

Er hielt an einer Bude am Stadtrand, um sich einen Hot dog zu kaufen.

»Mein Gott«, flüsterte er leise, »bis hierher bin ich seit fünfzehn Jahren nicht mehr gekommen. Man vergißt, wie schnell die Bäume wachsen können!«

Er ging zum Wagen zurück, ein großer Mann mit schmalem, sonnenverbranntem Gesicht und schütter werdendem dunklem Haar.

Warum fahre ich nach New York? dachte er. Warum bleibe ich nicht hier und ertränke mich im Gras?

Er fuhr langsam durch die alte Stadt. Er sah eine rostige Eisenbahn verlassen auf einem alten Abstellgleis, die Pfeife längst verstummt, der Dampf längst ausgegangen. Er sah Häuser und Geschäfte und Menschen, die darin ein und aus gingen, langsam, als bewegten sie sich tief unten in einem klaren, warmen Meer. Überall Moos, das jede Bewegung sanft und stumm auffing. Es war eine Mark-Twain-Stadt, barfüßig, eine Stadt, wo Kindheit ohne Erwartung währte und Alter ohne Bedauern kam. Er schnaubte leise. Es schien ja wohl nur so.

Gut, daß Helen nicht mit auf diese Reise gekommen ist, dachte er. Jetzt konnte er sie förmlich hören:

»Mein Gott, ist das ein Nest hier. Lieber Himmel, guck dir diese Bauerntölpel an! Gib Gas. Wo zum Teufel bleibt New York?«

Er schüttelte den Kopf, schloß die Augen, und Helen war in Reno. Er hatte sie gestern abend angerufen.

»Sich scheiden zu lassen, ist nicht weiter schlimm«, hatte sie gemeint, tausend Meilen entfernt in der Hitze. »Schlimm ist nur dieses Reno. Dem Himmel sei Dank für den Swimmingpool. So, und was treibst *du* eigentlich?«

»Ich fahre gemütlich nach Osten.« Das war gelogen. Er raste nach Osten wie von einer Kanone abgefeuert, um die Vergangenheit loszuwerden, alles abzuschütteln, was er hinter sich lassen konnte. »Autofahren macht Spaß.«

»Spaß?« ereiferte sich Helen. »Wo du *fliegen* könntest? Autos sind so langweilig.«

»Mach's gut, Helen.«

Er fuhr aus der Stadt. In fünf Tagen sollte er in New York sein, um über ein Stück für den Broadway zu sprechen, das er nicht schreiben wollte, um dann nach Hollywood zurückzurasen und schnell noch lustlos ein Drehbuch zu vollenden, damit er im kommenden Dezember zu einem kurzen Urlaub nach Mexiko City rasen konnte. Manchmal gleiche ich diesen mexikanischen Raketen, dachte er, die am Draht zwischen den Häusern der Stadt umherflitzen; stoße hier mit dem Kopf an die eine Wand, mache kehrt, jage zurück und knalle gegen die nächste.

Er merkte auf einmal, daß er mit hundert Sachen fuhr, und ging auf vorsichtige sechzig hinunter in der wogenden grünen Mittagslandschaft.

Er sog die reine Luft in tiefen Zügen ein und lenkte an den Straßenrand. Weit entfernt glaubte er zwischen riesenhohen Bäumen, auf der Kuppe einer Bergweide, eine junge Frau zu sehen, die da ging und doch stillstand in der wunderlichen Hitze, und dann war sie fort, und er wußte nicht einmal sicher, ob sie überhaupt dagewesen war.

Es war ein Uhr, und das Land summte wie ein großes Kraftwerk. Libellen flitzten an den Autofenstern vorbei gleich einem Hitzeflimmern vor seinen Augen. Bienen schwärmten, und das Gras neigte sich unter einem sanften Wind. Er öffnete die Autotür und trat in die pralle Hitze hinaus.

Ein einsamer Pfad sang frühnachmittägliche Käferlieder vor sich hin, und fünfzig Meter weiter wartete kühl ein schattiger Wald und atmete angenehme, tunnelfeuchte Luft aus. Ringsum kleebewachsene Hügel und offener Himmel. Er stand da und fühlte, wie der Stein in seinen Armen, seinem Hals sich auflöste, das Eisen aus seinem Magen wich und seine zitternden Finger sich beruhigten.

Und dann sah er plötzlich durch eine Lücke im Gesträuch, noch ferner auf einem bewaldeten Hügel, wieder die junge Frau gehen, weiter und weiter in die warmen Fernen, fort.

Bedächtig schloß er die Autotür ab. Er ging in den Wald, ohne Ziel, gezogen von einem Klang, der so voll war, daß er das ganze Universum füllte, dem Rauschen eines Flusses, der sorglos irgendwohin plätscherte; der schönste Klang, den es gab.

Er fand den Fluß, der dunkel und hell und dunkel und hell dahinfloß, und zog sich aus und schwamm darin, dann streckte er sich zum Trocknen auf dem kiesigen Ufer aus und fühlte sich entspannt. Gemächlich zog er sich die Kleider wieder an, und da überkam es ihn, dieses alte Verlangen, der alte Traum, den er als Siebzehnjähriger geträumt hatte. Oft und immer wieder hatte er ihn einem Freund anvertraut:

»Einmal möchte ich gern in einer Frühlingsnacht spazierengehen – in einer dieser Nächte, verstehst du, die warm sind bis zum Morgen. Spazieren möchte ich. Mit einem Mädchen. Eine Stunde spazieren, irgendwohin, wo man nichts mehr sieht und hört. Auf einen Hügel steigen und sich dort hinsetzen. In die Sterne sehen. Ich möchte das Mädchen bei der Hand halten. Ich möchte das Gras und den Weizen auf den Feldern riechen und wissen, daß ich in der Mitte des Landes bin, genau in der Mitte der Vereinigten Staaten, und ringsum Dörfer und weit weg Straßen, aber niemand weiß, daß wir da sind und auf diesem Hügel im Gras sitzen und die Nacht betrachten.

Es wäre schön, nur ihre Hand zu halten. Verstehst du das? Hand in Hand dazusitzen kann das Schönste sein, weißt du das? Schön, wenn eure Hände sich bewegen und doch nicht bewegen. So etwas bleibt dir eher in Erinnerung als irgend etwas anderes aus irgendeiner Nacht, dein Leben lang. Nur Händehalten kann mehr sein. Daran glaube ich. Wenn sich erst alles wiederholt hat und vorbei und bekannt ist, zählen die ersten Dinge mehr als die letzten.

Und darum«, fuhr er fort, »möchte ich ganz lange nur dasitzen, ohne ein Wort. Es gibt keine Worte für so eine Nacht. Wir würden uns nicht einmal anschauen. Wir würden in der Ferne die Lichter der Stadt sehen und wissen, daß andere vor uns auf andere Hügel gestiegen sind, und daß es auf der Welt nichts Besseres gibt. Man könnte auch nichts Besseres machen; alle Häuser und Bräuche und Sicherheiten der Welt sind gar nichts gegen eine solche Nacht. Die Städte, die Menschen bei Nacht in den Zimmern der Häuser dieser Städte, die sind das eine; die Hügel und die freie Luft und die Sterne und das Händehalten, das ist das andere.

Und endlich wendet ihr beide ohne ein Wort den Kopf im Mondschein und seht euch an.

Da seid ihr nun auf diesem Hügel, die ganze Nacht lang. Ist daran irgend etwas auszusetzen, kannst du ehrlichen Herzens sagen, daß daran wirklich etwas auszusetzen wäre?«

»Nein«, sagte eine Stimme, »auszusetzen wäre an so

einer Nacht einzig und allein, daß es eine Welt gibt, in die du zurückkehren mußt.«

Das hatte sein Freund Joseph gesagt, vor fünfzehn Jahren. Lieber Joseph. Sie hatten so viele Tage lang miteinander geredet; ihre Jünglingsweisheiten, Probleme von größter Bedeutung. Joseph war jetzt verheiratet und von den schwarzen Straßen Chicagos verschluckt; ihn selbst hatte die Zeit in den Westen verschlagen, und all ihr Philosophieren war umsonst gewesen.

Er erinnerte sich an den Monat, nachdem er Helen geheiratet hatte. Sie waren über Land gefahren, das erste und letzte Mal, daß sie in so eine »brutale« Autofahrt eingewilligt hatte. Sie waren abends im Mondschein durch die Weizenfelder und die Maisfelder des Mittleren Westens spaziert, und einmal im Dämmerlicht, den Blick nach vorn, hatte Thomas gefragt: »Was meinst du, würdest du gern mal im Freien übernachten?«

»Im Freien?« hatte Helen gefragt.

»Hier«, hatte er so unbefangen wie nur möglich gesagt und neben die Straße gezeigt. »Sieh doch mal, dieses weite Land, die Berge. Die Nacht ist warm. Es muß schön sein, im Freien zu schlafen.«

»Mein Gott!« hatte Helen gerufen. »Das ist doch nicht dein Ernst?«

»Ich dachte nur.«

»In dieser verdammten Gegend wimmelt es von Schlangen und Ungeziefer. Eine schöne Nacht, mit Laufmaschen in den Strümpfen auf anderer Leute Äckern herumzutrampeln.«

»Es wüßte ja keiner.«

»Aber *ich* wüßte es, mein Lieber«, sagte Helen.

»Es war ja nur ein Vorschlag.«

»Mein lieber Tom, du *hast* das doch nur im Spaß gesagt, oder?«

»Am besten ist, ich habe gar nichts gesagt«, antwortete er.

Sie waren durch den Mondschein weitergefahren bis zu einem rammelvollen kleinen Motel, wo Motten um nackte Glühbirnen flatterten. Dort hatte ein Eisenbett in einem nach Farbe riechenden winzigen Zimmer gestanden, und die ganze Nacht war der Bierlärm aus der Gaststätte zu hören gewesen, und Fernlaster waren vorbeigedonnert bis in den frühen Morgen...

Er ging durch den grünen Wald und lauschte den Stillen. Nicht der Stille, nein, Stillen: der Stille des Mooses unter den Füßen, der Stille der Schatten, anders von Baum zu Baum; auf einer Lichtung war es die Stille der kleinen Bäche, die nach allen Richtungen winzige Länder erkundeten.

Er fand ein paar wilde Erdbeeren und aß sie. Zum Teufel mit dem Auto, dachte er. Soll es doch einer auseinandernehmen, Rad für Rad, und alles wegschleppen. Soll doch die Sonne es an Ort und Stelle zu Schlacke schmelzen.

Er legte sich hin, barg den Kopf auf dem Arm und schlief ein.

Das erste, worauf sein Blick beim Aufwachen fiel, war seine Armbanduhr. Viertel vor sieben. Er hatte fast den ganzen Tag verschlafen. Von allen Seiten waren kühle Schatten nähergekrochen. Er wollte sich fröstelnd aufsetzen, hielt aber inne und blieb liegen, das Gesicht auf dem Arm, den Blick nach vorn.

Ein paar Schritte weiter saß ein Mädchen, die Hände im Schoß, und lächelte.

»Ich habe Sie nicht kommen hören«, sagte er.

Sie war sehr leise gewesen.

Ohne irgendeinen Grund außer dem einen, heimlichen, fühlte Thomas sein Herz pochen, stumm und schnell.

Sie schwieg weiter. Er drehte sich auf den Rücken und schloß die Augen.

»Wohnen Sie in dieser Gegend?«

Sie wohnte nicht weit.

»Hier geboren und aufgewachsen?«

Sie war noch nie woanders gewesen.

»Ein schönes Land«, sagte er.

Ein Vogel flog in einen Baum.

»Haben Sie keine Angst?«

Er wartete, bekam aber keine Antwort.

»Sie kennen mich nicht«, sagte er.

Umgekehrt kannte *er* ja auch *sie* nicht.

»Das ist etwas anderes«, sagte er.

Warum war das etwas anderes?

»Nun, das wissen Sie doch, es *ist* eben anders.«

Nach langem Warten, das ihm wie eine halbe Stunde vorkam, öffnete er die Augen und sah sie lange an. »Sie sind doch wirklich, ja? Ich träume nicht?«

Sie wollte wissen, wohin er fahre.

»An einen Ort, an den ich gar nicht will.«

Ja, das sagten viele. Viele fuhren hier durch an einen Ort, an den sie nicht wollten.

»Genau wie ich«, sagte er. Jetzt erhob er sich langsam. »Wissen Sie was, ich merke gerade, daß ich seit heute früh nichts mehr gegessen habe.«

Sie bot ihm von dem Brot, dem Käse, den Keksen an, die sie aus der Stadt nach Hause trug. Sie sprach nicht, während er aß, und er aß sehr langsam aus Furcht, sie mit einer Bewegung, einer Geste, einem Wort in die Flucht zu treiben. Die Sonne stand tief am Himmel, die Luft war jetzt noch frischer, und er besah sich alles sehr genau.

Er sah sie an, und sie war schön, einundzwanzig Jahre alt, blond, gesund, rotwangig und sich selbst genug.

Die Sonne war fort. Der Himmel behielt noch eine Weile seine Farben, während sie auf der Lichtung saßen.

Endlich hörte er ein Flüstern. Sie stand auf. Sie streckte die Hand nach der seinen aus. Er stand neben ihr, und sie schauten ringsum über die Wälder, die fernen Hügel.

Sie begannen zu gehen, weg von dem Pfad, dem Auto, weg von der Straße, der Stadt. Ein Frühlingsmond stieg auf über dem Land, während sie gingen.

Aus jedem einzelnen Grashalm strömte der Atem der Nacht, ein warmes Seufzen, still und endlos. Sie erreichten die Hügelkuppe und setzten sich wortlos hin und betrachteten den Himmel. Es kann nicht sein, dachte er bei sich, so etwas gibt es einfach nicht; wer war sie wohl, und was tat sie hier?

Zehn Meilen entfernt pfiff ein Zug in der Frühlingsnacht und glitt, aufblitzend wie ein kurzes Feuer, über die dunkle Abenderde dahin.

Und dann fiel ihm wieder die alte Geschichte ein, der alte Traum, das Thema, über das er mit seinem Freund vor so vielen Jahren diskutiert hatte. Es muß eine Nacht im Leben geben, an die man sich allezeit erinnert. Solch eine Nacht muß es für jeden geben. Und wenn du weißt, daß es Nacht wird und diese Nacht die eine Nacht ist, so nimm sie und frage nicht, und rede danach mit keinem mehr darüber. Denn wenn du sie an dir vorbeiziehen läßt, kommt sie vielleicht nie wieder. Viele haben sie schon an sich vorbeiziehen lassen, viele haben sie vorbeiziehen sehen und so eine Nacht nie mehr zu sehen bekommen, eine Nacht, in der alles stimmte, Wetter, Licht, Mond, Zeit, nächtlicher Hügel, warmes Gras und Zug und Stadt und Ferne, alles auf eines zitternden Fingers Schwebe.

Er dachte an Helen, und er dachte an Joseph. Joseph. Hat es sich je für dich ergeben, Joseph; warst du je am richtigen Ort zur richtigen Zeit, und war alles gut für dich? Er würde es nie erfahren; die Backsteinstadt hatte Joseph ergriffen und verloren in ihrem Lärm, ihren schwarzen Aufzügen, ihren gekachelten U-Bahn-Stationen.

Und Helen hatte eine solche Nacht nicht nur nie gekannt, sie hatte von so etwas auch nie *geträumt*, in ihrem Kopf war dafür kein Platz.

Nun bin ich also hier, dachte er still bei sich, tausend Meilen entfernt von allem und allen.

Über das liebliche schwarze Land tönte soeben der Stundenschlag einer Rathausuhr. Eins. Zwei. Drei. Eines dieser großen steinernen Rathäuser, die um die Jahrhundertwende auf dem Grün einer jeden amerikanischen Kleinstadt standen, kühler Stein zur Sommerzeit, hoch aufragend in den Nachthimmel, mit ihren runden Zifferblättern in vier Richtungen leuchtend. Fünf. Sechs. Er zählte die bronzenen Stundenschläge, die bei neun aufhörten. Neun Uhr an einem Spätfrühlingsabend, auf einem warmen, atmenden, mondbeschienenen Hügel, im Innern eines großen Kontinents, und seine Hand hielt eine andere Hand, und er dachte, ich werde dreiunddreißig dieses Jahr. Aber sie ist nicht zu spät gekommen, und ich habe sie nicht vorbeiziehen lassen, und dies ist die Nacht.

Langsam, bedächtig, wie eine zum Leben erwachende Statue, die sich Stückchen für Stückchen weiterdreht, sah er sie jetzt den Kopf wenden, bis ihre Augen ihn anblickten. Er fühlte, wie auch sein Kopf sich wandte, ganz wie so oft schon in seiner Phantasie. Sie sahen sich lange an.

In der Nacht wachte er auf. Sie lag neben ihm, wach.

»Wer bist du?« flüsterte er.

Sie sagte nichts.

»Ich könnte noch eine Nacht bleiben«, sagte er.

Aber er wußte, daß man nie noch eine Nacht bleiben kann. Eine Nacht ist *die* Nacht, und nur die eine. Danach wenden die Götter sich ab.

»Ich könnte wiederkommen, in einem Jahr vielleicht.«

Sie hielt die Augen geschlossen, aber sie war wach.

»Aber ich weiß nicht, wer du bist«, sagte er.

»Du könntest mit mir kommen«, sagte er, »nach New York.«

Aber er wußte, daß sie nie dort sein konnte, niemals irgendwo anders als hier, in dieser Nacht.

»Ich kann nicht hierbleiben«, sagte er und wußte, daß dies von allem das Wahrste und Hohlste war.

Er wartete eine Weile, dann fragte er wieder: »Bist du wirklich? Bist du wirklich wirklich?«

Sie schliefen. Am Himmel sank der Mond dem Morgen entgegen.

Im Morgengrauen verließ er die Hügel und den Wald und fand seinen Wagen mit Tau bedeckt. Er schloß ihn auf und setzte sich hinters Steuer, dann saß er noch eine Zeitlang so und blickte auf den Pfad zurück, den er ins nasse Gras getreten hatte. Er rückte zur Seite, um wieder auszusteigen, legte die Hand von innen an die Tür und schaute unverwandt nach draußen.

Der Wald war leer und still, der Pfad verlassen, die Straße unbewegt und friedlich. Nichts regte sich in tausend Meilen Umkreis.

Er warf den Motor an und ließ ihn im Leerlauf drehen.

Der Wagen stand nach Osten gewandt, wo jetzt die orangerote Sonne langsam aufging.

»Nun gut«, sagte er leise. »Alles aufgepaßt, ich komme! Schade, daß ihr noch alle am Leben seid. Schade, daß die Welt nicht nur aus Hügeln und Hügeln und sonst nichts besteht, über nichts zu fahren als Hügel, und nie in eine Stadt zu kommen.«

Er fuhr in Richtung Osten davon, ohne sich noch einmal umzusehen.

Westlich Oktober

Die vier Vettern, Tom, William, Philip und John, waren Ende des Sommers die Familie besuchen gekommen. Es war kein Platz in dem großen alten Haus, deshalb wurden sie auf schmalen Liegen in der Scheune untergebracht, die kurz darauf abbrannte.

Nun war die Familie keine gewöhnliche Familie. Ihre Mitglieder waren eines sonderbarer als das andere.

Zu sagen, daß die meisten am Tag schliefen und in der Nacht allerlei merkwürdigen Beschäftigungen nachgingen, wäre nicht einmal ein Anfang.

Zu erwähnen, daß manche von ihnen Gedanken lesen konnten, manche mit Blitzen flogen und mit dem Laub landeten, wäre eine Untertreibung.

Zu ergänzen, daß man die einen nicht im Spiegel sah, während andere sich im selben Glas in vielerlei Gestalten, Größen und Beschaffenheiten zeigten, wäre nur Weitergabe von Klatsch, der in Wahrheit umschlug.

Es gab Onkel und Tanten, Kusinen, Vettern und Großeltern im Pfifferlingsschock und im Fliegenpilzdutzend.

Es gab sie in nahezu allen Farben, die man in einer schlaflosen Nacht zusammenmischen konnte.

Manche waren jung, andere waren schon dagewesen, als die Sphinx ihre steinernen Tatzen zum erstenmal in den Sand der Zeiten drückte.

Alles in allem waren sie an Zahl, Herkunft, Neigung und Talenten eine wunderliche, eine unglaubliche Sippe. Und am unglaublichsten von allen war –

Cecy.

Cecy. Ihretwegen, eigentlich ihretwegen und allein ihretwegen kamen die Verwandten auf Besuch, und sie kamen nicht nur zu Besuch, sie scharten sich um sie und blieben. Denn sie war mannigfaltig wie ein Granatapfel. Ihr einziges Talent war kaleidoskopisch. Sie vereinte in sich alle Sinne und alle Geschöpfe dieser Welt. Sie war aller Zeiten Kinos und Theaterbühnen und Kunstgalerien. Man konnte sich fast alles von ihr wünschen, und sie gewährte es.

Wünsch dir, sie soll deine Seele herausreißen wie einen schmerzenden Zahn, damit sie in Wolken fliege und dein Geist sich erfrische, schon fliegst du empor und segelst in Wolken, die Regen säen, auf daß die Gräser grünen und die Blumen sprießen.

Wünsch dir, daß sie diese Seele nun wieder packt und einbindet ins Fleisch eines Baumes, und am Morgen erwachst du mit Äpfeln an deinen Zweigen und zwitschernden Vögeln im grünbelaubten Haupt.

Wünsch dir, in einem Frosch zu wohnen, und du wirst deine Tage im Wasser verbringen und wunderliche Lieder krächzen bei Nacht.

Wünsch dir von ihr, reiner Regen zu sein, und du fällst auf alles herab. Wünsch dir, der Mond zu sein, und plötzlich schaust du hinunter und siehst, von deinem fahlen Licht gebleicht, verlassene Städte, so weiß wie Grabsteine, und Nachthyazinthen und Gespenster.

Cecy. Die dir die Seele herauszog und deine eingeklemmte Weisheit freilegte, um sie auf Tier, Pflanze oder Mineral zu übertragen – alles was dein Herz begehrte.

Kein Wunder, daß die Verwandten kamen. Kein Wunder, daß sie blieben, bis nach dem Mittagessen, bis lange nach dem Abendessen, bis tief in die Nächte der übernächsten Woche!

Und nun waren die vier Vettern zu Besuch gekommen.

Gleich am ersten Abend, als die Sonne sank, sagten alle vier dem Sinne nach: »Nun?«

Sie standen in dem großen Haus in Reih und Glied vor Cecys Bett, denn dort lag sie viele Stunden, Tag und Nacht, weil ihre Talente bei Verwandten und Freunden sehr gefragt waren.

»Nun«, sagte Cecy mit geschlossenen Augen und einem Lächeln um die lieblichen Lippen. »Was darf es sein?«

»Ich –«, sagte Tom.

»Vielleicht –«, sagten William und Philip.

»Könntest du –«, meinte John.

»Euch auf Besuch ins Irrenhaus schicken?« riet Cecy. »Um einen Blick in die komischen Köpfe der Leute zu tun?«

»Ja!«

»Schon geschehen!« sagte Cecy. »Geht in die Scheune, legt euch in eure Betten.« Sie rannten, legten sich. »Recht so. Auf die Plätze, fertig – raus!« rief sie.

Ihre Seelen knallten heraus wie die Korken. Flatterten fort wie die Vögel. Flitzten wie unsichtbare Nadeln in allerlei Ohren dort unten im Tal, wo das Irrenhaus war.

»Ah!« riefen sie entzückt bei jeder neuen Entdeckung.

Und während sie fort waren, brannte die Scheune ab.

Im allgemeinen Getöse und Geschrei, dem Rennen nach Wasser, der kopflosen Hysterie vergaßen alle, was in der Scheune war, wo die übermütigen Vettern sich befanden und was die schlafende Cecy wieder einmal trieb. So tief lag diese Lieblingstochter in ihrem tosenden Schlaf, daß sie weder die Flammen hörte noch den gefürchteten Moment mitbekam, als die Wände einstürzten und vier menschliche Fackeln verloschen. Zuerst merkten die Vettern selbst nichts davon, wie ihre Körper in Asche fielen. Dann hallte ein stummer Donnerschlag übers Land, daß der Himmel erzitterte, und jagte den wirbelnden Vetternstaub wie durch einen Blasebalg in die Bäume, und Cecy erwachte mit einem erschrockenen Seufzer und fuhr in ihrem Bett hoch.

Sie sprang ans Fenster, sah nach draußen und stieß einen Schrei aus, der die Vettern augenblicklich herbeizitierte. Als es krachte, hatten alle vier sich gerade in den verschiedensten Winkeln des Irrenhauses befunden, in kranken Köpfen Falltüren geöffnet und bewundernd vor Konfettistrudeln gestanden, die Farben des Irrsinns und die düster schillernden Alpträume bestaunt.

Die ganze Familie stand wie betäubt vor der eingestürzten Scheune. Bei Cecys Schrei drehten alle sich um.

»Was ist los?« rief John aus ihrem Mund.

»Ja, was!?« fragte Philip zwischen ihren Lippen hervor.

»Mein Gott«, seufzte William mit stierem Blick aus ihren Augen.

»Die Scheune ist abgebrannt«, sagte Tom. »Wir sind *tot*!«

Die rußschwarze Familie auf dem rauchigen Hof

machte kehrtum wie eines Wandermusikanten Leichenzug und sah erschrocken zu Cecy hoch.

»Cecy?« rief Mutter bestürzt. »Ist da jemand, ich meine, *bei* dir?«

»Ja, ich, Tom!« schrie Tom von ihren Lippen.

»Und ich, John.«

»Philip!«

»William!«

Die Seelen meldeten sich der Reihe nach aus dem Mund des jungen Mädchens.

Die Familie wartete.

Dann stellten die vier jungen Männer mit einer Stimme die letzte, die schreckliche Frage:

»Habt ihr denn nicht *einen* Körper gerettet?«

Sie sanken alle ein Stückchen in die Erde, so drückte sie die Last der Antwort, die sie nicht geben konnten.

»Aber –«, Cecy klammerte sich an ihre Ellbogen, faßte sich ans Kinn, den Mund, die Stirn, hinter der sich vier lebende Gespenster um Platz balgten. »– aber was soll ich mit ihnen *machen*?« Sie sah forschend in die vielen Gesichter unten auf dem Hof. »Hier können die Vettern nicht bleiben. Es geht doch nicht, daß sie in *meinem Kopf* herumlungern!«

Was sie danach noch sagte, was die Vettern plärrten, die sich unter ihrer Zunge drängten wie die Ölsardinen, oder was die aufgescheuchte Familienhühnerschar auf dem Hof noch von sich gab, war nicht mehr zu hören.

Wie der Donner des Jüngsten Gerichts stürzte der Rest der Scheune ein.

Hohl brüllte das Feuer durch den Küchenkamin empor. Oktoberwinde preßten sich mal von hier, mal von dort ans Dach und lauschten dem Familienrat unten im Eßzimmer.

»Mir scheint –«, sagte Vater.

»Nicht scheint – *ist*!« sagte Cecy, jetzt mit blauen Augen, dann gelben, dann braunen.

»Wir müssen die Vettern ausquartieren. Eine vorläufige Herberge für sie finden, bis es uns möglich ist, neue Körper für sie aufzutreiben.«

»Je eher, desto besser«, sagte eine Stimme aus Cecys Mund, jetzt hoch, jetzt tief, dann zwei Lagen dazwischen.

»Joseph könnte zu Bion, Tom zu Leonard, William zu Sam, Philip zu –«

Die genannten Onkel stellten die Stacheln auf und scharrten mit den Stiefeln.

»Viel zu tun«, sprach Leonard für alle. »Zuviel Arbeit. Bion mit seinem Geschäft, Sam mit seiner Farm.«

»Waaah –«, tönte vierstimmig gesetztes Elend aus Cecys Mund.

Vater nahm im Finstern wieder Platz. »Zum Kuckuck, es muß doch ein *paar* unter uns geben, die Zeit zum Totschlagen haben und ein kleines Stübchen ganz hinten in ihrem Unterbewußtsein vermieten können, oder wenigstens den Dachboden über ihrem Es! Freiwillige *vortreten*!«

Die Familie tat einen eisigen Atemzug, denn plötzlich war Großmama auf den Beinen und hob ihren Hexenbesenstock.

»Der da, der Mann hat alle Zeit der Welt. Ich benenne ihn hiermit als Kandidaten!«

Wie von einer Schnur gezogen, drehten alle die Köpfe und blinzelten Großpapa an.

Großpapa fuhr wie angeschossen hoch. »Nein!«

»Still!« Großmama klappte über der Frage die Augen zu und verschränkte schnurrend die Arme über dem Busen. »Du hast alle Zeit der Welt.«

»Bei Josua und Jesus, nein!«

»Dies –«, Großmama zeigte mit geschlossenen Augen blind in die Runde – »ist die Familie. Wie wir ist keiner auf der Welt, so einmalig und absonderlich schön. Wir schlafen am Tag, gehen um bei der Nacht, fliegen mit Winden und Lüften, reiten auf Stürmen, lesen Gedanken, hassen Wein, lieben Blut, spinnen Magie, leben ewig oder tausend Jahre, je nachdem, was zuerst kommt. Mit einem Wort, wir sind die Familie. Und da dies so wahr wie wunderlich ist, gibt es niemanden, auf den wir uns stützen, an den wir uns wenden können, wenn uns das Unheil –«

»Ich will nicht –«

»Still.« Ein Auge so groß wie der Stern von Indien öffnete sich, flammte auf, verblaßte, schloß sich wieder. »Du speist am Morgen, sabberst am Mittag und kotzt am Abend. Die vier lieben Vettern können nicht in Cecys Dachstube wohnen bleiben. Das schickt sich nicht, vier wilde junge Männer im Kopf eines zierlichen Mädchens.« Großmama legte etwas Süßholz nach. »*Du* könntest den Vettern außerdem noch etwas beibringen. Napoleon war noch nicht nach Rußland und zurück marschiert, Benjamin Franklin hatte die Pocken noch nicht, da warst du schon auf der Welt. Kann den Jungen nicht schaden, mal ein Weilchen in deinem Ohr zu sitzen. Weiß der Himmel, was darin ist, aber es könnte, ich sage *könnte*, zu ihrem Vorteil sein. Du wirst ihnen *das* doch nicht verwehren wollen?«

»Herrgottsapperment!« Großpapa war aufgesprungen. »Ich kann's nicht brauchen, daß sie an zwei von drei Abenden zwischen meinem rechten und dem linken Ohr rangeln! Sie treten mir die Schädelwände ein. Spielen Fußball mit meinen Augäpfeln! Mein Kopf ist kein Gasthaus. Einer nach dem andern. Tom kann mir am Morgen die Lider hochziehen. William kann mir am Mittag das Essen einschaufeln helfen. John kann bis in den halben Abend in meiner Schmalzschüssel dösen. Philip kann bei Nacht in meiner verstaubten Mansarde tanzen. Zeit für mich selbst, mehr verlange ich nicht. Und daß sie beim Auszug *aufräumen*!«

»Abgemacht!« Großmama schlug wie ein Kapellmeister einen Kreis durch die gespensterhaltige Luft. »Also, habt ihr *gehört*, Jungs? Immer nur einer auf einmal.«

»Verstanden!« rief das Tamtamquartett aus Cecys Mund.

»Dann laßt sie kommen!« sagte Großpapa.

»Gangway!« rief es vierstimmig.

Und da es niemand für nötig befunden hatte, eine Reihenfolge für die Vettern zu bestimmen, gab es einen großen Gespensterandrang in der Luft, eine mächtige Springflut, einen unsichtbaren Geistersturm.

Nacheinander erhellten vier Mienenspiele Großpapas Gesicht. Nacheinander erschütterten vier Erdbeben seinen spröden Leib. Vier Lächeln spielten Tonleitern auf seinem Zahnklavier. Ehe Großpapa protestieren konnte, wurde er in vier Körperhaltungen, vier Schrittarten aus dem Haus gegangen, quer über den Rasen und auf dem ausgedienten Bahndamm zur Stadt, zeternd und lachend ob der wüsten Stunden, die seiner warteten.

Die Familie stand auf der Veranda und sah der eiligen Einerparade fassungslos nach.

»Cecy! *Tu* etwas!«

Aber Cecy saß in ihrem Sessel und schlief den Schlaf der Erschöpften.

Das war's!

Als am Mittag darauf das große, stumpfblaue Eisengespann in den Bahnhof einfuhr, fand es die Familie auf dem Bahnsteig versammelt, Großpapa fest in ihrer Mitte. Sie führten, oder trugen ihn mehr, in sein Abteil, wo es nach frischer Politur und heißem Plüsch roch. Und immerzu redete Großpapa, der die Augen geschlossen hielt, mit vielerlei Stimmen, und alle taten, als hörten sie nichts.

Sie kramten ihn wie eine antike Puppe auf seinem Sitz zurecht, setzten ihm seinen Strohhut auf den Kopf wie ein neues Dach auf ein altes Haus und redeten auf ihn ein.

»Setz dich gerade hin, Großpapa. Und paß auf deinen Hut auf. Trink nicht unterwegs, Großpapa. Großpapa, bist du *da*? Aus dem Weg, Vettern! Laßt den Alten reden.«

»Ja, ich bin da.« Großpapas Mund und Augen zuckten wie Vögel. »Und für ihre Sünden muß ich büßen. Es ist *ihr* Whisky, und *ich* habe den Kater. Au, verdammt!«

»Gar nicht wahr!« – »Lüge!« – »Wir haben überhaupt nichts getan!« riefen die Stimmen zuerst aus dem einen, dann aus dem anderen Mundwinkel. »Nein!«

»Still!« Großmama faßte den Alten am Kinn und schüttelte seine Knochen zurecht. »Westlich Oktober liegt Cranamockett, es ist nicht weit. Da wohnen viele Verwandte von uns, Onkel, Tanten, Vettern und Kusinen, solche mit Kindern, solche ohne. Dort sollst du die Vettern ausquartieren und –«

»Eine Sorge weniger«, knurrte Großpapa, und eine Träne tropfte ihm vom zitternden Augenlid.

»Wenn du die Tölpel aber nicht loswirst«, befahl Großmama, »dann bring sie lebend zurück!«

»Falls ich es selbst überlebe.«

»Adieu!« rief es vierstimmig unter seiner Zunge hervor.

»Adieu!« Alle auf dem Bahnsteig winkten. »Bis bald, Großpapa, Tom, William, Philip, John!«

»Ich bin *auch* hier!« rief eine Jungmädchenstimme.

Großpapas Mund war aufgesprungen.

»Cecy!« riefen alle. »Gute Fahrt!«

»Gute Nacht allerseits!« sagte Großpapa.

Der Zug fuhr heulend davon, fort in die Berge westlich Oktober.

Der Zug durchfuhr eine lange Kurve. Großpapa wakkelte, daß seine Glieder knarrten.

»So«, flüsterte Tom. »Da haben wir's.«

»Ja«, sagte William und fuhr nach langer Pause fort: »Da haben wir's.«

Lange war es still. Einmal pfiff der Zug.

»Ich bin müde«, sagte John.

»*Du* bist müde!« schnaubte Großpapa verächtlich.

»Ganz schön muffig hier drinnen«, meinte Philip.

»Damit war zu rechnen. Großpapa ist zehntausend Jahre alt, stimmt's, Großpapa?«

»Vierhundert. Und jetzt halt's *Maul*!« Großpapa klopfte sich energisch an die Stirn. In seinem Kopf stob ein aufgescheuchter Vogelschwarm davon. »Aufhören!«

»Na, na«, beschwichtigte Cecy flüsternd den Aufruhr. »Ich habe gut geschlafen und begleite dich auf einem *Stück* der Reise, Großpapa, um dir beizubringen, wie du die Krähen und Geier hüten mußt und sie in deinem Käfig behältst.«

»Krähen! Geier!« protestierten die Vettern.

»Ruhe!« Cecy stauchte die Vettern zusammen wie Tabak in einer ungereinigten alten Pfeife. Fern von hier lag ihr Körper wie immer in ihrem Schlafzimmer, doch ihre Seele umschwebte sie sanft; streichelte, stupste, behexte, hütete sie. »Vergnügt euch. Schaut euch um.«

Die Vettern schauten.

Und wahrhaftig, in Großpapas Obergeschoß war es wie in einer gemütlichen Dachkammer, wo Erinnerungen mit angelegten Transparentflügeln aufgereiht lagen, in verschnürten Bündeln, Stapeln, Paketen, verhüllten Gestalten, hingeworfenen Schatten. Da und dort leuchtete gleich einem bernsteingelben Lichtstrahl eine besondere Erinnerung hell herein und beleuchtete hier eine goldene Stunde, da einen Sommertag. Es roch nach abgewetztem Leder und versengtem Roßhaar, und feiner Harngeruch entströmte den ächzenden, gelbsüchtigen Balken rund um die Vettern, die sich mit unsichtbaren Ellbogen um Platz balgten.

»Da!« tuschelten die Vettern. »Ich werd verrückt! *Natürlich!*«

Denn nun, endlich still, sahen sie durch die Augen des alten Mannes wie durch verstaubte Fensterscheiben das mächtige Feuerroß, das sie forttrug, sahen die herbstliche Welt, die sich von Grün nach Braun verfärbte, vorbeiziehen wie Straßenverkehr vor einem alten Haus mit Spinnweben an den Fenstern. Wenn sie Großpapas Mund bewegten, war es, als schlügen sie den abgestumpften Klöppel einer rostigen Kirchenglocke an. Die Geräusche der Welt drangen durch seine behaarten Ohren herein wie atmosphärische Störungen in einem schlecht abgestimmten Radio.

»Na ja«, mußte Tom zugeben. »Immer noch besser als gar kein Körper.«

»Mir wird schwindlig«, sagte John. »Ich bin keine Bifokalgläser gewöhnt. Kannst du nicht mal die Brille abnehmen, Großpapa?«

»Nein.«

Der Zug donnerte über eine Brücke.

»Ich sehe mich mal ein bißchen um«, sagte Tom.

Großpapa fühlte ein Zucken in seinen Gliedern.

»Bleib, wo du bist, junger Mann!«

Großpapa schloß die Augen ganz fest.

»He, Großpapa, zieh die Jalousien hoch! Wir wollen was sehen!«

Seine Augäpfel drehten sich unter den Lidern.

»Da kommt ein hübsches Mädchen, mit allem dran! Mach schnell!«

Großpapa preßte die Lider zusammen.

»Das schönste Mädchen der *Welt*!«

Großpapa kam nicht umhin, ein Auge zu öffnen.

»Ah!« tönte es viermal nacheinander. *Na*, Großpapa?«

»Nein!«

Das junge Mädchen nahte in Schlangenlinien, schwankte mit den Bewegungen des Zuges hin und her; hübsch wie der Hauptgewinn an einer Jahrmarktsbude, den der kriegt, der alle Büchsen umwirft.

»Blödsinn!« Großpapa klappte die Fenster zu.

»Sesam öffne dich!«

Gleichzeitig fühlte er, wie seine Augäpfel von innen gewendet wurden.

»*Laßt* das!« schrie Großpapa. »Großmama bringt mich um!«

»Sie *erfährt* nichts davon!«

Die junge Frau drehte sich um, wie angesprochen, und taumelte rückwärts, als wollte sie auf alle miteinander fallen.

»Schluß damit!« rief Großpapa. »Cecy ist bei uns! Sie ist unschuldig und –«

»Unschuldig!« Die alte Bude wackelte vor Lachen.

»Großpapa«, sagte Cecy sanft, »nach all meinen nächtlichen Ausflügen, den vielen Reisen bin ich doch nicht mehr –«

»Unschuldig«, ergänzten die vier Vettern.

»Na hört mal!« begehrte Großpapa auf.

»Nein, hör *du* mal«, flüsterte Cecy. »Ich bin durch Schlafzimmerfenster geschlüpft in tausend Sommernächten, habe in kühlen Schneebetten aus weißen Kissen und Laken gelegen, bin nackt in Flüssen geschwommen an hellichten Tagen im August, habe an Flußufern gelegen, unverhüllt vor den Blicken der Vögel –«

»Ich – will nichts hören!« Großpapa preßte sich die Fäuste an die Ohren.

»O doch.« Cecys Stimme wanderte über kühle Wiesen der Erinnerung. »Ich war im innigen Sommergesicht eines Mädchens und habe einen jungen Mann betrachtet, und zugleich war ich in diesem jungen Mann und habe mit heißem Atem das Mädchen angesehen, das der ewige Sommer war. Ich habe in Mäusen gewohnt, die sich paarten, in turtelnden Tauben und schnäbelnden Papageien. Ich war in zwei Schmetterlingen versteckt, die vereint auf einer Kleeblüte –«

»Verflixt!« Großpapa wand sich.

»Ich bin in Dezembernächten Schlitten gefahren, wenn es schneite und die rosa Nüstern der Pferde dampften, und in den aufgestapelten Felldecken saßen warm und geborgen sechs junge Leute, die suchten und verlangten und fanden –«

»Aufhören! Ich bin am Ende!« rief Großpapa.

»Bravo!« sagten die Vettern. »Weiter!«

»– und ich war in einem Prunkschloß aus Fleisch und Knochen – der schönsten Frau der ganzen Welt...«

Großpapa hielt staunend still.

Denn nun war ihm, als fielen Schneeflocken besänftigend auf ihn herab. Er fühlte Blumen über seine Stirn streichen und den Wind eines Julimorgens um seine Ohren wehen, und Wärme erblühte in allen seinen Gliedern, ein Busen schwoll auf seiner flachen alten Brust, und in seiner Magengrube flammte ein Feuer auf. Und während sie redete, wurden seine Lippen weich und rot und wußten von Poesie und hätten sie wohl hervorsprudeln lassen in unvorstellbaren Strömen, und seine abgenutzten, eisenrostigen Finger fielen ihm in den Schoß und wurden zu Milch und Sahne und schmelzendem Apfelschnee. Er sah verdutzt darauf und ballte sie zu Fäusten, um dem weibischen Kram ein Ende zu machen!

»Nicht! Gib mir meine Hände zurück! Und spül mir den Mund mit Seife!«

»Genug gequasselt«, sagte eine innere Stimme. Philip.

»Wir vergeuden unsere Zeit«, sagte Tom.

»Wir könnten der jungen Dame da drüben mal guten Tag sagen gehen«, meinte John. »Alle dafür?«

»Klar!« rief der Salt-Lake-Tempel-Chor aus einer Kehle. Unsichtbare Fäden rissen Großpapa auf die Beine.

»Gegenstimmen?«

»Ich!« donnerte Großpapa.

Großpapa preßte die Augen zusammen, den Kopf, die Rippen. Sein ganzer Körper wurde zu jenem unsäglichen Bett, das niedersank, um seine angststarren Opfer zu zerquetschen. »Euch werde ich's geben!«

Die Vettern purzelten im Dunkeln herum.

»Hilfe! Cecy! Licht! Mach Licht! Cecy!«

»Bin schon da!« sagte Cecy.

Der alte Mann fühlte sich begrapscht, gezwickt, gekitzelt, erst hinter den Ohren, dann am Rückgrat. Nun stießen seine Knie zusammen, nun knackten seine Fußknöchel. Nun füllten seine Lungen sich mit Federn, nun nieste seine Nase Ruß.

»Will, sein linkes Bein, los! Tom, das rechte, hopp!

Philip den rechten Arm, John den linken! Auf! Ich nehme sein dürres Hühnergerippe! Fertig? Los!«

»Hau-ruck!«

»Im Laufschritt, marsch!«

Großpapa rannte los.

Aber er rannte nicht quer über den Gang, er rannte den Gang hinunter, schwer atmend, mit blitzenden Augen.

»Halt!« schrie der griechische Chor. »Die Dame ist da hinten! Haltet ihn! Wer hat seine Beine? Will? Tom!«

Großpapa riß die Waggontür weit auf, sprang auf die windige Plattform und wollte sich hinunterstürzen auf eine vorbeiflitzende Wiese voller Sonnenblumen, da –

»Dorrrn-rrröschen!« rief der geballte Chor in seinem Mund.

Und starr wie der Hofstaat stand er auf der hinteren Plattform des dahinrasenden Zuges.

Im nächsten Moment wirbelte Großpapa herum und fand sich im Wagen wieder. Gerade fegte der Zug um eine Kurve, und er landete auf den Händen der jungen Dame.

»Verzeihung!« Großpapa sprang auf. »Ich –«

»Schon verziehen.« Die Dame sortierte ihre plattgesessenen Hände.

»Macht keinen Ärger, bitte. Nein, nicht!« Großpapa fiel auf den gegenüberliegenden Sitz und klemmte die Augen fest zu. »Verdammt! Hölle und Schwefel! Dorrrn-rröschen, alle miteinander! Fledermäuse! Zurück in den Glockenturm! Verdammt!«

Die Vettern grinsten und schmolzen das Wachs aus seinen Ohren.

»Vergeßt nicht, daß ihr da drinnen jung seid«, zischte

Großpapa hinter zusammengebissenen Zähnen, »aber ich hier draußen bin eine Mumie.«

»Nun –«, seufzte das Kammermusikensemble, das hinter seinen Lidern fiedelte, »wir werden dich schon wieder jung *machen*.«

Er fühlte, wie sie in seinem Magen eine Lunte zündeten, eine Bombe in seiner Brust.

»Nein!«

Großpapa riß im Dunkeln eine Leine. Eine Falltür flog auf, und die Vettern purzelten in ein buntes, endloses Labyrinth von Farben und Erinnerungen. Dreidimensionale Gestalten, so prunkvoll und fast so lieblich wie das Mädchen gegenüber. Die Vettern schrien durcheinander.

»Aufpassen!«

»Wo bin ich?«

»Tom?«

»Ich bin irgendwo in Wisconsin! Wie komme ich nur *hierher*?«

»Und *ich* bin auf einem Flußdampfer auf dem Hudson. William?«

William rief aus großer Ferne: »London! Du meine Güte! In den Zeitungen steht das heutige Datum, zweiundzwanzigster August *neunzehnhundert*!«

»Das gibt's nicht! Cecy?!«

»Nicht Cecy! Ich!« rief Großpapa von überall zugleich. »Zum Teufel, ihr seid noch immer zwischen meinen Ohren und benutzt meine anderen Zeiten und Orte als Handtücher. Zieht die Köpfe ein, die Decken sind niedrig!«

»Ah-ha!« sagte William. »Und was ich da sehe, ist das der Grand Canyon oder nur eine Runzel in deiner Nuß?«

»Der Grand Canyon«, sagte Großpapa. »Neunzehnhunderteinundzwanzig.«

»Eine Frau!« rief Tom. »Hier, genau vor mir!«

Und es war in der Tat eine schöne Frau, damals im Frühling vor zweihundert Jahren. Großpapa wußte keinen Namen. Er war ihr nur zufällig begegnet, beim Erdbeerensuchen an einem Sommermittag.

Tom wollte nach der schönen Erinnerung greifen.

»Lauf weg!« rief Großpapa.

Und das Gesicht des Mädchens zerplatzte in der hellen Sommerluft. Sie segelte davon, schwebte immer weiter die Straße hinunter und war endlich verschwunden.

»Verdammt und zugenäht!« rief Tom.

Die andern Vettern wüteten herum, stießen Türen auf, rannten Pfade entlang, öffneten Fenster.

»Guckt mal! Meine Güte! Guckt doch mal!« riefen alle.

Die Erinnerungen lagen gepackt wie die Ölsardinen, eine Million hoch, eine Million breit. Abgelegt nach Sekunden, Minuten und Stunden. Hier kämmte ein Mädchen sich das dunkle Haar. Dort ging oder rannte oder schlief dasselbe Mädchen. All ihr Tun lag aufbewahrt in Honigwaben von der Farbe ihrer Sommerwangen. Der strahlende Blitz ihres Lächelns. Man konnte sie aufheben, umdrehen, wegschicken, zurückrufen. Sagte man nur: Italien 1797, so tanzte sie in einem warmen Pavillon oder schwamm in mondhellen Wassern.

»Großpapa! Weiß Großmama von ihr?«

»Es *muß* andere Frauen geben!«

»Tausende!« rief Großpapa.

Und er klappte einen Deckel hoch. »Hier!«

Da liefen tausend Frauen in einem Warenhaus herum.

»Bravo, Großpapa!«

Großpapa fühlte sie von Ohr zu Ohr herumstöbern und über Berge und versengte Wüsten rennen, durch Gassen und Städte.

Bis John eine einsame schöne Dame am Arm packte.

Er faßte sie bei der Hand.

»Schluß!« Großpapa sprang auf mit Gebrüll. Die Mitreisenden starrten ihn an.

»Erwischt!« sagte John.

Die schöne Frau drehte sich um.

»Idiot!« knurrte Großpapa.

Das Gesicht der schönen Frau welkte. Ihr stolz erhobenes Kinn wurde spitz, ihre Wangen hohl, ihre Augen versanken zwischen Runzeln.

John ließ von ihr ab. »Großmama, das bist ja *du!*«

»Cecy!« Großpapa bebte am ganzen Körper. »Setz John in einen Vogel, einen Stein, einen Brunnen! Irgendwohin, nur raus aus meinem armen dummen Kopf. Sofort!«

»Raus mit dir, John!« sagte Cecy.

Und John verschwand.

Hinein in eine Wanderdrossel. Die sang auf einem Zaunpfahl, der vor ihrem Abteilfenster vorbeihuschte.

Großmama stand welk im Dunkeln. Da berührte sie Großpapas sanfter, nach innen gerichteter Blick und kleidete sie von neuem ins Fleisch ihrer Jugend. Neue Farbe floß in ihre Augen, Wangen, Haare. Und er versteckte sie sicher in einem ungenannten fernen Obstgarten.

Großpapa öffnete die Augen.

Sonnenlicht strömte herein zu den drei übriggebliebenen Vettern.

Gegenüber saß immer noch die junge Frau.

Großpapa machte die Augen schnell wieder zu, aber es war zu spät. Die Vettern erhoben sich hinter seinem stieren Blick.

»Wir Idioten!« sagte Tom. »Was halten wir uns hier an alten Zeiten auf! *Da* ist das Neue! Das Mädchen dort! Ja?«

»Ja!« flüsterte Cecy. »Paßt auf! Ich schicke Großpapas Geist jetzt einfach in *ihren* Körper. Dann hole ich ihren Geist hierher in Großpapas Kopf! Hier wird sein Körper sitzen, steif wie ein Ladestock, und hier drinnen tanzen und turnen wir und hausen wie die Furien! Der Schaffner geht vorbei und ahnt nichts! Hier sitzt Großpapa, und in seinem Kopf lachen und toben die nackten Haufen, während sein Geist da drüben im Kopf dieses schönen Mädchens eingesperrt ist! Ein herrlicher Spaß, und das mitten im Zug an einem heißen Nachmittag, und keiner weiß etwas davon.«

»Ja«, riefen alle zugleich.

»Nein«, sagte Großpapa, und er kramte zwei weiße Tabletten aus seiner Tasche und verschluckte sie.

»Halt ihn auf!« schrie William.

»Mist!« sagte Cecy. »Es war so ein schöner Plan, so herrlich unartig.«

»Gute Nacht, alle miteinander«, sagte Großpapa. Die Arznei wirkte. »Und Sie –«, sagte er und sah mit freundlich verschlafenem Blick die junge Dame gegenüber an, »wurden soeben vor einem Schicksal bewahrt, junge Frau, das schlimmer ist als zehntausend Tode.«

»Bitte?« Die junge Dame sah ihn verwundert an.

»Unschuld, verbleibe in deiner Unschuld«, sagte Großpapa und schlief ein.

Um sechs Uhr fuhr der Zug in Cranamockett ein. Erst jetzt durfte John zurückkehren aus seinem Exil im Kopf jener Wanderdrossel, viele Meilen zurück auf einem Zaunpfahl.

In Cranamockett fand sich kein einziger Verwandter bereit, die Vettern aufzunehmen.

Nach drei Tagen nahm Großpapa einen Zug zurück nach Illinois, die Vettern immer noch in sich wie Pfirsichsteine.

Dort blieben sie, jeder in einer anderen Ecke von Großpapas Dachkammer, in die abwechselnd Mond und Sonne schienen.

Tom zog in eine Erinnerung an Wien, 1840, mit einer verrückten Schauspielerin, William lebte mit einer flachshaarigen Schwedin unbestimmbaren Alters auf Seeland, während John von einer Fleischschüssel zur nächsten hüpfte – San Francisco, Berlin, Paris – und hin und wieder als ein boshaftes Schillern in Großpapas Augen aufblitzte. Philip schloß sich tief unten in einem Kartoffelkeller ein und las dort alle Bücher, die Großpapa je gelesen hatte.

Aber in mancher Nacht rückt Großpapa unter der Decke zur Großmama hinüber.

»Du!« ruft sie. »In deinem Alter! Hau ab!« kreischt sie.

Und dann schlägt und schlägt und schlägt sie ihn, bis Großpapa, fünfstimmig lachend, aufgibt und sie in Ruhe läßt und sich schlafend stellt, während er fünffältig wachsam auf eine neue Gelegenheit lauert.

Der letzte Zirkus

Red Tongue Jurgis (»Rotzunge« nannten wir ihn, weil er dauernd Himbeerbonbons lutschte) stand eines kalten Oktobermorgens unter meinem Fenster und brüllte zu dem blechernen Wetterhahn auf unserm Dach empor. Ich steckte den Kopf zum Fenster hinaus und blies Dampfwolken. »Holla! Red Tongue!«

»Los, Mann!« schrie er. »Komm schon. Der Zirkus.«

Drei Minuten später lief ich mit zwei Äpfeln, die ich im Laufen am Knie abrieb, aus dem Haus. Red Tongue hüpfte auf der Stelle, um sich warm zu halten. Wir einigten uns, wer zuletzt am Bahnhof ankomme, sei ein Tattergreis.

Äpfel kauend rannten wir durch das stille Städtchen.

Wir standen auf dem dunklen Bahnsteig und hörten die Geleise summen. Wir wußten, daß irgendwo weit draußen in der düster erwachenden Morgenlandschaft der Zirkus nahte. Sein Nahen zitterte in den Schienen. Ich legte das Ohr darauf, um ihn kommen zu hören. »Mann!« sagte ich.

Und dann brauste die Lokomotive auf uns zu mit Feuer und Licht und einem Ton wie ein schwarzes Gewitter, dem Wolken folgten. Aus den Waggons schwankten rote und grüne Laternen, und in den Waggons schnaubte und kreischte und brüllte es. Elefanten stiegen heraus, Käfige wurden gerollt, und alles wimmelte durcheinander, bis Tier und Mensch im ersten Morgendämmer losmarschierten. Red Tongue und ich marschierten mit durchs Städtchen bis hinaus auf die Weiden, wo jeder Grashalm ein weißer Kristall war und jeder Busch regnete, wenn man ihn nur berührte.

»Stell dir das vor, RT«, sagte ich. »Eben noch war hier nur Gegend. Und nun guck dir *das* an!«

Wir guckten. Das große Zelt erblühte wie so eine Wunderblume im kalten Wasser. Lichter flammten auf. Nach einer halben Stunde brutzelten irgendwo Pfannkuchen. Leute lachten.

Wir standen da und bestaunten alles. Ich legte die Hand an meine Brust und fühlte mein Herz an meine Finger trommeln wie so ein Klopfbalg, den man im Scherzartikelladen für zwei Zehner kriegt. Ich wollte nur noch dastehen und gucken und riechen.

»Heim zum Frühstück!« rief RT und stieß mich um, damit er einen Vorsprung bekam.

Mama sah vom Herd auf. »Zieh die Zunge ein und geh dir das Gesicht waschen«, sagte sie.

»Pfannkuchen!« Ich staunte über ihren sechsten Sinn.

»Und wie war's beim Zirkus?« Vater ließ die Zeitung sinken und sah mich über ihren Rand an.

»Klasse!« sagte ich. »Mann!«

Ich wusch mir das Gesicht unter kaltem Wasser und zog meinen Stuhl im selben Moment heraus, als Mama die Pfannkuchen auf den Tisch stellte. Sie reichte mir den Krug mit Sirup. »Da, weich sie dir ein«, sagte sie.

Während ich kaute, nahm Vater wieder die Zeitung hoch und seufzte. »Ich weiß nicht, wohin die Welt noch gehen soll.«

»Du solltest nicht am frühen Morgen schon Zeitung lesen«, sagte Mama. »Das verdirbt dir nur den Magen.«

»Sieh dir das mal an!« rief Vater, indem er mit dem Finger auf die Zeitung schnippte. »Bakteriologische Kriegführung, Atombomben, Wasserstoffbomben. Etwas anderes liest man gar nicht mehr!«

»Ich für meinen Teil«, sagte Mutter, »habe diese Woche große Wäsche.«

Vater runzelte die Stirn. »Das ist ja das Verdrehte an dieser Welt. Die Leute leben auf einem Pulverfaß und machen ihre große Wäsche.« Er richtete sich im Sitzen auf und beugte sich nach vorn. »Guck nur, da steht heute morgen schon wieder, daß sie eine neue Atombombe haben, mit der sie Chicago von der Landkarte radieren können. Und unser Dörfchen hier – davon wäre nur noch ein Klecks übrig. Ich denke immer nur, es ist eine Affenschande.«

»Was?« fragte ich.

»Da haben wir Millionen Jahre gebraucht, um es dahin zu bringen, wo wir jetzt sind. Wir bauen Dörfer und Städte aus dem Nichts. Sieh mal, vor hundert Jahren war von diesem Städtchen noch nichts zu sehen. Wieviel Zeit und Arbeit das alles gekostet hat, und nachdem wir alles nun so schön Stein auf Stein aufgebaut haben, was passiert? PENG!«

»Uns passiert das bestimmt nicht«, sagte ich.

»Nein?« schnaubte Vater verächtlich. »Und warum nicht?«

»*Kann* einfach nicht.«

»Nun gebt ihr zwei mal Ruhe.« Mutter nickte mir zu.

»Du bist zu jung, um das zu verstehen.« Sie nickte Vater zu. »Und du bist alt genug, um es besser zu wissen.«

Wir aßen schweigend weiter. Dann fragte ich Papa: »Was war denn hier, als unser Städtchen noch nicht da war?«

»Gar nichts. Der See, die Berge, sonst gar nichts.«

»Indianer?«

»In dieser Gegend hier kaum. Leere Wälder und Berge, sonst nichts.«

»Reich mir mal den Sirup«, sagte Mama.

»Rrrrumms!« schrie RT. »Ich bin eine Atombombe. *Boiinnng!«*

Wir standen in der Schlange vor dem Elite. Es war der größte Tag des Jahres. Den ganzen Morgen hatten wir beim Zirkus Stroh geschleppt, um uns Freikarten zu verdienen. Jetzt am Nachmittag sahen wir Cowboys und Indianer auf der Filmleinwand, und heute abend – der Zirkus! Wir fühlten uns reich und konnten nur immerzu lachen. RT zielte dauernd durch seine Atomkanone und brüllte: *»Rrrumms!* Du bist ausgelöscht!«

Cowboys jagten Indianer über die Leinwand. Eine halbe Stunde später jagten die Indianer die Cowboys andersherum. Nachdem alle das Gerenne satt hatten, kam der Zeichentrickfilm, danach eine Wochenschau.

»Guck! Die Atombombe!« RT hielt zum erstenmal mit Zappeln inne.

Auf der Leinwand stieg die große graue Wolke in den Himmel, platzte auseinander, und Schlachtschiffe und Kreuzer zerbarsten, Regen fiel.

RT klammerte sich an meinen Arm und starrte in die brennende Weiße. »Ist das nicht was, Doug? Na, ist das nicht was?« Er stupste in meinen Rippen herum.

»Ein Heuler!« sagte ich lachend und stupste zurück. »Ich wünsche mir eine Atombombe! *Zischbumm* – das war die Schule!«

»*Rummms!* Gute Nacht, Clara Holmquist!«

»*Boiinnng!* Jetzt hat es Wachtmeister O'Rourke erwischt!«

Zum Abendessen gab es Schwedenklopse, heiße Brötchen, Bohnen mit Speck und grünen Salat. Vater blickte sehr ernst und versonnen drein und versuchte ein paar wichtige wissenschaftliche Tatsachen zur Sprache zu bringen, über die er in einer Illustrierten gelesen hatte, aber Mama schüttelte den Kopf.

Ich beobachtete Papa. »Fehlt dir was, Paps?«

»Ich werde unser Zeitungsabonnement kündigen«, sagte Mama. »Du kriegst vor lauter Sorgen noch mal Magengeschwüre. Hast du gehört, Vater?«

»Menschenskinder!« sagte ich, »hab *ich* 'nen Film gesehen! Im Elite. Da hat eine Atombombe ein ganzes Schlachtschiff in die Luft gejagt.«

Vater ließ die Gabel fallen und stierte mich an. »Douglas, du hast manchmal die unheimliche Gabe, genau im falschen Moment genau das Falsche zu sagen.«

Ich fühlte, wie Mama mit zusammengekniffenen Augen meinen Blick suchte. »Es wird spät«, sagte sie. »Du solltest jetzt losrennen, wenn du noch in den Zirkus willst.«

Während ich meinen Hut und Mantel holte, hörte ich

Vater mit leiser, nachdenklicher Stimme sagen: »Was hieltest du davon, das Geschäft zu verkaufen? Wir wären doch schon immer mal so gern verreist; vielleicht nach Mexiko. In irgendein kleines Städtchen. Uns da niederlassen.«

»Du redest wie ein Kind«, flüsterte Mutter. »Ich will so was von dir nicht mehr hören.«

»Ich weiß ja, daß es dumm ist. Hör mir einfach nicht zu. Aber du hast schon recht. Besser die Zeitung abbestellen.«

Ein Wind wehte die Bäume halb um, der Himmel war voller Sterne, und draußen auf einer Wiese zwischen den Bergen stand der Zirkus wie ein Riesenpilz. Red Tongue und ich hatten Popcorn in der einen Hand, Karamellen in der andern und Zuckerwatte am Kinn. »Guck mal, ich hab 'n Bart!« rief Red Tongue. Alles schwatzte und drängelte unter den strahlenden Glühbirnen, und ein Mann klatschte mit einem Bambusstock auf eine Leinwand und pries den Skelettmenschen, die Wabbeldame, den leuchtenden Mann und den Robbenjungen an, während RT und ich uns zu der Frau durchdrängten, die unsere Eintrittskarten abriß.

Wir balancierten nach oben und setzten uns auf die Lattenbänke, gerade als die große Trommel explodierte und juwelengeschmückte Elefanten behäbig in die Arena geschritten kamen, und von da an gab es nur noch grelle Scheinwerfer, Männer wurden aus feurigen Kanonenrohren geschossen, Frauen hingen an ihren weißen Zähnen und spielten Schmetterling hoch oben im Zigarrenqualm, Trapezkünstler schaukelten zwischen Seilen und Masten vor und zurück, und Löwen drehten geschmeidig ihre

Runden auf dem Sägemehlboden ihres Gitterkäfigs, während der Dompteur aus einer Silberpistole Rauch und Flammen nach ihnen schoß. »Guck!« schrien RT und ich, während wir dahin blinzelten und dorthin gafften, lachten und *oh* und *ah* riefen, staunend, ungläubig, überrascht und amüsiert und atemlos, mit weit aufgerissenen Augen und Mündern. Autos knatterten im Kreis herum, Clowns sprangen aus brennenden Hotels, ließen sich Haare sprießen, verschwanden in dampfenden Kisten und verwandelten sich darin von Riesen in Zwerge. Die Kapelle schmetterte, trompetete, schepperte, und alles war Farbe und Hitze, blitzendes Geschmeide und tosendes Publikum.

Doch einmal, gegen Ende der Vorstellung, sah ich hoch. Und da war hinter mir ein kleines Loch in der Zeltleinwand, und durch das Loch sah ich das uralte Weideland, über das der Wind wehte, und einsam schienen da draußen die Sterne. Der kalte Wind zerrte behutsam am Zelt. Und als ich mich wieder dem heißen Brodeln ringsherum zuwandte, war auch mir plötzlich ganz kalt. Ich hörte Red Tongue neben mir lachen und sah nur halb, wie ein paar Männer auf einem silbernen Fahrrad hoch oben auf einem dünnen Faden dahinfuhren, während die Trommel *tattattattam-tattattattam* wirbelte und alles mucksmäuschenstill war. Und als das vorbei war, kamen die Clowns, Hunderte auf einmal, und hauten einander Knüppel auf die Köpfe, und Red Tongue kreischte vor Lachen und fiel fast von der Bank. Und ich saß da und rührte mich nicht, bis Red Tongue sich endlich zu mir umdrehte und fragte: »He, Doug, was ist los mit dir?«

»Nichts«, sagte ich. Ich schüttelte mich. Ich sah an den

roten Zirkusmasten empor zu den Seilen und den grellen Lichtern. Ich sah zu den weißbemalten Clowns und zwang mich zu lachen. »Guck doch mal, RT, der Dicke da drüben!«

Die Kapelle spielte *The Old Gray Mare She Ain't What She Used to Be.*

»Das war der Schluß«, sagte RT atemlos.

Wir blieben sitzen, während die tausendköpfige staunende Menge murmelnd und lachend und drängend abzog. Im Zelt hing dicker Zigarrenqualm, und verlassen lagen im Augenblick die Musikinstrumente auf der hölzernen Empore, von wo uns eben noch die Kapelle aufgeschreckt hatte mit Tusch auf blechernen Tusch.

Wir rührten uns nicht, weil wir beide nicht wollten, daß es vorbei war.

»Wir sollten lieber gehen«, sagte RT, ohne sich zu rühren.

»Warte«, sagte ich tonlos, den Blick ins Leere gerichtet. Nach den ungewohnten langen Stunden Musik und Farbe tat mir der Hintern weh von den Holzlatten. Männer liefen umher und patschten die Klappstühle zum Wegtragen zusammen. Die Zeltbahnen wurden ausgehakt. Überall klirrte und klatschte und klapperte der sich auflösende Zirkus.

Das Zelt war leer.

Wir standen im Mittelgang, der Wind wehte uns Sägemehl in die Augen und riß das Laub von den Bäumen. Und der Wind trug sie alle fort, die toten Blätter und die rastlosen Menschen. An den Seiten gingen die Lichter aus. Wir stiegen auf einen nahen Hügel und blieben dort zähneklappernd stehen in der windigen Dunkelheit, sahen die blauen Lichter durch die Schwärze ziehen, die weißen Körper der Elefanten dahinschweben, hörten Männer fluchend die Zeltpflöcke herausreißen. Dann ließ sich wie ein riesiger seufzender Blasebalg das Hauptzelt auf die Erde nieder.

Eine Stunde später füllten Autos, Zugmaschinen und goldene Käfige die Schotterstraße. Leer lag die fahle Wiese. Der Mond ging auf, und Rauhreif bildete sich auf allem, was naß war. RT und ich gingen langsam über die Wiese zurück und rochen das Sägemehl. »Alles, was noch davon da ist«, sagte Red Tongue. »Sägemehl.«

»Hier ist ein Loch von einem Zeltpflock«, sagte ich und zeigte darauf. »Und da noch eins.«

»Da meint man, sie wären gar nicht dagewesen«, sagte Red Tongue. »Wie wenn wir uns das alles nur ausgedacht hätten.« Der Wind wehte über die leere Wiese, und wir sahen die schwarzen Bäume sich schütteln. Kein Licht mehr, kein Ton; und endlich war sogar der letzte Zirkusduft verweht.

»Auweia!« sagte RT und scharrte mit den Füßen. »Wir kriegen die Hucke voll, wenn wir nicht spätestens *vor einer Stunde* zu Hause sind!« Er lächelte.

Wir gingen zusammen zurück über die einsame Landstraße, den Wind im Rücken, die Hände tief in den Taschen, die Köpfe gesenkt. Wir kamen an der stillen, tiefen Schlucht vorbei, dann durch die kleinen Straßen der Stadt, vorbei an schlafenden Häusern, in denen da und dort noch leise ein Radio lief, und man hörte eine letzte Grille zirpen und unsere Absätze auf dem groben Pflaster mitten auf der langen Straße hallen unter den trüben, schwankenden Bogenlaternen an jeder Straßenecke.

Ich sah alle Häuser an, alle Lattenzäune und schrägen Dächer und erhellten Fenster, und ich betrachtete jeden Baum und jeden Pflasterstein unter meinen Füßen. Ich sah auf meine Schuhe, und ich sah zu RT, der zähneklappernd neben mir hertrottete. Und ich sah eine Meile weit weg die Rathausuhr ihr feuchtes weißes Gesicht ins Mondlicht heben und die städtischen Gebäude alle, schwarz und groß. »Gu'Nacht, Doug.« Ich antwortete nicht, und langsam ging RT zwischen den mitternächtlichen Häusern die Straße entlang, bis er fern um eine Ecke bog.

Ich schlich die Treppe hinauf, und eine Minute später lag ich im Bett und sah zu meinem Fenster hinaus über das Städtchen.

Mein Bruder Skip muß mich lange weinen gehört haben, bevor er die Hand ausstreckte und mich am Arm faßte. »Was ist los, Doug?«

»Nichts.« Ich hielt die Augen geschlossen und schluchzte. »Nur der Zirkus.«

Skip wartete. Der Wind blies ums Haus. »Was ist damit?« fragte er.

»Nichts – nur daß er nicht wiederkommt.«

»Klar doch«, sagte er.

»Nein, er ist fort. Und er kommt nicht wieder. Wo er war, ist alles weg, nichts mehr übrig davon.«

»Versuch jetzt mal ein bißchen zu schlafen.« Skip drehte sich um.

Ich hörte auf zu weinen. Irgendwo glommen noch ein paar Fenster übers Städtchen herüber. Unten am Bahnhof pfiff eine Lokomotive und setzte sich in Bewegung und fuhr schnell zwischen den Hügeln davon.

Ich wartete im dunklen Zimmer und hielt den Atem an, während an den kleinen Häusern ein stilles, fernes Fenster um das andere dunkel wurde.

Die Laurel & Hardy-Liebesgeschichte

Er nannte sie Stan, sie nannte ihn Ollie.

Das war der Anfang, das war das Ende einer Geschichte, die wir die Liebesgeschichte von Stan und Ollie nennen wollen.

Sie war fünfundzwanzig, er zweiunddreißig, als sie sich auf einer dieser langweiligen Cocktailpartys begegneten, auf denen sich jedermann fragt, was er da eigentlich verloren hat. Es geht aber auch keiner nach Hause, also trinken alle zuviel und lügen, was für ein wundervoller Abend es gewesen sei.

Sie sahen sich nicht von weitem durch das Gedränge in einem großen Raum, wie es ja mitunter vorkommen soll, und keine romantische Musik untermalte ihren Zusammenstoß, denn die Musik war einfach nicht zu hören, weil alle hierhin redeten und dorthin guckten.

Genaugenommen torkelten sie durch einen Wald von Leuten und fanden doch keinen schattenspendenden Baum. Er wollte sich gerade einen dringend benötigten Drink besorgen, und sie versuchte einem liebeskranken Fremden aus dem Weg zu gehen, als sich mitten in dem unnützen Haufen ihre Bahnen kreuzten. Beide versuchten ein paarmal nach links, nach rechts auszuweichen, dann lachten sie, und er griff sich spontan an den Schlips und wedelte mit flatternden Fingerbewegungen damit in ihre Richtung. Sofort faßte sie sich lächelnd auf den Kopf und zerwirbelte ihre Frisur, und dabei klimperte sie mit den Augendeckeln und machte ein Gesicht, als hätte sie gerade eins auf den Schädel bekommen.

»Stan!« rief er in der Freude des Erkennens.

»Ollie!« rief sie. »Wo *warst* du denn?«

»Tu doch mal was, um mir zu *helfen*!« rief er mit wichtigtuerischen Gebärden zurück.

Sie hakten sich unter und lachten von neuem.

»Ich –« Ihr Gesicht strahlte immer heller. »Ich weiß genau wo Laurel und Hardy, nicht weit von hier, neunzehnhundertdreißig die Kiste mit dem Klavier hundertfünfzig Stufen hinauf- und hinuntergeschleppt haben!«

»Na, dann nichts wie *raus* hier!« rief er.

Seine Autotür klappte zu, der Motor heulte auf.

In der Spätnachmittagssonne raste Los Angeles vorbei.

Er hielt an und parkte, wo sie befahl. »Hier.«

»Ich kann's nicht glauben«, sagte er leise, ohne sich zu rühren. Er sah rundum in den Sonnenuntergangshimmel. Überall gingen unter ihnen in Los Angeles die Lichter an. Er nickte. »Sind *das* die Stufen?«

»Alle hundertfünfzig.« Sie stieg aus dem Kabrio. »Komm schon, Ollie.«

»Na schön – Stan«, sagte er.

Sie gingen hinüber bis zum Fuß eines anderen Hügels und sahen die lange Flucht steiler Betonstufen hinauf bis in den Himmel. Um seine Augen erschien ein hauchdünner feuchter Rand. Sie übersah ihn geflissentlich, faßte ihn aber am Arm. Ihre Stimme war wunderbar ruhig.

»Los, geh rauf«, sagte sie. »Geh schon.«

Sie gab ihm einen sanften Schubs.

Er begann die Stufen hinaufzugehen, mitzählend, und bei jeder geraunten Zahl schwoll seine Stimme um ein weiteres Freudendezibel. Bei siebenundfünfzig angekommen, war er ein kleiner Junge bei einem herrlichen, neualten Spiel, verloren in der Zeit, und ob er nun das Klavier den Berg hinauftrug, oder ob das Klavier hinter ihm heruntergepoltert kam, hätte er nicht zu sagen gewußt.

»Halt!« hörte er sie von weitem rufen. »Bleib, wo du bist!«

Er blieb schwankend auf Stufe achtundfünfzig stehen, freudig lächelnd wie von einem guten Geist begleitet, und drehte sich um.

»Gut so«, rief sie. »Und nun komm wieder herunter.«

Er begann hinunterzusteigen, Farbe in den Wangen und ein seltsames Ziehen der Glückseligkeit in seiner Brust. Jetzt hörte er das Klavier nachkommen.

»Halt! Bleib, wo du bist!«

Sie hatte eine Kamera in der Hand. Als er das sah, griff er sich automatisch an den Schlips und wedelte damit durch die Abendluft.

»Jetzt *ich!*« rief sie und kam heraufgerannt, um ihm die Kamera in die Hand zu drücken. Und er ging hinunter und sah nach oben, wo sie stand und die Schultern hob wie Stan und ein Gesicht machte wie Stan, verwundert und resigniert und ewig genasführt vom Leben, das er dennoch liebte. Er drückte auf den Auslöser und wünschte sich, auf immer hierbleiben zu können.

Sie kam die Stufen herunter und sah ihm ins Gesicht.

»Was denn«, sagte sie, »du *weinst* ja!«

Sie legte ihre Daumen unter seine Augen und drückte die Tränen fort. Dann kostete sie davon. »Tatsächlich«, sagte sie. »*Richtige* Tränen.«

Er sah in ihre Augen, die fast so feucht waren wie die seinen.

»Da hast du uns ja wieder eine schöne Geschichte eingebrockt«, sagte er.

»O Ollie«, sagte sie.

»O Stan.«

Er küßte sie sanft.

Dann meinte er:

»Ob wir uns überall wiedererkennen?«

»Immer und überall«, sagte sie.

Und so begann die lange Liebesgeschichte.

Sie hatten natürlich richtige Namen, aber die spielen keine Rolle, denn am besten nannten sie sich doch nur Stan und Ollie.

Es war nämlich einfach so, daß sie fünfzehn Pfund Untergewicht hatte und er immer wollte, daß sie ein bißchen zunahm. Und er hatte zwanzig Pfund Übergewicht, und sie wollte, daß er etwas mehr abnahm als nur die Uhr. Aber es wurde nie etwas daraus und war letztlich nur ein gutmütiger Scherz zwischen ihnen, der meist so endete:

»Du bist Stan, da beißt keine Maus einen Faden ab, und ich bin Ollie, finden wir uns damit ab. Und laß uns doch die Suppe mit Genuß auslöffeln, liebes Kind, solange von dieser herrlichen Suppe noch was da ist!«

Solange noch etwas da war, und die Suppe reichte eine

ganze Weile, war sie Consommé Royal und Sahnetorte in einem, eine Tollheit, von der sie sich bis an ihr Lebensende nicht mehr erholen würden.

Seit jener Abenddämmerstunde auf der Klaviertreppe waren ihre Tage lang und unbeschwert und ausgefüllt von diesem herrlichen Lachen, das dem Beginn einer jeden großen Liebesaffäre und ihrem rauschhaften Verlauf das Tempo vorgibt. Sie hielten mit dem Lachen nur lange genug inne, um sich zu küssen, und hielten mit Küssen nur lange genug inne, um darüber zu lachen, wie komisch und zauberhaft es war, ohne etwas an in einem Bett zu liegen, das so groß war wie das Leben und so schön wie der Morgen.

Und wenn sie mitten in dieser warmen Weiße saßen, schloß er die Augen und schüttelte den Kopf und erklärte schwülstig:

»Ich habe *nichts* zu sagen!«

»Doch, hast du!« rief sie. *»Sag's!«*

Dann sagte er es, und sie purzelten vom Rand der Erde.

Ihr erstes Jahr war eine Welt der Märchen und Sagen, an die sie sich dreißig Jahre später nur verklärt erinnern würden. Sie gingen ins Kino und sahen neue Filme und alte Filme, aber hauptsächlich Stan und Ollie. Sie prägten sich die besten Szenen ein und deklamierten sie, wenn sie durch das mitternächtliche Los Angeles fuhren, alle vor- und rückwärts. Er verwöhnte sie, indem er es als etwas ganz Besonderes hinstellte, daß sie in Hollywood aufgewachsen war, und sie verwöhnte ihn, indem sie sein Gestern auf Rollschuhen vor den Studios für ihn zurückholte aus der Vergangenheit in die Gegenwart.

Und eines Abends machte sie es wahr. Aus einer Laune heraus fragte sie ihn, wo er denn als Junge Rollschuh gelaufen und mit W. C. Fields zusammengestoßen sei. Wo er Fields um ein Autogramm gebeten und Fields ihm ein Autogramm in sein Heft geschrieben und es ihm mit den Worten zurückgegeben habe: »Hier, du kleiner Lump!«

»Fahr mich hin«, sagte sie.

Und sie stiegen um zehn Uhr desselben Abends vor den Paramount-Studios aus, und er zeigte auf die Straße vor dem Tor und sagte: »Da hat er gestanden«, und sie schlang die Arme um ihn und küßte ihn und fragte leise: »Und wo hast du dich mit Marlene Dietrich fotografieren lassen?«

Er führte sie fünfzehn Meter weiter auf die andere Straßenseite, dem Studio gegenüber. »Hier stand Marlene«, sagte er. »In der Abendsonne.« Und wieder küßte sie ihn, diesmal länger, und wie in einem plumpen Zaubertrick ging der Mond auf und füllte die ganze Straße vor dem leeren Studio. Ihre Seele floß in ihn über wie aus einem umgekippten Brunnen, und er empfing sie und gab sie zurück und war glücklich.

»Und jetzt«, meinte sie leise, »wo hast du neunzehnfünfunddreißig Fred Astaire gesehen, und neunzehnsiebenunddreißig Ronald Coleman, und neunzehnsechsunddreißig Jean Harlow?«

Und er fuhr bis Mitternacht mit ihr zu den drei Stellen, wo sie ausstiegen und sie ihn küßte, als ob es nie ein Ende geben werde.

Das war das erste Jahr. Und in diesem ersten Jahr stiegen

sie mindestens einmal im Monat die lange Klaviertreppe hinauf und hinunter und machten auf halber Höhe Picknick und entdeckten etwas Unerhörtes.

»Ich glaube, es sind unsere Münder«, sagte sie. »Bis ich dir begegnete, wußte ich gar nicht, daß ich einen Mund hatte. Du hast den wundervollsten Mund der Welt, und er gibt mir das Gefühl, daß meiner auch wundervoll ist. Bist du, bevor ich dich küßte, überhaupt schon einmal richtig geküßt worden?«

»Nie!«

»Ich auch nicht. Da lebt man nun schon so lange und kennt keine Münder!«

»Lieber Mund«, sagte er. »Sei still und küß mich.«

Doch am Ende des ersten Jahres entdeckten sie etwas noch Unerhörteres. Er arbeitete bei einer Werbeagentur und war an einen Ort gebunden. Sie arbeitete bei einer Reiseagentur und sollte demnächst in der ganzen Welt herumfliegen. Beide wunderten sich, daß sie darauf nie gekommen waren. Aber nachdem der Vesuv einmal ausgebrochen war und der glühende Staub sich allmählich legte, saßen sie eines Abends beieinander und sahen sich an, und sie sagte leise:

»Leb wohl...«

»Wie?« fragte er.

»Ich sehe unsern Abschied«, sagte sie.

Er sah ihr ins Gesicht, das nicht traurig wie Stans Gesicht in den Filmen war, sondern traurig wie sie.

»Ich fühle mich wie in diesem Roman von Hemingway, wo am Ende zwei Menschen durch den späten Nachmittag fahren und davon sprechen, wie es wohl wäre, immer so fahren zu können, aber beide wissen jetzt, daß es nicht geht«, sagte sie.

»Stan«, sagte er, »dies ist kein Hemingway-Roman, und wir sind nicht am Ende der Welt. Du wirst mich nie verlassen.«

Aber das war eine Frage, keine Feststellung, und plötzlich rutschte sie von ihm weg, und er sah sie blinzelnd von oben an und fragte:

»Was machst du da unten?«

»Dummkopf«, sagte sie, »ich knie auf dem Boden und bitte dich um deine Hand. Heirate mich, Ollie. Komm mit mir nach Frankreich. Ich habe eine neue Stelle in Paris. Nein, sag nichts. Halt den Mund. Kein Mensch muß wissen, daß ich in diesem Jahr das Geld verdiene und dich aushalte, während du den großen amerikanischen Roman schreibst –.«

»Aber –«

»Du hast deine Reiseschreibmaschine, einen Stapel Papier und mich. Sag es, Ollie. Kommst du mit? Herrgott nochmal, dann heirate mich eben nicht und laß uns in Sünde leben, aber flieg mit mir, ja?«

»Um uns in einem Jahr vor die Hunde gehen und auf immer begraben zu sehen?«

»Hast du so große Angst, Ollie? Glaubst du nicht an mich, an dich, an gar nichts? Mein Gott, warum sind Männer nur solche Feiglinge, und warum zum Teufel habt ihr so dünne Häute und könnt es nicht wagen, euch auch einmal an eine Frau anzulehnen? Hör zu, ich habe dort zu tun, und du kommst mit. Ich kann dich nicht hierlassen, sonst fällst du mir noch mal diese verdammte Treppe hinunter. Aber wenn ich muß, werde ich's tun. Ich will alles, und zwar jetzt, nicht morgen. Das heißt, dich und Paris und meine Arbeit. Dein Roman braucht Zeit, aber du wirst ihn schaffen. Also, willst du ihn hier schreiben und dich selbst bemitleiden, oder wollen wir zusammen im Quartier Latin in einer Dachwohnung ohne warmes Wasser wohnen, weit weg von hier? Das ist mein erstes und letztes Angebot, Ollie. Ich habe noch nie einen Heiratsantrag gemacht und werde auch nie mehr einen machen, denn es tut den Knien nicht gut. Also?«

»Haben wir darüber schon einmal gesprochen?«

»Ein dutzendmal im letzten Jahr, du hast nur nie zugehört, du warst ein hoffnungsloser Fall.«

»Nein. Nur verliebt und hilflos.«

»Du hast eine Minute Zeit, dich zu entscheiden. Sechzig Sekunden.« Sie starrte auf ihre Armbanduhr.

»Steh vom Boden auf«, sagte er verlegen.

»Wenn ich aufstehe, heißt das, ich gehe zur Tür hinaus und bin fort. Noch fünfundvierzig Sekunden, Ollie.«

»Stan«, stöhnte er.

»Dreißig«, las sie von ihrer Uhr ab. »Zwanzig. Ich habe schon ein Knie vom Boden. Zehn. Jetzt nehme ich das zweite Knie hoch. Fünf. Eine.«

Und sie stand wieder.

»Wie sind wir nur darauf gekommen?« fragte er.

»Jetzt«, sagte sie. »Ich gehe zur Tür. Ich weiß es auch nicht. Vielleicht habe ich mehr darüber nachgedacht, als ich mir selbst gestehen wollte. Wir sind ganz besonders wunderbare Menschen, Ollie, und solche wie uns, glaube ich, gibt es nicht noch einmal auf der Welt, jedenfalls nicht für uns, falls ich mir nicht selbst etwas vorlüge, was wahrscheinlich der Fall ist. Aber jetzt muß ich gehen, und dir steht es frei, mitzukommen, aber entweder bringst du es nicht über dich, oder du weißt es selbst nicht. Und jetzt –« Sie streckte die Hand aus. »Meine Hand ist an der Tür und –«

»Und?« fragte er leise.

»Ich weine«, sagte sie.

Er wollte aufstehen, aber sie schüttelte den Kopf.

»Nein, laß das. Wenn du mich anrührst, gebe ich doch nach, und das soll der Teufel holen. Ich gehe. Aber einmal im Jahr ist Vergebungstag oder Versöhnungstag oder egal wie du's nennen willst. Einmal im Jahr komme ich zu unserer Treppe, ohne Klavier, zur selben Stunde wie an dem Abend, als wir da zum erstenmal hingefahren sind, und wenn du dann auch da bist, entführe ich dich oder du mich, aber bring gefälligst nicht deine Kontoauszüge mit, um sie mir zu zeigen, und verschone mich mit deinem Gequassel.«

»Stan«, sagte er.

»Mein Gott«, klagte sie.

»Was?«

»Die Tür ist schwer. Ich kann sie nicht bewegen.« Sie schluchzte. »So. Jetzt bewegt sie sich. So.« Sie schluchzte lauter. »Ich bin fort.«

Die Tür ging zu.

»Stan!« Er rannte zur Tür und packte die Klinke. Sie war feucht. Er führte die Finger an den Mund und schmeckte das Salz, dann öffnete er die Tür.

Der Korridor war schon leer. Gerade fand die Luft

wieder zusammen, wo sie gegangen war. Donner drohte, wenn sich die beiden Hälften begegneten. Es sah nach Regen aus.

Er fuhr jedes Jahr am vierten Oktober zur Treppe, drei Jahre hintereinander, aber sie war nicht da, und dann vergaß er es zwei Jahre, doch im Herbst des sechsten Jahres fiel es ihm wieder ein, und er fuhr im späten Abendlicht hin und stieg die Treppe hinauf, denn er hatte auf halber Höhe etwas gesehen, und das war eine Flasche guter Champagner, die jemand dorthin geliefert hatte, mit Schleifchen und einem Zettel daran, und auf dem Zettel stand:

»Ollie, lieber Ollie. Datum nicht vergessen. Bin aber in Paris. Mund nicht so gut, aber glücklich verheiratet. Alles Liebe, Stan.«

Daraufhin fuhr er jeden Oktober eben *nicht* zur Treppe. Das Getöse des Klaviers, wenn es den Hügel heruntergerauscht kam, würde ihn nämlich einfangen, das wußte er, und irgendwohin forttragen, wer weiß wohin.

Und damit endete, endete fast, die Liebesgeschichte von Stan und Ollie.

Ein freundlicher Zufall sorgte doch noch für eine letzte Begegnung.

Als er fünfzehn Jahre später durch Frankreich reiste, spazierte er an einem dämmrigen Nachmittag mit seiner Frau und seinen zwei Töchtern über die Champs-Elysées, als ihnen diese hübsche Frau entgegenkam, begleitet von einem sehr nüchtern aussehenden älteren Herrn und einem sehr hübschen dunkelhaarigen Zwölfjährigen, der offenbar ihr Sohn war.

Als sie aneinander vorbeigingen, erstrahlte auf ihren beiden Gesichtern im gleichen Moment das gleiche Lächeln.

Er wedelte ihr mit seiner Krawatte zu.

Sie sah ihn an und zerwirbelte sich das Haar.

Sie blieben nicht stehen. Sie gingen weiter. Aber er hörte sie über die Champs-Elysées zurückrufen, und es waren die letzten Worte, die er je von ihr hören sollte:

»Da hast du uns ja wieder eine schöne Geschichte eingebrockt!« Und anschließend rief sie noch einmal den alten, den vertrauten Namen, auf den er in den Jahren ihrer Liebe gehört hatte.

Dann war sie fort, und seine Frau und seine Töchter sahen ihn an, und die eine Tochter fragte: »Hat diese Frau dich Ollie genannt?«

»Welche Frau?« fragte er.

»Paps«, sagte die andere Tochter und sah ihm neugierig ins Gesicht. »Du weinst ja.«

»Ach was.«

»Doch, du weinst. Stimmt's etwa nicht, Mama?«

»Du weißt doch«, sagte seine Frau, »daß dein Papa schon über dem Telefonbuch weinen kann.«

»Nein«, sagte er, »nur über hundertfünfzig Stufen und ein Klavier. Erinnert mich daran, Kinder, daß ich euch das eines Tages einmal zeige.«

Sie gingen weiter, und er drehte sich ein letztes Mal um und sah zurück. Die Frau und ihr Mann und Sohn drehten sich im selben Moment ebenfalls um. Vielleicht sah er, daß ihr Mund die stummen Worte formte: Mach's gut, Ollie. Vielleicht sah er es aber auch nicht und fühlte nur, wie sein eigener Mund sich stumm bewegte: Mach's gut, Stan.

Und sie gingen in der abendlichen Oktobersonne weiter in entgegengesetzte Richtungen die Champs-Elysées entlang.

Du wirst dich fragen, warum wir hier sind?

Das Restaurant war leer, als er hinkam. Es war sechs Uhr, noch früh, und der Massenansturm würde, wenn überhaupt, erst später einsetzen, was ihm nur recht war, denn er hatte noch allerhand zu erledigen. Er sah seine Hände an, wie sie die Servietten neben den drei Gedecken falteten, dann die Weingläser aufstellten und wieder umstellten, dann Messer und Gabeln und Löffel hinlegten und wieder umlegten, als ob er hier der Oberkellner oder Oberpriester oder Obersonstwas wäre. Dabei führte er leise Selbstgespräche, meist sinnloses Zeug und im übrigen so etwas wie Beschwörungsformeln, denn eigentlich wußte er nicht, wie das alles ging, aber es mußte sein.

Er öffnete persönlich den Wein, während das Wirtsvolk abseits stand und mit dem Küchenchef tuschelte und ihm zunickte, als wäre er hier der Oberirre, der alles meisterte.

Was er meisterte, wußte er selbst nicht so genau. Sein Leben? Nicht ganz. Nicht einmal halb. Manchmal gar nicht. Aber das würde sich heute abend ändern müssen, so oder so. Vielleicht gab der heutige Abend ihm wenigstens ein paar Antworten oder doch ein wenig Frieden.

Er goß einen Schluck Wein in sein Glas, schnupperte, kostete, schloß die Augen, wartete auf den Nachgeschmack. In Ordnung. Kein großer Wein, aber ordentlich.

Er kramte das Besteck zum drittenmal um und dachte: Ich habe zwei Probleme. Meine Töchter, die ebensogut Marsmenschen sein und auf dem Mars wohnen könnten. Und meine Eltern – das größte Problem überhaupt.

Denn sie waren schon zwanzig Jahre tot.

Egal. Wenn er betete, wenn er stumm bat, wenn er sie mit ungeheurer Willenskraft herbeirief, seinen Herzschlag, seinen rastlosen Verstand in die Gewalt bekam, wenn er alle seine Gedanken auf den nahen Anger bündelte, mochte es geschehen. Seine Mutter, sein Vater würden auf irgendwelche Weise ihren Staub einsammeln und aufstehen und gehen, sie würden durch die nächtlichen Straßen kommen, drei Häuserblocks weit, und so selbstverständlich dieses Restaurant betreten, als –

Mein Gott, ich habe noch nicht einmal ein ganzes Glas Wein getrunken, dachte er, und er drehte sich unvermittelt um und ging hinaus.

Draußen in der Sommernacht stand er vor der halboffenen Tür des Restaurants und starrte die dunkelnde Straße hinunter zum Friedhofstor. Ja. Fast bereit. *Er* jedenfalls. Aber... auch sie? War der Zeitpunkt richtig? Für ihn ja, gewiß, aber... Konnten die ausgelegten Servietten, die Bestecke, ausgelegt wie Notsignale, der gute Wein auf dem Tisch, konnte das alles es tatsächlich *bewirken*?

Gib's auf, dachte er und wandte den Blick vom fernen Friedhofstor zur nahen Telefonzelle. Er ließ die Tür zuklappen, ging zu der Zelle, warf seinen Zehner ein und wählte.

Die Stimme seiner Tochter vom Anrufbeantworter. Er schloß die Augen und legte kopfschüttelnd wieder auf, ohne etwas gesagt zu haben. Er wählte eine zweite Nummer. Die zweite Tochter nahm gar nicht erst ab. Er legte auf, warf einen letzten Blick zum fernen Friedhof, dort in der zunehmenden Dunkelheit, und eilte ins Restaurant zurück.

Dort machte er alles noch einmal von vorn, kramte Gläser, Servietten, Bestecke um, bewegte sie einmal und noch einmal, ordnete sie aufs neue und wieder aufs neue, um sie alle mit Energie aufzuladen, allen diesen Gegenständen *Glauben* einzuflößen, wie sich selbst. Dann nickte er, setzte sich und starrte auf die Bestecke, die Teller, die Weingläser, holte dreimal tief Luft, schloß die Augen, konzentrierte sich, betete inbrünstig und wartete.

Er wußte, daß er nur lange genug hier sitzen und es sich inbrünstig genug wünschen mußte –

Sie würden kommen und sich hinsetzen, ihn begrüßen wie immer; seine Mutter würde ihn auf die Wange küssen, sein Vater würde seine Hand mit festem Griff umfassen, und endlich würde die laute Begrüßung verstummen und das letzte Abendessen beginnen, hier in diesem Kleinstadtrestaurant.

Zwei Minuten vergingen. Er hörte seine Uhr am Handgelenk ticken. Nichts.

Eine weitere Minute verging. Er konzentrierte sich. Er betete. Sein Herz pochte leise. Nichts.

Noch eine Minute. Er lauschte seinem eigenen Atem. Jetzt, dachte er. Jetzt, zum Kuckuck! *Kommt* doch schon!

Sein Herz machte einen Satz.

Die Tür war aufgegangen.

Er sah nicht auf. Er hielt die Luft an und die Augen geschlossen.

Jemand kam auf seinen Tisch zu. Jemand blieb stehen. Jemand sah auf ihn herab.

»Ich dachte schon, du würdest uns nie mehr zum Essen einladen«, sagte seine Mutter.

Er öffnete die Augen, gerade als sie sich bückte, um ihn auf die Stirn zu küssen.

»Lange nicht gesehen!« Sein Vater streckte die Hand aus und umfaßte die seine mit festem Griff. »Wie geht's denn, Sohnemann?«

Der Sohn sprang auf und hätte fast den Wein verschüttet.

»Gut, Papa. Hallo, Mama! Setzt euch, ach ja, meine Güte, nun setzt euch doch hin!«

Aber sie setzten sich nicht. Sie blieben stehen und sahen einander so merkwürdig verdutzt an, bis –

»Mach nicht so ein Getue, wir sind's doch nur«, sagte seine Mutter. »Du hast dich ja lange nicht gemeldet. Wir –«

»Ja, es ist lange her, Sohnemann.« Der Vater hielt noch immer seine Hand im eisernen Griff. Jetzt kniff er jedoch zum Zeichen, daß alles wieder gut war, ein Auge zu. »Aber wir können das ja verstehen. Du hast zu tun. Geht's dir noch gut, Sohnemann?«

»Ja, gut«, sagte der Sohn. »Ich meine – ihr *fehlt* mir!« Und impulsiv schlang er die Arme um sie und drückte sie beide an sich, und die Augen liefen ihm über. »Wie ist es euch denn ergangen –« Er stockte errötend. »Ich meine –«

»Du brauchst nicht rot zu werden, Sohnemann«, sagte

der Vater. »Uns geht's prima. Die erste Zeit war es hart, ich meine, es war alles so neu. Teufel auch, wie soll man das beschreiben? Es geht nicht, darum will ich –«

»George, nun hör doch um Gottes willen mal zu gakkern auf und besorg uns einen Tisch«, sagte die Mutter.

»Das *ist* unser Tisch«, sagte der Sohn und zeigte auf die leeren Plätze. Jetzt sah er, daß er vergessen hatte, die Kerze anzuzünden, und holte es mit zitternden Fingern nach. »Setzt euch. Trinkt einen Schluck Wein.«

»Dein Vater soll doch keinen Wein trinken«, begann die Mutter.

»Mein Gott«, sagte der Vater, »das ist doch jetzt *wirklich* egal.«

»Vergessen.« Die Mutter tastete verlegen an sich hinunter, als ob sie gerade ein neues Kleid anprobiert hätte, dessen Nähte schief saßen. »Immerzu vergesse ich das.«

»Das ist wie vergessen, daß man lebt.« Der Vater lachte kurz auf. »Da leben die Leute siebzig Jahre und *merken* es nach einer Weile gar nicht mehr. Vergessen zu sagen, Menschenskind, ich *lebe* ja! Wenn es so weit erst mal ist, könnte man ebensogut –«

»George«, sagte die Mutter.

»Sieh es mal so«, sagte der Vater, indem er sich setzte, während Frau und Sohn weiter standen. »Bevor man geboren wird, das ist der eine Zustand. Leben ist der zweite, und wenn du den hinter dir hast, das ist der dritte. In jedem Stadium vergißt du, dir darüber Gedanken zu machen und zu sagen: Mensch, ich bin auf der ersten Etappe, ich bin auf der zweiten! Herrgott, und nun sind wir auf der dritten, und wie deine Mutter sagt, sie vergißt es manchmal. Ich kann jetzt soviel Wein trinken, wie ich nur will!«

Er schenkte rundum Wein ein und trank den seinen viel zu schnell. »Nicht übel!«

»Wie kannst du das *wissen*?« fragte der Sohn, dann biß er sich rasch auf die Zunge.

Aber sein Vater hatte es gar nicht gehört. Er klopfte auf den Platz neben sich. »Komm schon, Mama!«

»Sag nicht Mama zu mir. Ich heiße Alice!«

»Komm schon, Mama-Alice.«

Die Mutter setzte sich auf die eine Seite, der Sohn auf die andere Seite seines Vaters.

Und nun, da sie Platz nahmen, konnte der Sohn zum erstenmal richtig sehen, was die Eltern anhatten.

Der Vater trug sein Golfzeug, Tweedjacke mit Knickerbockern und bunten schottischen Kniestrümpfen. Die Schuhe waren von einem hellen Orangebraun und auf Hochglanz poliert, die Krawatte schwarz mit orangefarbenen Streifen, und auf dem Kopf hatte er eine breitkrempige Mütze aus irgendeinem braunen Tweedstoff, der nagelneu aussah.

»Gut seht ihr aus, Papa, Mama –«

Sie hatte ihren besten Ausgehmantel aus grauer Wolle an, darunter ein blauweißes Seidenkleid mit hellblauem Halstuch. Auf dem Kopf trug sie einen pilzförmigen Glockenhut wie ein alternder Backfisch, mit Rubinnadeln auf der ondulierten Frisur festgesteckt.

»Wo habe ich diese Sachen nur schon mal an euch gesehen?« fragte der Sohn.

Doch ehe sie antworten konnten, erinnerte er sich: auf

einem Foto von ihm und seinem Bruder, an irgendeinem Gedenktag oder Nationalfeiertag vor vielen Jahren, auf dem Rasen vor dem Haus. Darauf standen sie beide in ihren Knickerbockern und Jacken und Mützen und zwickten einander verstohlen, während hinter ihnen ihre Eltern standen und blinzelnd in den Nachmittag schauten, der ewig währte.

Der Vater las seine Gedanken und sagte: »Ostern 1927, mittags, gleich nach dem Gottesdienst in der Baptistenkirche. Ich im Golfzeug, und eure Mama hätte fast der Schlag getroffen.«

»Was plärrt ihr beide da?« Die Mutter kramte umständlich in ihrer Handtasche und nahm einen Spiegel hervor, in dem sie ihren mandarinenroten Mund begutachtete, bevor sie ihn mit dem kleinen Finger nachzog.

»Nichts, Mama-Alice.« Der Vater füllte sein Weinglas, doch da er sah, daß der Sohn ihn beobachtete, trank er diesmal langsamer. »Nicht schlecht, wenn man sich erst daran gewöhnt hat. Aber nicht viel dahinter. Whisky ist mehr mein Fall. Wo ist die Speisekarte? Himmel, da ist sie ja. Na, dann wollen wir mal sehen.«

Der Vater brauchte lange dazu, sich die Speisekarte zu angeln und das Geschriebene zu lesen.

»Was ist das für französisches Zeug hier auf der Karte?« rief er. »Können die nicht *englisch* schreiben? Für wen *halten* die uns?«

»Da *steht* es doch auf englisch, Papa. Guck mal, *da.*« Der Sohn unterstrich ein paar Gerichte mit dem Fingernagel.

»Herrgott, ja!« schnaubte der Vater, indem er auf das

Gedruckte starrte. »Warum *sagen* die einem das denn nicht?«

»Papa«, sagte die Mutter. »Nun lies das Englische und such dir was *aus.*«

»Das Aussuchen ist mir schon immer schwergefallen. Was ißt man denn hier? Was ißt der Mann da *drüben*?« Der Vater reckte sich und verrenkte den Hals, um auf den Tisch gegenüber zu gaffen. »Sieht gut aus. Ich glaube, *das* nehme ich.«

»Dein Vater«, sagte die Mutter, »hat schon immer so bestellt. Wenn der Mann da drüben Teppichstifte mit Schweinemagen auf dem Teller hätte, würde er *das* bestellen.«

»Ich erinnere mich«, sagte der Sohn leise und trank einen Schluck Wein. Dann holte er Luft, hielt sie eine Weile an und atmete schließlich wieder aus. »Und was ißt *du,* Mama?«

»Was ißt denn *du,* Sohnemann?«

»Ein Hacksteak –«

»Dann nehme ich das auch«, sagte die Mutter, »das spart Umstände.«

»Es macht doch keine Umstände, Mama«, sagte der Sohn. »Auf der Karte stehen drei Dutzend Gerichte.«

»Nein«, sagte sie, indem sie die Speisekarte hinlegte und ihre Serviette darüber deckte wie über einen kleinen, kalten Leichnam. »Schon erledigt. Der Geschmack meines Sohnes ist *mein* Geschmack.«

Er griff nach der Weinflasche und sah überrascht, daß sie leer war. »Ach du meine Güte«, sagte er, »haben wir den schon *ganz* ausgetrunken?«

»*Irgendwer* hat. Bestell neuen, Sohnemann. Hier, trink solange bei mir mit.« Der Vater goß ihm die Hälfte aus seinem Glas ein. »Ich könnte von dem Zeug eine ganze Suppenterrine leertrinken.«

Der neue Wein wurde gebracht, geöffnet, eingeschenkt.

»Deine Leber!« sagte die Mutter.

»Ist das eine Warnung oder ein Trinkspruch?« fragte der Vater.

Während sie tranken, wurde dem Sohn klar, daß ihm der Abend aus der Hand glitt; sie sprachen nicht über die Dinge, über die er so liebend gern sprechen wollte.

»Auf deine Gesundheit, Sohnemann!«

»Und auf eure. Mama. Papa.«

Wieder stockte er und wurde rot vor Verlegenheit, denn plötzlich mußte er wieder an den Anger unten an der Straße denken, von dem sie kamen, dieses stille Fleckchen mit all den Marmorhäuschen und großen Namen auf griechischen Dächern, den viel zu vielen Kreuzen und viel zu wenigen Engeln.

»Auf eure Gesundheit«, sagte er leise.

Endlich nahm auch die Mutter ihr Glas und nippte daran wie eine Feldmaus.

»Oh«, machte sie naserümpfend. »Sauer.«

»Aber nein, Mama, er ist nicht sauer«, sagte der Sohn. »Das ist der Kellergeschmack. Es ist wirklich kein schlechter Wein –«

»Wenn er so gut ist«, meinte die Mutter, »warum stürzt du ihn dann so hinunter?«

»Mutter!« sagte der Vater. »Nun *hör* mal!«

Und plötzlich prustete der Vater laut los, rieb sich die Hände und beugte sich mit falschem Ernst über den Tisch.

»Du wirst dich fragen«, meinte er, »warum wir *hier* sind?«

»*Du* hast nicht gerufen, Vater. *Er* hat, dein Sohn.«

»War ja nur ein Scherz, Mama. Also, Sohnemann. *Warum?*«

Beide sahen ihn unverwandt an und warteten.

»Warum *was*?«

»Warum hast du uns *gerufen*?«

»Ach ja –«

Der Sohn füllte die Gläser nach. Er begann zu schwitzen. Er wischte sich mit der Serviette über Mund und Stirn.

»Einen Moment«, sagte er. »Gleich weiß ich es wieder –«

»Du darfst Sohnemann nicht drängen, Vater, laß ihn doch erst mal wieder zu Atem kommen.«

»Versteht sich«, sagte der Vater. »Aber es hat uns allerhand Mühe gekostet, uns in Schale zu werfen und die Zeit zu finden, um hierherzukommen. Und obendrein –«

»Vater!«

»Doch, Alice, laß mich ausreden. Mein Sohnemann, mein guter Junge, diese Bleibe, die du uns da verschafft hast, ist *nicht* vom Besten.«

»Sie ist schon recht«, sagte die Mutter.

»Nein, das ist sie nicht, du weißt es selbst.« Der Vater nahm seine Gabel und malte eine Skizze aufs Tischtuch. »Sie ist einfach viel zu klein, zu weit von allem weg. Kein Ausblick. Und die Heizung, lieber Gott, die Heizung!«

»Nun ja, im Winter wird's schon *arg* kalt«, mußte die Mutter zugeben.

»Kalt ist gar kein Ausdruck. So kalt, daß es da draußen überall nur so klirrt und kracht. Ach ja, und noch etwas. Ein paar von unsern dortigen Nachbarn kann ich überhaupt nicht leiden.«

»Du kannst Nachbarn nie leiden, nie und nirgendwo«, sagte die Mutter. »Wenn die Leute nebenan auszogen, hast du gesagt: Gott sei *Dank,* und wenn neue Leute einzogen: Ach du *meine* Güte!«

»Mag sein, aber *diese,* das sind die schlimmsten, sie schießen wahrhaftig den Vogel ab. Kannst du da nicht was *machen,* Sohnemann?«

»Machen?« fragte der Sohn und dachte: Mein Gott, sie wissen nicht, wo sie herkommen, sie wissen nicht, wo sie die ganzen zwanzig Jahre gewesen sind, sie haben keine Ahnung, warum es dort kalt ist –

»Und im Sommer zu heiß«, fuhr der Vater fort. »Da zerfließt du in den eigenen Schuhen. Guck mich nicht so *an,* Mutter. Sohnemann will es wissen. Er will etwas dagegen tun, nicht wahr, Sohnemann? Du wirst uns eine *neue* Bleibe suchen –«

»Ja, Papa.«

»Hast du Kopfschmerzen, Sohnemann?«

»Nein.« Der Sohn öffnete die Augen und griff nach der Flasche. »Ich werde mich darum kümmern. Mein Wort darauf.«

Und hat schon irgendeinmal irgendwer irgendwann irgendwen von so einem Ort weggeholt, dachte er, und woandershin gebracht, nur um der Aussicht willen, nur wegen der besseren Nachbarn? Wo könnten sie denn hin? Vielleicht Chicago Nord? Dort gab es ja auf diesem Hügel –

Gerade kam der Kellner, um die Bestellungen aufzunehmen.

»Ich nehme, was *er* nimmt.« Die Mutter zeigte auf ihren Sohn.

»Was der Mann da *drüben* ißt«, sagte der Vater.

»Ein Hacksteak«, sagte der Sohn.

Der Kellner ging und kam wieder, und sie aßen schnell.

»Ist das ein Wettessen?«

»Iß langsamer, Sohnemann. Hüahhh!«

Und plötzlich war alles zu Ende. Genau eine Stunde war vergangen, als der Sohn sein Besteck hinlegte und sein viertes Glas Wein leerte. Und plötzlich machte sich ein Lächeln auf seinem Gesicht breit.

»Ich *weiß* es wieder!« rief er. »Ich meine, mir ist eben wieder eingefallen, warum ich euch gerufen habe, warum ich euch *hierher* geholt habe!«

»Nun?« fragte die Mutter.

»Spuck's aus, Sohnemann«, sagte der Vater.

»Ich«, sagte der Sohn.

»Ja?«

»Ich –«

»Ja, ja?«

»Ich –«, sagte der Sohn, »– liebe euch!«

Das war für seine Eltern schlicht zuviel. Sie sackten in sich zusammen und blickten einander aus den Augenwinkeln an, stumm und mit gesenkten Köpfen.

»Sohnemann!« sagte der Vater, »das wissen wir doch.«

»Und wir lieben dich ja auch«, sagte die Mutter.

»Ja«, sagte der Vater leise. »Ja.«

»Aber wir versuchen nicht darüber nachzudenken«, sagte die Mutter. »Es macht uns zu unglücklich, wenn du dich nicht bei uns meldest.«

»Mutter!« rief der Sohn, doch im letzten Moment verkniff er sich den Zusatz: Du hast es schon *wieder* vergessen!

Vielmehr sagte er: »Ich werde euch von jetzt an öfter rufen.«

»Nicht nötig«, sagte der Vater.

»Doch, ich tu's, glaubt mir, ich tu's.«

»Versprich nichts, was du nicht halten kannst, das ist meine Rede. Aber jetzt«, sagte der Vater, indem er wieder einen Schluck trank, »jetzt, Sohnemann, weswegen wolltest du uns *sonst* noch sprechen?«

»Weswegen *noch*?« Der Sohn war entsetzt. Genügte es nicht, daß er ihnen seine große, immerwährende Liebe beteuerte –? »Also ...« Er stockte. Er sah zum Fenster hinaus zu der Telefonzelle, von wo er angerufen hatte.

»Meine Kinder –«, sagte er.

»Kinder!« platzte der alte Herr los. »Mein Gott, ja, die Kinder hatte ich selbst schon ganz vergessen. Was *sind* sie denn noch mal –?«

»Töchter natürlich«, sagte seine Frau, wobei sie ihn am Arm knuffte. »Was ist denn los mit dir?«

»Wenn du nicht weißt, was seit zwanzig Jahren mit mir los ist, wirst du's nie wissen.« Der Vater wandte sich dem Sohn zu. »Natürlich Töchter. Müssen jetzt wohl erwachsen sein. Kleine Krabben, als wir sie zuletzt –«

»Sohnemann soll uns von ihnen erzählen«, sagte die Mutter.

»Da gibt es nichts zu erzählen.« Der Sohn schwieg verlegen. »Oder, Herrgott noch mal, doch! Vieles. Aber es ist so schwer zu verstehen.«

»Versuch's mal mit uns«, sagte der Vater.

»Manchmal –«

»Ja?«

»Manchmal«, sagte der Sohn langsam, den Blick gesenkt, »habe ich das Gefühl, daß meine Töchter, wohlgemerkt, meine *Töchter*, tot sind und ihr, *ihr* am Leben seid! Ist das nun zu verstehen?«

»So gut wie in den meisten Familien«, sagte der Vater. Er nahm sich eine frische Zigarre, schnitt sie ab und steckte sie sich zwischen die Lippen. »Du hast ja schon *immer* komisch geredet, Sohnemann.«

»Papa«, sagte die Mutter.

»*Hat* er doch, und er tut's noch *immer*, zum Teufel! Komisch reden, meine ich. Aber nur zu, sprich weiter, und während du redest, gieß mir noch ein Glas Wein ein. Weiter.«

Der Sohn goß den Wein ein und sagte: »Ich werde nicht schlau aus ihnen. Also habe ich zwei Probleme. Und darum habe ich euch gerufen. Erstens, weil ich euch vermisse. Zweitens, weil ich *sie* vermisse. Ist das nicht ein Witz? Wie kann das sein?«

»Äußerlich betrachtet –« begann der Vater.

»So ist das Leben«, sagte die Mutter mit weisem Nicken.

»Ist das *alles*, was ihr mir sagen könnt?« rief der Sohn.

»Entschuldige, wir wissen, daß du dir viel Mühe gemacht hast, und das Essen war ausgezeichnet und der Wein prima, aber wir sind aus der Übung, Sohnemann. Wir können uns nicht einmal mehr erinnern, wie *du* eigentlich warst. Wie könnten wir dir also helfen? Wir können es nicht!« Der Vater riß ein Streichholz an und sah beim Anzünden die Flamme um die Zigarre züngeln. »Nein, Sohnemann. Außerdem gibt's hier noch ein anderes Problem. Ich erwähne es ungern. Weiß gar nicht, wie ich es ausdrücken soll –«

»Dein Vater meint –«

»Nein, laß es mich sagen, Alice. Und ich hoffe, du wirst es ebenso gutmütig aufnehmen, wie ich es meine, Sohnemann –«

»Ja, Papa, egal was es ist«, sagte der Sohn.

»Mein Gott, ist das schwer.« Der Vater warf unwirsch die Zigarre hin und stürzte wieder ein Glas Wein hinunter. »Verdammt und zugenäht, die Sache ist einfach die, Sohnemann – der Grund, warum wir dich im Lauf der Jahre nicht öfter besucht haben, ist nun einmal der –« Er hielt die Luft an, und endlich platzte er damit heraus: »Du warst schon immer so ein *Langweiler!*«

Auf dem Tisch war eine Bombe explodiert. Alle drei starrten einander an wie betäubt.

»Was?« fragte der Sohn.

»Ich sagte –«

»Nein, nein, ich habe schon verstanden«, sagte der Sohn. »Ich habe verstanden. Ich langweile euch.« Er ließ sich die Worte auf der Zunge zergehen. Sie hatten ein eigenartiges Aroma. »Ich *langweile* euch? Mein Gott! *Ich* langweile *euch!*«

Sein Gesicht lief rot an, Tränen stürzten ihm aus den Augen, und er begann zu brüllen vor Lachen, hieb mit der rechten Faust auf den Tisch und hielt sich mit der linken die schmerzende Brust, dann wischte er sich mit der Serviette über die Augen. *»Ich* langweile *euch!«*

Die Eltern warteten eine Anstandsminute, bevor auch sie zu schnauben und zu schniefen begannen, nach Luft schnappten und endlich lostrompeteten vor Erleichterung und Heiterkeit.

»Entschuldige, Sohnemann!« rief der Vater, während ihm die Tränen um den lachenden Mund liefen.

»Er hat ja nicht direkt gemeint...«, keuchte die Mutter, die sich vor Lachen bog und mit jedem Atemzug ein Kichern von sich gab.

»Doch, er hat!« brüllte der Sohn. »Er hat!«

Und alle im Restaurant sahen jetzt her zu dem fröhlichen Trio.

»Noch Wein!« rief der Vater.

»Noch Wein.«

Und bis die letzte Flasche entkorkt war, hatten die drei sich wieder beruhigt und holten lächelnd Luft und schwiegen einträchtig. Der Sohn hob sein Glas.

»Auf die Langeweile!«

Worauf sie alle wieder losprusteten, wieherten, nach Luft schnappten und auf den Tisch schlugen, vor lauter Glückstränen nicht mehr aus den Augen sehen konnten und einander mit den Ellbogen in die Rippen stießen.

»Also, Sohnemann«, sagte der Vater, nachdem er sich endlich beruhigt hatte. »Es ist schon spät. Wir müssen jetzt *wirklich* gehen.«

»Wohin?« lachte der Sohn, dann verstummte er. »Ach ja. Ich hatte es ganz vergessen.«

»Na, nun mach nicht so eine Leichenbittermiene«, sagte die Mutter. »Es ist dort nicht halb so schlimm, wie dein Vater es hinstellt.«

»Aber«, fragte der Sohn leise, »ist *das* denn nicht auch ein bißchen – langweilig?«

»Es geht, wenn man sich erst daran gewöhnt hat. Trink jetzt deinen Wein aus. Recht so.«

Sie tranken den letzten Wein, lachten noch ein bißchen, schüttelten die Köpfe und traten zur Tür hinaus in den warmen Sommerabend. Es war erst acht, und ein milder Wind wehte vom See herüber, und es duftete nach Blumen, daß man am liebsten immer nur spazierengegangen wäre, in alle Ewigkeit.

»Ich begleite euch ein Stück«, erbot sich der Sohn.

»Nein, laß nur, das ist nicht nötig.«

»Wir schaffen es allein, Sohnemann«, sagte der Vater. »Es ist besser so.«

Sie blieben stehen und sahen einander an.

»Also«, sagte der Sohn. »Es war sehr nett.«

»Nein, nicht direkt nett. Lieb, ja. Lieb, weil wir eine Familie sind und dich lieben, Sohnemann, und weil du uns liebst. Aber nett? Ich weiß nicht, ob das dafür paßt. Langweilig, ja, langweilig und lieb, lieb und langweilig. Gute Nacht, Sohnemann.«

Und sie drängten sich umeinander und umarmten und küßten sich und weinten und lachten und juchzten noch einmal, dann gingen die Eltern fort, unter dunkelnden Bäumen hindurch die Straße entlang, dem Anger zu.

Der Sohn stand da und sah den Eltern lange nach, wie sie kleiner und kleiner wurden mit jedem Schritt, den sie sich von ihm entfernten, dann drehte er sich ohne langes Überlegen um und trat in die Telefonzelle, wählte und bekam den Anrufbeantworter.

»Hallo, Helen«, sagte er, dann stockte er, weil es ihm schwerfiel, die Worte zu finden, zu ihr zu sagen: »Hier ist dein Vater. Dieses Abendessen nächsten Donnerstag – könnten wir das wohl verschieben? Aus keinem bestimmten Grund. Zuviel Arbeit. Ich rufe nächste Woche an, dann machen wir was Neues aus. Ach ja, und könntest du Debby anrufen und es ihr *auch* sagen? Ich liebe euch. Mach's gut.«

Er legte auf und sah die lange, düstere Straße hinunter. Irgendwo da unten bogen seine Eltern soeben durch das eiserne Friedhofstor. Sie sahen, daß er ihnen nachschaute, winkten noch einmal und waren fort.

Mama. Papa, dachte er. Helen. Debby. Und wieder: Helen, Debby, Mama, Papa. Ich *langweile* sie. *Ich* langweile *sie!* Mich laust der Affe!

Und während ihm vor Lachen die Tränen aus den Augen kullerten, machte er kehrt und ging ins Restaurant zurück. Sein Lachen ließ ein paar Leute von ihren Tischen aufsehen.

Es störte ihn nicht, denn der Wein, von dem er nun den letzten Rest noch austrank, war ja gar nicht so schlecht.

Leb wohl, Lafayette

Ich hörte ein Klopfen an der Tür, geklingelt wurde nicht, daher wußte ich gleich, wer es war. Gewöhnlich klopfte es einmal pro Woche, aber in den letzten Wochen hatte es jeden zweiten Tag geklopft. Ich schloß die Augen, sprach ein Stoßgebet und öffnete.

Da stand Bill Westerleigh und sah mich an, und die Tränen liefen ihm die Wangen hinunter.

»Ist das mein Haus oder deins?« fragte er.

Der Witz war inzwischen alt. Mehrere Male im Jahr verließ der Neunundachtzigjährige sein Haus und verirrte sich in der allernächsten Umgebung. Er hatte das Autofahren schon vor Jahren aufgegeben, weil es passieren konnte, daß er sich plötzlich fünfzig Kilometer weit draußen vor der Stadt wiederfand, dabei wohnten wir doch mitten in Los Angeles. Sein Lieblingsweg führte dieser Tage von nebenan, wo er mit seiner wunderbar gütigen, verständnisvollen Frau wohnte, hierher zu mir, wo er anklopfte, eintrat und weinte. »Ist das *dein* Haus oder *meins*?« fragte er, diesmal in umgekehrter Reihenfolge.

»Mi casa es su casa«, zitierte ich die alte spanische Redensart.

»Das sei Gott gedankt!«

Ich führte ihn zur Sherryflasche im Wohnzimmer und schenkte zwei Gläser ein, und Bill machte es sich mir gegenüber in einem Sessel bequem. Er wischte sich die Augen trocken und schneuzte sich die Nase in ein Taschentuch, das er wieder ordentlich zusammenfaltete und in seine Brusttasche steckte.

»Auf dein Wohl, Kleiner.« Er schwenkte sein Sherryglas. »Sie schwirren überall am Himmel herum. Hoffentlich kommst du zurück. Wenn nicht, werfen wir da, wo deine Kiste vermutlich abgeschmiert ist, einen schwarzen Kranz ab.«

Ich trank, und während mich der Sherry wärmte, sah ich Bill lange an.

»Verfolgt die Escadrille dich wieder?« fragte ich.

»Jede Nacht, immer kurz nach Mitternacht. Jetzt auch jeden Morgen. Und letzte Woche auch am Mittag. Ich versuche immer, nicht zu dir zu kommen. Drei Tage lang hab ich mir alle Mühe gegeben.«

»Ich weiß. Du hast mir schon gefehlt.«

»Nett von dir, daß du das sagst, Junge. Du hast ein gutes Herz. Aber in meinen lichten Momenten weiß ich, daß ich lästig bin. Jetzt habe ich so einen lichten Moment und trinke auf deine gastfreundliche Gesundheit.«

Er leerte sein Glas, und ich füllte es wieder.

»Möchtest du darüber sprechen?«

»Du redest wie dieser Psychiater, ein Freund von mir. Nur ein Freund, denn zum Psychiater bin ich nie gegangen. Am liebsten komme ich zu dir, denn hier kostet's nichts, und Sherry gibt's obendrein.« Er sah nachdenklich in sein Glas. »Es ist schrecklich, wenn einen die Gespenster verfolgen.«

»Wir leiden alle darunter. Shakespeare wußte das gut.

Er hat sich selbst und uns und den Psychiatern eines klargemacht: Tu nichts Böses, sagt er, sonst kommen die Gespenster dich holen. Die alte Erinnerung, das Gewissen, das Feige aus uns allen macht und Männer schreckt um Mitternacht, es steht auf und ruft: Hamlet, gedenke mein, Macbeth, du bist gezeichnet, und du auch, Lady Macbeth! Richard der Dritte, gib acht, wir gehen Schulter an Schulter mit dir durchs morgendliche Lager, und unsere Gewänder sind starr von Blut.«

»Mein Gott, wie gebildet du redest.« Bill schüttelte den Kopf. »Es ist doch schön, einen Schriftsteller zum Nachbarn zu haben. Wenn ich ein Häppchen Poesie brauche, bist du da.«

»Ich neige zum Dozieren. Das langweilt meine Freunde.«

»Mich nicht, Kleiner, mich nicht. Aber du hast recht, ich meine die Sache, über die wir sprechen. Gespenster.«

Er kippte seinen Sherry hinunter und umklammerte die Sessellehnen, als säße er im Cockpit.

»Immerzu fliege ich jetzt. Für mich ist eher 1918 als 1987. Mehr Frankreich als USA. Ich fliege da oben herum mit der alten Escadrille Lafayette. Ich stehe mit Rickenbacker bei Paris auf dem Flugfeld. Und wie die Sonne gerade untergeht, kommt der Rote Baron. Hab ich nicht ein tolles Leben hinter mir, Sam?«

Es war seine Art, Zuneigung auszudrücken, daß er mich mit sechs, sieben verschiedenen Namen rief. Mir gefielen sie alle. Ich nickte.

»Eines Tages werde ich deine Geschichte schreiben«, sagte ich. »Nicht jeder Schriftsteller hat einen Nachbarn, der bei der Escadrille Lafayette war und gegen Richthofen gekämpft hat.«

»Du könntest sie gar nicht schreiben, mein lieber Ralph, du wüßtest gar nichts zu erzählen.«

»Vielleicht würdest du dich noch wundern.«

»Vielleicht, ja, mein Gott, vielleicht würde ich mich wundern. Hab ich dir eigentlich schon mal das Foto gezeigt, dieses eine, von mir mit dem ganzen Lafayette-Team, wo wir vor unserm mickrigen Doppeldecker angetreten stehen, Sommer 'achtzehn?«

»Nein«, log ich. »Zeig mal.«

Er holte ein kleines Foto aus der Brieftasche und schnippte es zu mir herüber. Ich hatte es schon hundertmal gesehen, aber ich bestaunte es und freute mich daran.

»Der da bin ich, links in der Mitte, der Kleine mit dem dämlichen Grinsen, gleich neben Rickenbacker.« Bill streckte die Hand über den Tisch und zeigte darauf.

Ich besah sie mir alle, die Toten, denn tot waren die meisten jetzt schon lange, und da stand Bill, zwanzigjährig und quietschvergnügt, und alle die anderen jungen Männer, jung, ja, mein Gott, wie jung, und sie hielten einander um die Schultern gefaßt oder hatten einen Arm herunterhängen, mit Helm und Fliegerbrille in der Hand, dahinter ein französischer 7-1-Doppeldecker, und dahinter das flache Fluggelände, irgendwo nahe der Westfront. Flugzeuggeräusche kamen aus dem verdammten Bild. Das war immer so, wenn ich es in der Hand hielt. Und Geräusche von Vögeln und Wind. Es war wie ein kleiner Fernseher. Jeden Moment erwartete ich die Escadrille Lafayette in Aktion treten zu sehen, kehrtum machen, losrennen und in den glasklaren, endlosen Himmel aufsteigen. Auf diesem Foto, in diesem Augenblick der Zeit, regierte in den Wolken noch der Rote Baron; für immer würde er nun da oben sein und nie mehr landen, und das war recht und gut, denn wir wollten, daß er immer dort blieb, weil Männer und Jungen eben so denken.

»Herrgott, es macht Spaß, dir was zu zeigen.« Bill brach den Bann. »Dich kann man so schön begeistern. Ich hätte dich gern mit dabei gehabt, als ich bei MGM filmte.«

Das war William (Bill) Westerleighs andere Seite. Er hatte gekämpft und aus tausend Metern Höhe die Westfront fotografiert und war danach, wieder daheim in den USA, viel herumgekommen: Von den Eastman-Labors in New York zu irgendwelchen unbedeutenden Studios in Chicago, wo Gloria Swanson einst der große Star war, dann nach Hollywood zu MGM. Mit MGM war er nach Afrika geschippert, um Löwen und Watussi-Krieger für *König Salomons Diamanten* mit der Kamera zu jagen. Es gab keinen in den Filmstudios der Welt, den er nicht kannte oder der ihn nicht kannte. Er war erster Kameramann in gut zweihundert Filmen gewesen, und auf seinem Kaminsims neben der Tür standen zwei goldene Oscars.

»Schade, daß ich soviel später aufgewachsen bin als du«, sagte ich. »Wo ist dieses Foto von dir und Rickenbacker allein? Und das mit Richthofens Autogramm?«

»*Die* wirst du doch nicht sehen wollen, Kleiner!«

»Und ob!«

Er klappte seine Brieftasche auf und hielt mir vorsichtig das Foto hin, auf dem er mit Captain Eddie stand, und das andere, auf dem Freiherr von Richthofen in voller Montur zu sehen war, darunter sein eigenhändiges Autogramm.

»Alle dahin«, sagte Bill. »Jedenfalls die meisten. Nur ein paar sind noch übrig außer mir. Und nicht mehr lange –« er stockte – »dann gibt es nicht einmal mehr mich.«

Und plötzlich strömten ihm wieder die Tränen aus den Augen und tropften von seiner Nase.

Ich füllte ihm noch einmal das Glas.

Er trank und sagte:

»Es ist ja so, ich habe keine Angst vorm Sterben. Angst habe ich nur davor, zu sterben und in die *Hölle* zu fahren!«

»Dahin fährst *du* doch nicht, Bill«, sagte ich.

»O doch!« rief er mit flammendem Blick und fast empört, wobei ihm die Tränen um den aufgerissenen Mund liefen. »Für meine Taten, die mir *nie* vergeben werden können!«

Ich wartete eine kurze Weile. »Was für Taten waren das denn, Bill?« fragte ich leise.

»Die jungen Burschen alle, die ich getötet habe, alle diese jungen Männer, die ich vernichtet habe, die schönen Menschen, und ich habe sie ermordet.«

»Das hast du nicht, Bill«, sagte ich.

»Doch! O ja! In der Luft, verdammt noch mal, am Himmel über Frankreich, über Deutschland, es ist schon so lange her, aber jede Nacht, Herr Jesus, jede Nacht sind sie jetzt wieder da, sie leben wieder, fliegen, winken, brüllen, lachen wie kleine Jungen, bis ich die Bordkanone zwischen meinen Propellern abfeuere und ihre Maschinen

Feuer fangen und abstürzen. Und noch im Stürzen winken sie mir manchmal zu: *Nichts für ungut!* Manchmal fluchen sie auch. Aber Herr Jesus, jede Nacht jetzt, den ganzen letzten Monat jeden Morgen, immer sind sie da. Die schönen Burschen, diese prachtvollen jungen Männer, die hübschen Gesichter, die großen Augen, so glänzend und voll Liebe, und dann stürzen sie ab. Und *ich* hab's getan! Dafür werde ich in der Hölle braten!«

»Du wirst nicht, ich wiederhole: *nicht* in der Hölle braten«, sagte ich.

»Gib mir noch ein Glas und halt's Maul«, sagte Bill. »Was verstehst denn du davon, wer in der Hölle braten wird und wer nicht? Bist du katholisch? Nein. Bist du Baptist? Die Baptisten brennen langsamer. So. Danke.«

Ich hatte ihm das Glas von neuem gefüllt. Er nippte daran, und die für seinen Mund bestimmte Flüssigkeit floß mit der aus seinen Augen ineinander.

»William.« Ich ließ mich zurücksinken und schenkte auch mir noch ein Glas ein. »Für einen Krieg brät keiner in der Hölle. Im Krieg ist das nun mal so.«

»*Alle* werden wir braten«, sagte Bill.

»Hör mal, Bill, genau in diesem Augenblick sitzt irgendwo in Deutschland ein Mann in deinem Alter, den dieselben Träume plagen, der in sein Bier weint, weil er sich zuviel erinnert.«

»Und das mit Recht! Braten werden sie alle, auch er wird braten, wenn er sich an meine Freunde erinnert, diese prächtigen Burschen, die sich alle in die Erde gebohrt haben, eingegraben von ihren Propellern. Verstehst du nicht? *Sie* haben das nicht gewußt! *Ich* hab's nicht gewußt! Keiner hat es *ihnen* gesagt, keiner hat es *uns* gesagt!«

»Was?«

»Was *Krieg* ist. Mein Gott, wir wußten nicht, daß er uns nachkommen würde, uns so spät noch finden würde. Wir dachten alle, er wäre vorbei, wir könnten ihn vergessen, wegpacken, begraben. Unsere Offiziere haben es uns nicht gesagt. Vielleicht wußten sie es selbst nicht. Von uns wußte es keiner. Keiner hat geahnt, daß eines späten Tages, im Alter, die Gräber sich öffnen und die schönen Gesichter alle wieder herauskommen würden, und der Krieg mit ihnen! Wie konnten wir das ahnen, wie konnten wir es wissen? Aber nun ist sie da, die Zeit, und der Himmel ist voll, und die Mühlen kommen nie mehr da herunter, außer wenn sie brennen. Und die jungen Männer hören gar nicht mehr auf, mir zuzuwinken des Morgens um drei, außer wenn ich sie immer wieder neu umbringe. Herr Jesus! Es ist so fürchterlich. Es ist so traurig. Wie rette ich sie? Was kann ich tun, um noch einmal hinzugehen und zu sagen: Gott, ja, es tut mir so leid, das hätte nie passieren dürfen, jemand hätte uns warnen müssen, als wir so fröhlich waren: Krieg heißt nicht nur Sterben, Krieg heißt auch Erinnern, auch *spät* noch Erinnern, und ich kann ihnen nur Hals- und Beinbruch zurufen. Wie *kann* ich das sagen, was muß ich dafür als nächstes *tun*?«

»Du kannst nichts tun«, sagte ich ruhig. »Du kannst hier nur bei einem Freund sitzen und noch einen trinken. Sonst fällt mir auch nichts ein. Ich wünschte …«

Bill spielte mit seinem Glas und drehte und wendete es.

»Dann will ich dir jetzt etwas sagen«, flüsterte er.

»Heute abend, vielleicht morgen abend, siehst du mich zum allerletzten Mal. Hör mir zu, bis zum Schluß.«

Er neigte den Oberkörper nach vorn und starrte an die hohe Decke, dann zum Fenster hinaus, wo Gewitterwolken vom Sturm zusammengetrieben wurden.

»Die ganzen letzten Nächte sind sie in unsern Gärten gelandet. Du hast sie wohl nicht gehört? Fallschirme machen Geräusche wie Papierdrachen, so ein Flüstern, ganz leise. Sie kommen herunter, auf den Rasen hinterm Haus. In anderen Nächten sind's dann ihre Leiber, ohne Fallschirm. Die stillen Nächte sind die guten, da hörst du nur die Seide und die Schnüre in den Wolken zischeln. In den schlimmen Nächten hörst du hundertachtzig Pfund Flieger auf den Rasen klatschen. Dann kannst du nicht mehr schlafen. Letzte Nacht ist ein ganzes Dutzend vor meinem Schlafzimmerfenster in die Büsche gekracht. Und heute abend habe ich hinaufgesehen in die Wolken, die waren voller Flugzeuge und Rauch. Kannst du dagegen etwas tun? *Glaubst* du mir?«

»Das ja. Ich glaube dir.«

Er stieß einen tiefen Seufzer aus, der seine Seele befreite.

»Gott sei Dank! Aber was *mache* ich jetzt?«

»Hast du«, fragte ich, »schon mit ihnen zu reden versucht? Ich meine«, sagte ich, »hast du sie schon um *Verzeihung* gebeten?«

»Würden sie *zuhören*? Würden sie verzeihen? Mein Gott«, sagte er, »natürlich, ja! Warum nicht? Kommst du mit mir? In deinen Garten? Da können sie sich in keinen Bäumen verfangen. Herr Jesus, oder auf deine Veranda...«

»Besser die Veranda.«

Ich öffnete die Fenstertür des Wohnzimmers und ging auf die Veranda hinaus. Der Abend war still, nur ein leiser Windhauch bewegte die Bäume und verschob die Wolken.

Bill kam mir auf unsicheren Beinen nach, auf dem Gesicht ein hoffnungsvolles Grinsen, das halb Angst war.

Ich sah zum Himmel, wo der Mond aufging.

»Da ist nichts«, sagte ich.

»Himmel, o doch, da ist was. Guck doch«, sagte er. »Oder nein, warte. Horch!«

Ich stand frierend in der Kälte und fragte mich, worauf ich wartete, warum ich horchte.

»Stellen wir uns mitten in den Garten, wo sie uns sehen können! Du mußt aber nicht, wenn du nicht willst.«

»Verdammt noch mal«, log ich, »ich hab doch keine Angst!« Ich hob mein Glas. »Auf die Escadrille Lafayette?«

»Nein, nicht!« rief Bill erschrocken. »Nicht heute. *Das* dürfen sie nicht hören. Auf *sie*, Doug. Auf *sie*.« Er schwenkte sein Glas zum Himmel, wo Wolkengeschwader flogen und rund und weiß der Mond hing wie eine Welt aus Grabsteinen.

»Auf von Richthofen und die schönen, armen jungen Männer.«

Ich flüsterte es ihm nach.

Dann tranken wir und hoben die leeren Gläser, damit die Wolken, der Mond, der schweigende Himmel sie sehen konnten.

»Ich bin bereit«, sagte Bill, »wenn sie jetzt kommen

und mich holen wollen. Besser hier draußen sterben als ins Haus gehen und sie jede und jede Nacht landen hören mit ihren Fallschirmen, und kein Auge zudrücken bis zum Morgengrauen, wenn das letzte Stück Seide sich zusammengefaltet hat und die Flasche leer ist. Stell du dich mal da drüben hin, Kleiner. Ja, genau so. Gerade so halb im Schatten. Jetzt.«

Ich trat einen Schritt zurück, und wir warteten.

»Was soll ich denn zu ihnen sagen?« fragte er.

»Mein Gott, Bill«, antwortete ich. »Das weiß ich doch nicht. Es sind nicht *meine* Freunde.«

»Meine waren es auch nicht. Um so schlimmer. Ich *dachte,* sie wären der Feind. Jesus, welch ein dummes, blödes, idiotisches Wort! Der Feind! Als ob es so etwas auf der Welt überhaupt gäbe! O ja, den Schinder gibt's, der dich auf dem Schulhof immer herumgescheucht und verprügelt hat, und den Kerl, der dir dein Mädchen ausgespannt und dich noch ausgelacht hat. Aber sie, die tollen Burschen da oben in den Wolken, an Sommertagen, an Herbstnachmittagen? Nein. Nie!«

Er trat noch weiter auf die Veranda hinaus.

»So«, flüsterte er, »hier bin ich.«

Und er reckte sich und breitete die Arme aus, als wollte er die Nacht umarmen.

»Kommt schon! Worauf wartet ihr?«

Er schloß die Augen.

»*Ihr* seid dran«, rief er. »Mein Gott, ihr *müßt* mich hören, ihr müßt *kommen.* Ihr Himmelhunde, *hierher*!«

Und er legte den Kopf zurück wie in willkommener Erwartung eines dunklen Regens.

»Kommen sie schon?« flüsterte er zur Seite, die Augen fest zusammengekniffen.

»Nein.«

Bill reckte das alte Gesicht in die Luft und starrte nach oben, als wollte er die Wolken zwingen, sich zu bewegen, sich zu verändern, mehr zu werden als Wolken.

»Verdammt!« schrie er endlich. »Ich habe euch alle getötet. Verzeiht mir, oder kommt und tötet *mich*!« Und noch ein letztes Mal, voll Zorn: »Verzeiht mir. Ich entschuldige mich!«

Die Macht seiner Stimme genügte, mich vollends zurück in den Schatten zu drücken. Vielleicht war's das. Vielleicht hatte Bill, der wie ein kleines Standbild mitten in meinem Garten stand, die Wolken zum Weiterwandern bewegt und den Wind, von Norden nach Süden zu wenden. Jedenfalls hörten wir beide aus weiter Ferne ein machtvolles Flüstern.

»Ja!« rief Bill, und dann seitlich zu mir, die Augen geschlossen, die Zähne fest zusammengebissen: *»Hörst* du?«

Wieder hörten wir einen Ton, näher jetzt, als rissen sich große Blüten oder Blumen von den Frühlingsbäumen los und jagten am Himmel dahin.

»Da«, flüsterte Bill.

Die Wolken schienen sich zu einem Deckel zu wölben und bildeten eine riesige seidene Form, die in erhabenem Schweigen auf die Erde herabsank. Ihr Schatten glitt über die Stadt hinweg und verbarg die Häuser, erreichte endlich unsern Garten und beschattete das Gras, löschte das Licht des Mondes und versteckte Bill vor meinen Blicken.

»Ja! Sie kommen«, rief Bill. »Fühlst du sie? Einer, zwei, ein Dutzend! O Gott, ja!«

Und ringsum glaubte ich Äpfel und Pflaumen und Pfirsiche im Dunkeln von unsichtbaren Bäumen fallen und Stiefel über meinen Rasen trampeln zu hören, Kissen plumpsten ins Gras wie Leiber, und große Teppiche aus weißer Seide oder Rauch schwärmten durch die aufgestörte Luft herbei.

»Bill!«

»Nein!« brüllte er. »Schon gut. Sie sind überall. Verzieh dich! *Ja!*«

Im Garten herrschte ein Tumult. Die Hecken erzitterten im Propellerwind, das Gras neigte sich zu Boden. Eine blecherne Gießkanne flog über den Hof. Vögel wurden von den Bäumen geschleudert. Rund um den ganzen Häuserblock kläfften die Hunde. Aus großer Ferne heulte eine Sirene herüber, aus einem anderen Krieg. Ein Gewitter war eingetroffen, und war das nun Donner oder Feldartillerie?

Und noch ein letztes Mal hörte ich Bill fast unbewegt sagen: »Ich wußte es nicht, mein Gott, ich wußte nicht, was ich tat.« Und dann ein abschließendes, verhallendes: »Bitte.«

Und ein paar Regentropfen fielen und vermischten sich mit den Tränen auf seinen Wangen.

Der Regen hörte auf, und der Wind legte sich.

»So.« Er trocknete seine Augen und schneuzte sich die Nase in sein großes Taschentuch, dann betrachtete er das Taschentuch, als wäre es eine Frankreichkarte. »Zeit zum Gehen. Glaubst du, daß ich mich wieder verlaufe?«

»Wenn ja, dann komm zu mir.«

»Versteht sich.« Er ging über den Rasen, sein Blick war wieder klar. »Was schulde ich dir, Sigmund?«

»Nur *das*«, sagte ich und nahm ihn kurz in die Arme.

Er ging auf die Straße hinaus. Ich folgte ihm, um ihm nachzusehen.

An der Straßenecke schien er nicht recht weiterzuwissen. Er wandte sich zuerst nach rechts, dann nach links. Ich wartete, dann rief ich leise:

»*Links,* Bill!«

»Gott segne dich, Kleiner!« rief er und winkte.

Dann machte er kehrt und ging in sein Haus.

Einen Monat später wurde er drei Kilometer von seinem Haus entfernt aufgegriffen. Wieder einen Monat später lag er im Krankenhaus, und er war jetzt die ganze Zeit in Frankreich, und in dem Bett rechts von ihm lag Rickenbacker, und in dem Bett links von ihm lag von Richthofen.

Am Tag nach seiner Beerdigung kam der Oscar, getragen von seiner Frau, die ihn auf meinen Kaminsims stellte, daneben eine einzelne rote Rose und dazu das Foto von Richthofens sowie das andere Bild vom Sommer 'achtzehn, auf dem das ganze Team versammelt war. Und aus dem Bild wehte der Wind und summten Flugzeuge und lachten die jungen Männer, als ob es für sie nie ein Ende gäbe.

Manchmal komme ich morgens um drei, wenn ich nicht schlafen kann, hier herunter und stelle mich vor das Bild von Bill und seinen Freunden. Und da ich ein sentimentaler Esel bin, nehme ich ein Glas Sherry und proste ihnen zu.

»Leb wohl, Lafayette«, sage ich. »Lafayette, leb wohl.«
Und alle lachen, als wäre es der beste Witz, den sie je gehört hätten.

Banshee, die Todesfee

Es war einer jener Abende in Irland, auf der Fahrt von Dublin durch die schlafenden Städtchen, da man vom Nebel in die Waschküche kommt, die sich in Regen auflöst und zur windigen Stille wird. Das ganze Land schwieg und fror und wartete. Es war so recht eine Nacht für seltsame Begegnungen an einsamen Wegkreuzungen, für gespenstische Spinnweben ohne eine Spinne weit und breit, für knarrende Gatter fern hinter den Wiesen und klappernde Fenster im vergänglichen Mondlicht.

Es war, wie man dort sagte, Banshee-Wetter. Ich spürte es, wußte es, als mein Taxi durch das letzte Gatter brauste und mich vor Courtown-Haus absetzte, so fern von Dublin, daß keiner es gemerkt hätte, wenn die Stadt in dieser Nacht gestorben wäre.

Ich bezahlte den Fahrer und sah zu, wie das Taxi wendete, um zurückzufahren in die lebendige Stadt, und mich mit meinen zwanzig Seiten Drehbuch in der Tasche allein hier stehen ließ, während im Haus mein Regisseur und Auftraggeber wartete. Da stand ich in der mitternächtlichen Stille und atmete Irland ein und die feuchten Kohlenflöze in meiner Seele aus. Dann klopfte ich.

Fast gleichzeitig flog die Tür auf, und John Hampton drückte mir ein Glas Sherry in die Hand und zog mich ins Haus.

»Mein Gott, Junge, du kannst einen auf die Folter spannen! Zieh den Mantel aus. Gib mir das Skript. Fertig, ja? *Sagst* du. Du hast mich neugierig gemacht. Gut, daß du aus Dublin angerufen hast. Das Haus ist leer. Clara ist mit den Kindern in Paris. Wir können in aller Ruhe lesen, deine Szenen durch die Mangel drehen, eine Flasche trinken, gegen zwei im Bett sein und – was war das?«

Die Tür stand noch offen. John ging hin, legte den Kopf schief, schloß die Augen und lauschte.

Da drüben raschelte der Wind in den Wiesen und machte ein Geräusch in den Wolken, wie wenn einer auf einem großen Bett die Decken zurückschlägt.

Auch ich lauschte.

Der leiseste Hauch eines Stöhnens und Schluchzens ertönte von irgendwoher draußen auf den dunklen Wiesen.

Mit immer noch geschlossenen Augen flüsterte John: »Du weißt, was das ist, Kleiner?«

»Was denn?«

»Ich sag's dir später. Hopp!«

Die Tür schlug zu, und er drehte sich um, der große Herr des leeren Hauses, und schritt in seiner Herrenreiterjacke samt Drillichhose und hochglanzpolierten Stiefeln vor mir her, das Haar wie stets zerzaust vom Schwimmen gegen den Strom, vom Schlafen mit fremden Frauen in ungewohnten Betten.

Er pflanzte sich vor dem Kamin in der Bibliothek auf und lächelte mich an, ein Lächeln wie ein Leuchtfeuer, ein rasches Aufblitzen der Zähne, wie wenn der Strahl eines Leuchtturms kurz aufscheint und wieder weiterwandert, dann drückte er mir im Tausch gegen das Drehbuch, das er mir entwinden mußte, einen zweiten Sherry in die Hand.

»So, dann wollen wir mal sehen, was unser Genie, meine linke Herzkammer, mein rechter Arm da wieder zur Welt gebracht hat. Setz dich. Trink und guck zu.«

Er stand breitbeinig auf dem Kaminvorsatz, um sich den Rücken zu wärmen, während er mein Manuskript durchblätterte, wobei ihm nicht entging, daß ich meinen Sherry viel zu schnell trank und jedesmal die Augen schloß, wenn er wieder ein Blatt auf den Teppich flattern ließ. Als er fertig war, ließ er auch das letzte Blatt davonsegeln, zündete sich einen Zigarillo an, sah paffend an die Decke und ließ mich warten.

»Du Himmelhund!« exhalierte er endlich. »Das ist gut! Hol dich der Teufel, Junge. Das ist gut!«

In mir stürzte mein ganzes Knochengerüst zusammen. Mit solchem Lob in die Magengrube hatte ich nicht gerechnet.

»Natürlich müssen wir noch kürzen!«

Meine Knochen rappelten sich wieder zusammen.

»Natürlich«, sagte ich.

Er bückte sich wie ein Riesenschimpanse und klaubte flink die Blätter vom Boden auf, dann drehte er sich um. Ich dachte, er wolle sie ins Feuer werfen. Nachdenklich hielt er das Skript in der Hand und sah in die Flammen.

»Eines Tages«, sagte er leise, »wirst du mir das Schreiben beibringen, Kleiner.«

Er beruhigte sich allmählich, fügte sich ins Unvermeidliche, ergab sich der aufrichtigen Bewunderung.

»Und du«, sagte ich lachend, »mußt mir eines Tages beibringen, Regie zu führen.«

»*Das Biest* wird *unser* Film sein, Kleiner. Eine echte Gemeinschaftsarbeit.«

Er richtete sich auf und stieß mit mir an.

»Wir sind ein tolles Team!« Jetzt schaltete er um. »Was machen Frau und Kinder?«

»Sie warten auf mich in Sizilien, wo es warm ist.«

»Dann wollen wir sofort dafür sorgen, daß du hinkommst, zu ihnen, in die Sonne! Ich –«

Er zuckte theatralisch zusammen, legte den Kopf schief und lauschte.

»Sag mal, was geht da vor –?« flüsterte er.

Ich drehte mich um und wartete.

Ein Ton, so dünn wie ein Faden, war draußen an dem großen alten Haus zu hören, als ob dort einer mit dem Fingernagel über die Farbe kratzte oder als wäre jemand aus dem dürren Geäst eines Baumes geglitten. Es folgte ein Stöhnen, fast nur ein Hauch, und kurz darauf so etwas wie ein Schluchzen.

John stellte sich in übertrieben dramatischer Pose hin, wie eine Statue auf der Bühne, den Mund weit offen, als wollte er den Tönen Zugang in sein inneres Ohr gestatten. Nun riß er die Augen auf, so groß wie Hühnereier in seinem gespielten Schrecken.

»Soll ich dir sagen, was das ist, Kleiner? Eine Banshee!«

»Eine *was*?« rief ich.

»Eine Todesfee!« tönte er dumpf. »Die Geister alter Frauen, die, eine Stunde bevor einer stirbt, auf den Straßen umgehen. *Das* haben wir gehört!« Er ging zum Fenster, hob das Rollo und spähte nach draußen. »Pst! Vielleicht – meint sie ja *uns*!«

»Nun mach mal einen Punkt, John!« Ich lachte leise.

»Doch, Kleiner, doch.« Er richtete den Blick in die Dunkelheit und genoß seinen Auftritt. »Ich wohne hier schon zehn Jahre. Da draußen ist der Tod. Die Banshee weiß das *immer!* Wo waren wir?«

So einfach löste er den Bann, ging wieder zum Kamin und betrachtete blinzelnd mein Manuskript, als sähe er es zum allerersten Mal.

»Hast du dir schon einmal überlegt, Doug, wie sehr *Das Biest* mir ähnlich ist? Der Held pflügt die Meere, pflügt die Frauen rechts und links, rast um die Welt, unentwegt. Vielleicht mache ich es ja nur deswegen. Hast du dich je gefragt, wie viele Frauen ich schon hatte? Hunderte! Ich –«

Er sprach nicht weiter, denn wieder ließ mein Text ihn verstummen. Meine Worte entfachten ein Feuer auf seinem Gesicht.

»Glänzend!«

Ich wartete verlegen.

»Nein, nicht das!« Er ließ das Manuskript fallen und angelte sich die *Times* vom Kaminsims. «*Das* hier! Eine glänzende Besprechung deines neuen Erzählbandes!«

»Wie?« Ich fuhr hoch.

»Immer mit der Ruhe, Kleiner. Diese großartige Kritik muß ich dir *vor*lesen. Sie gefällt dir gewiß. Ganz große Klasse!«

Mein Herz nahm Wasser über und sank. Da bahnte sich wieder ein neuer Scherz auf meine Kosten an, oder schlimmer, eine als Scherz verkleidete Wahrheit.

»Hör gut zu!«

John nahm die *Times* hoch und las wie Ahab aus der Heiligen Schrift.

»›Douglas Rogers' Geschichten mögen *das* große Erfolgsbuch der amerikanischen Literatur werden –‹« John sah auf und blinzelte mich unschuldig an. »Wie gefällt's dir bis jetzt, Kleiner?«

»Lies weiter, John«, stöhnte ich und kippte meinen Sherry hinunter. Es war ein Todestrank, er sank hinunter und traf unten auf einen gebrochenen Willen.

»›– aber hier in London‹«, rezitierte John, »›verlangen wir mehr von unsern Geschichtenerzählern. Rogers ist bei dem Versuch, Kiplings Ideen, Maughams Stil und Waughs Witz zu imitieren, irgendwo mitten im Atlantik ertrunken. Ein labbriges Gesöff, ein billiger Verschnitt besserer Autoren. Bleib drüben, Douglas Rogers!‹«

Ich sprang auf und rannte zu ihm hin, aber John warf nur lässig die *Times* ins Feuer, wo sie mit den Flügeln schlug wie ein sterbender Vogel und in Flammen und Funkengestöber einen schnellen Tod fand.

Verstört stierte ich ins Feuer, wild entschlossen, diese verdammte Zeitung da wieder herauszuholen, aber dann war ich schließlich doch froh, daß sie weg war.

John musterte mich vergnügt. Meine Wangen loderten, meine Zähne knirschten. Meine Hand am Kaminsims war eine kalte Faust aus Stein.

Tränen stürzten aus meinen Augen, denn Worte konnten aus meinem schmerzenden Mund nicht stürzen.

»Was denn, Kleiner?« John sah mich mit aufrichtiger Neugier an, wie ein Affe sich vorsichtig einem kranken Artgenossen im Käfig nähert. »Ist dir nicht wohl?«

»John, um Gottes willen!« brach es aus mir heraus. »*Mußte* das sein?«

Ich trat nach dem Feuer, daß die Scheite purzelten und ein Funkensturm gleich einem Feuerwerk den Kamin hinaufjagte.

»Mein Gott, Doug, ich hätte nicht gedacht –«

»Von wegen, nicht gedacht!« fauchte ich und funkelte ihn aus tränenzersplitterten Augen an. »Was ist los mit dir?«

»Menschenskind, gar nichts, Doug. Es war eine gute Kritik, ganz großartig. Ich habe nur ein paar Zeilen hinzugefügt, um dich zu ärgern!«

»Das werde ich jetzt nie mehr erfahren!« rief ich. »Guck doch!«

Ich versetzte der Glut einen letzten Todestritt.

»Morgen kannst du dir die Zeitung in Dublin kaufen, Doug. Da wirst du's sehen. Man liebt dich. Mein Gott, ich wollte doch nur nicht, daß dir schon jetzt der Kamm schwillt. Es war ein Scherz, und der ist nun vorbei. Genügt es dir nicht, mein lieber Junge, daß du soeben für deinen ganz großen Film die besten Szenen deines Lebens geschrieben hast?« John legte mir den Arm um die Schultern.

So war John. Erst versetzte er dir einen Tritt in den Magen, dann kippte er ein Faß vom süßesten Honig über dich aus.

»Weißt du, was bei dir der Haken ist, Doug?« Er drückte mir noch einen Sherry in die zitternden Finger. »Na?«

»Was denn?« schniefte ich wie ein Kind, das wieder zu sich kam und so gern gelacht hätte. »Was denn?«

»Es ist so, Doug –« John setzte ein strahlendes Gesicht auf. Er sah mich mit einem starren Blick an wie Svengali. »Du liebst mich nicht halb so sehr wie ich dich.«

»Nun hör aber auf, John –«

»Doch, Kleiner, das ist mein Ernst. Du lieber Himmel, Söhnchen, ich würde für dich töten. Du bist der größte lebende Schriftsteller der Welt, und ich liebe dich mit jeder Faser meines Herzens. Darum dachte ich, man könnte dich auch mal ein bißchen auf den Arm nehmen. Das war ein Irrtum, wie ich jetzt sehe –«

»Unsinn, John«, protestierte ich, mir selbst zuwider, denn nun hatte er *mich* in die Rolle dessen gebracht, der sich entschuldigen mußte. »Es ist schon gut.«

»Es tut mir leid, Kleiner, wirklich leid –«

»Sei schon still«, keuchte ich unter Lachen. »Ich liebe dich ja trotzdem. Ich –«

»Brav so! Und nun –« John fuhr herum, rieb die Hände aneinander und ordnete die Manuskriptblätter wie ein Kartenspiel. »Nun setzen wir uns zusammen und stutzen deine brillanten Szenen, deine großartigen Szenen ein bißchen zurecht und –«

Es war das dritte Mal an diesem Abend, daß seine Stimmung umschlug, sich in Ton und Farbe veränderte.

»Schscht!« rief er mit zusammengekniffenen Augen und taumelte wie eine Leiche unter Wasser in die Zimmermitte. »Hörst du das, Doug?«

Der Wind rüttelte am Haus. Ein langer Fingernagel kratzte über ein Mansardenfenster. Ein Trauerflor von Wolken raschelte über den Mond.

»Banshees.« John nickte. Er hielt den Kopf gesenkt und

wartete. Plötzlich sah er auf. »Doug! Lauf mal raus und sieh *nach*.«

»Den Teufel werde ich tun.«

»Doch, geh raus«, drängte John. »Wir haben uns den ganzen Abend mißverstanden, Kleiner. Du glaubst nicht an *mich*, du glaubst nicht an *es*. Hol dir meinen Mantel aus der Diele. Hopp!«

Er riß die Garderobentür in der Diele auf und nahm mit einem Griff seinen langen Tweedmantel heraus, der nach Tabak und feinem Whisky roch. Er packte ihn mit seinen beiden Affenhänden und wedelte damit vor mir herum wie ein Stierkämpfer mit der *capa*. »Ha, *toro!* Ha!«

»John«, seufzte ich müde.

»Oder bist du feige, Doug, bist du ein Hasenfuß? Du –«

Denn jetzt, beim vierten Mal, hörten wir beide ein Ächzen, ein Rufen, ein ersterbendes Flüstern von jenseits der wintrigen Haustür. »Es wartet, Kleiner!« sagte John triumphierend. »Raus mit dir! Das *Team* ruft dich!«

Ich war schon im Mantel, gesalbt mit Tabakduft und Schnaps, und John knöpfte ihn mir majestätisch zu, packte mich bei den Ohren und küßte mich auf die Stirn.

»Ich werde auf der Tribüne sitzen, Kleiner, und dich anfeuern. Ich würde ja mitgehen, aber Banshees sind scheu. Gott segne dich, mein Junge, und falls du nicht wiederkommst – ich habe dich geliebt wie einen Sohn!«

»Himmel!« stöhnte ich und riß die Tür auf.

Doch plötzlich sprang John zwischen mich und das kalte, windige Mondlicht.

»Geh nicht raus, Kleiner. Ich hab's mir anders überlegt. Wenn du umkämst –«

»John.« Ich schüttelte seine Hände ab. »Du *willst*, daß ich rausgehe. Wahrscheinlich hast du Kelly, deine Stallmagd, da draußen hingestellt, damit sie diese Töne macht und du etwas zu lachen hast –«

»Doug!« rief er in diesem spöttisch-ernsten Ton, den er an sich hatte, und packte mich mit weit aufgerissenen Augen bei den Schultern. »Ich schwöre bei Gott!«

»John«, sagte ich, halb verärgert, halb belustigt. »Mach's gut.«

Ich lief zur Tür hinaus, um es sofort zu bereuen. Er schlug sie hinter mir zu und schloß ab. Lachte er? Sekunden später sah ich seine Silhouette am Fenster der Bibliothek, ein Sherryglas in der Hand, hinausspähend auf diese nächtliche Bühne, deren Regisseur und vergnügtes Publikum er zugleich war.

Ich drehte mich leise fluchend um, zog die Schultern hoch in Caesars Mantel, ignorierte die zwei Dutzend Dolchwunden, die der Wind mir schlug, und stapfte über den Kiesweg zur Einfahrt.

Ich werde zehn Minuten daraus machen, dachte ich, damit John sich zu sorgen anfängt, und dann drehe ich den Witz um, komme mit zerrissenem, blutigem Hemd zum Haus zurückgetorkelt und erzähle ihm irgendeine wüste Geschichte. Jawohl, *so* machte man –

Ich blieb stehen.

Weiter unten glaubte ich nämlich in einer kleinen Baumgruppe so etwas wie einen Papierdrachen zu sehen, der aufblühte und zwischen den Hecken davonwehte.

Wolken segelten über den fast vollen Mond und gaben mir Deckung mit ihren Schatteninseln.

Da war es jetzt wieder, diesmal weiter fort, als ob ein ganzes Blütenbüschel sich losgerissen hätte, um wie Schnee den farblosen Weg entlangzutreiben. Im selben Moment hörte ich ein Schluchzen, so kurz wie ein Luftschnappen, ein Stöhnen, so dünn wie ein Angelquietschen.

Ich zuckte zusammen, fuhr zurück, warf einen Blick zum Haus.

Natürlich war Johns Gesicht im Fenster, grinsend wie ein ausgehöhlter Kürbis, toastwarm und zufrieden, Sherry schlürfend.

»Oh-h-h«, klagte eine Stimme von irgendwoher. »Oh-h ... Gott ...«

In dem Moment sah ich die Frau.

Sie stand an einen Baum gelehnt und war in ein langes, mondfarbenes Gewand gekleidet, über dem sie einen hüftlangen, schweren Wollschal trug, der ein Eigenleben führte, sich wand und wellte und im Wind flatterte.

Sie schien mich nicht zu sehen, oder es war ihr egal; ich konnte sie nicht erschrecken, nichts auf dieser Welt konnte sie jemals wieder erschrecken. Alles entströmte ihrem starren, unverwandten Blick zum Haus, dem Fenster, der Bibliothek, der Silhouette des Mannes im Fenster.

Sie hatte ein Gesicht von Schnee, gehauen aus jenem kühlen weißen Marmor, aus dem die schönsten Frauen Irlands sind; einen langen Schwanenhals, einen vollen Mund, der bebte, und Augen von einem sanft schimmernden Grün. So schön waren diese Augen, war ihr Profil vor den windbewegten Ästen, daß etwas in mir sich qualvoll verdrehte und starb. Ich fühlte dieses mörderische Zerren, das Männer fühlen, wenn Schönheit an ihnen vorbeigeht und nicht noch einmal vorbeigehen wird. Da möchte man laut schreien: Bleib! Ich liebe dich. Man sagt aber nichts. Und der Sommer geht dahin in ihrem Leib und wird nie wiederkehren.

Aber nun sprach die schöne Frau, ohne den Blick von diesem Fenster in dem fernen Haus zu wenden.

»Ist er da drin?« fragte sie.

»Wie?« hörte ich mich antworten.

»Ist das *er*?« fragte sie. »Das Biest«, ergänzte sie in stiller Wut. »Das Untier. Ist er das selbst?«

»Ich weiß nicht –«

»Das Vieh«, fuhr sie fort, »das auf zwei Beinen läuft. Er bleibt. Alle anderen gehen. Er wäscht seine Hände in Fleischeslust; Mädchen sind seine Servietten, Frauen sein Nachtmahl. Er lagert sie im Keller, nach Jahrgängen geordnet, kennt ihr Alter, aber nicht ihre Namen. Heiliger Jesus, ist das *er*?«

Ich folgte ihrem Blick zu dem Schatten im Fenster, fern hinter dem gepflegten Rasen.

Und ich sah meinen Regisseur in Paris, in Rom, New York und Hollywood, sah die Mühlströme von Frauen, über die ich John schon hatte hinwegschreiten sehen, auf ihrer Haut seine Fußabdrücke hinterlassend, ein böser Jesus auf einem warmen Meer. Ein Schmaus von Frauen, die beifallheischend auf seinem Tisch tanzten, während John im Fortgehen sagte: »Sei so lieb und leih mir einen Fünfer. Der Bettler dort an der Tür bricht mir das Herz –«

Ich beobachtete diese junge Frau, deren dunkles Haar sich im Nachtwind regte, und fragte sie:

»Wer *ist* er denn?«

»Er«, sagte sie. »Der da wohnt und mich geliebt hat und nicht mehr liebt.« Sie schloß die Augen, damit die Tränen herunterfielen.

»Der wohnt da nicht mehr«, sagte ich.

»Doch!« Sie fuhr herum, als wollte sie zuschlagen oder spucken. »Warum lügst du?«

»Hören Sie.« Ich sah den frischen und doch alten Schnee in ihrem Gesicht. »Das war zu einer anderen Zeit.«

»Nein, es gibt nur ein *Jetzt*!« Sie schickte sich an, zum Haus zu rennen. »Und ich liebe ihn immer noch so sehr, daß ich für ihn töten würde, und wenn es mein eigenes Verderben wäre.«

»Wie heißt er?« Ich stellte mich ihr in den Weg. »Wie ist sein *Name*?«

»Wieso? Natürlich Will. Willy. William.«

Sie wollte fort. Ich hob die Arme und schüttelte den Kopf.

»Dort wohnt jetzt nur ein Johnny. Ein John.«

»Du lügst! Ich kann ihn fühlen. Er hat einen anderen Namen, aber er *ist* es. Sieh doch! Fühl doch!«

Sie hob die Hände, um mit dem Wind nach dem Haus zu fühlen. Ich drehte mich um und fühlte mit ihr, und es war ein anderes Jahr, eine Zeit dazwischen. Der Wind sagte es, und die Nacht und das Glimmen in dem großen Fenster, wo der Schatten war.

»Er ist es!«

»Das ist nur ein Freund von mir«, sagte ich sanft.

»Niemandes Freund. Niemals!«

Ich versuchte mit ihren Augen zu sehen und dachte: Mein Gott, war es denn wohl schon immer so, immer irgendein Mann in diesem Haus, vor vierzig, achtzig, hundert Jahren? Nicht derselbe Mann, nein, aber böse Zwillinge, alle miteinander, und dann diese einsame Frau an der Straße, in den Armen Schnee statt Liebe, im Herzen Frost statt Trost, und ihr blieb nichts als Flüstern und Schmachten und Trauern und Schluchzen, bis ihr Weinen bei Sonnenaufgang verstummte, um von neuem zu beginnen, wenn der Mond aufging.

»Der da drinnen ist mein Freund«, wiederholte ich.

»Wenn das wahr ist«, flüsterte sie böse, »bist du mein Feind!«

Ich blickte die Straße hinunter, wo der Wind den Staub durch die Friedhofstore wehte.

»Gehen Sie wieder dahin, wo Sie hergekommen sind«, sagte ich.

Sie blickte dieselbe Straße hinunter, sah denselben Staub, und ihre Stimme brach. »Soll es denn keinen Frieden geben?« klagte sie. »Muß ich hier umgehen, Jahr für Jahr, und kein Strafgericht?«

»Wenn der Mann da drinnen wirklich Ihr Will wäre, Ihr William«, fragte ich, »was würden Sie dann von mir erwarten?«

»Daß du ihn herausschickst zu mir«, sagte sie leise.

»Und was würden Sie mit ihm tun?«

»Mich zu ihm legen«, flüsterte sie, »und nie mehr aufstehen. Da läge er wie ein Stein im kalten Fluß.«

»Ah«, sagte ich und nickte.

»Wirst du ihn bitten, ihn herschicken?«

»Nein. Denn er ist nicht der Ihre. Ihm ähnlich, ja. Fast gleich. Und er verspeist Mädchen zum Frühstück und wischt sich den Mund an ihren Kleidern ab, und sein Name lautet in diesem Jahrhundert so und im nächsten so.«

»Und er hat keine Liebe in sich, nie?«

»Er spricht das Wort, wie ein Fischer im Meer sein Netz auswirft«, sagte ich.

»Ach ja, heiliger Jesus, und ich bin darin gefangen!« Und jetzt stieß sie einen solchen Schrei aus, daß in dem großen Haus hinter dem Rasen der Schatten am Fenster erschien. »Ich bleibe hier, bis die Nacht vorbei ist«, sagte sie. »Gewiß fühlt er mich hier, und sein Herz wird schmelzen, egal wie er heißt, wie sehr seine Seele vom Teufel besessen ist. Welches Jahr ist es? Wie lange warte ich schon?«

»Das sage ich Ihnen nicht«, antwortete ich. »Es würde Ihnen das Herz brechen.«

Sie drehte sich um und musterte mich eingehend. »Bist du denn einer von den Guten, den Ehrenhaften, die nie lügen, nie verletzen, sich nie verstecken müssen? Heiliger Jesus, hätte ich dich doch vorher kennengelernt!«

Der Wind wurde stärker, sein Brausen entstieg ihrer Kehle. Irgendwo schlug eine Uhr im schlafenden Städtchen fern übers Land.

»Ich muß wieder hinein«, sagte ich. Dann holte ich tief Luft. »Kann ich Ihnen auf irgendeine Weise Ruhe geben?«

»Nein«, sagte sie, »denn nicht du hast mir das Herz zerschnitten.«

»Ich verstehe«, sagte ich.

»Nichts verstehst du. Aber du versuchst es. Hab Dank dafür. Und nun geh ins Haus. Du holst dir den Tod.«

»Und Sie?«

»Ha!« rief sie. »Ich habe ihn mir schon vor langer Zeit geholt. Ich hole ihn mir nicht noch einmal. Geh!«

Ich ging nur zu gern, denn ich hatte genug von der kalten Nacht und dem weißen Mond, der alten Zeit und dieser Frau. Der Wind trieb mich die Wiese hinauf. An der Tür drehte ich mich um. Sie war noch immer auf der milchigen Straße, ihr Schal stand steif im Wind, sie hatte eine Hand erhoben.

»Mach schnell«, glaubte ich ein Flüstern zu hören. »Sag ihm, daß er gebraucht wird.«

Ich rannte fast die Tür ein, stürzte ins Haus und stolperte durch die Diele. Mein Herz donnerte wie ein Trommelfeuer, mein Bild im großen Spiegel war ein farbloser Blitz.

John stand in der Bibliothek und hatte schon wieder einen neuen Sherry in der Hand. Er schenkte auch mir einen ein. »Eines Tages«, sagte er, »wirst du schon noch lernen, daß du alles, was ich sage, nicht so ernst zu nehmen hast. Herrje, guck dich mal an! Eiskalt. Hier, kipp den runter. Und da kommt noch einer zum Nachspülen!«

Ich trank, er schenkte ein, ich trank. »War es also doch nur ein Scherz?«

»Was denn *sonst*?« John lachte, dann hielt er plötzlich inne.

Wieder erklang dieses Wimmern vor dem Haus, der zarteste Fingernagel einer Klage, ein Scharren des Mondes auf dem Dach.

»Das ist deine Banshee«, sagte ich, ohne den Blick von meinem Glas zu heben, zu keiner Bewegung fähig.

»Klar, Junge, klar, äh – ja«, sagte John. »Jetzt trink mal dein Glas aus, Doug, dann lese ich dir aus der *Times* noch einmal diese wunderbare Buchbesprechung vor.«

»Du hast sie doch verbrannt, John.«

»Gewiß, Kleiner, aber ich erinnere mich an jedes Wort, als wär's heute früh gewesen. Trink aus.«

»John«, sagte ich, den Blick auf die Feuerstelle im Kamin gerichtet, wo die Asche der verbrannten Zeitung wirbelte wie von einem mächtigen Atem aufgeweht. »Gibt es... gab es... diese Kritik überhaupt wirklich?«

»Mein Gott, ja doch, Kleiner, natürlich. Genaugenommen...« Hier legte er eine Pause ein und wägte seine Worte sehr bedächtig. »Die bei der *Times* wissen, wie sehr ich dich liebe, Doug, und haben mich gebeten, dein Buch zu rezensieren.« John streckte seinen langen Arm aus, um mein Glas erneut zu füllen. »Ich hab's gemacht. Natürlich unter Pseudonym, und ist das nun nicht toll von mir? Aber ich mußte gerecht sein, Doug, gerecht mußte ich sein. Ich habe also ehrlich hingeschrieben, was ich an deinem Buch gut oder nicht so gut fand. Ich hab's genauso kritisiert, wie ich ein lausiges Drehbuch von dir kritisiere, damit du es noch mal überarbeitest. Na, ist das nicht absolut und über alle Maßen grundanständig von mir? Wie?«

Er beugte sich zu mir herüber. Er faßte mein Kinn und hob es hoch und sah mir lange und liebevoll in die Augen.

»Du bist doch nicht sauer?«

»Nein«, sagte ich, aber meine Stimme kippte.

»O Gott, nein, überhaupt nicht! Entschuldige. Es war ein Scherz, Kleiner, nur ein Scherz.« Und er knuffte mich freundschaftlich am Arm.

Es war nur ein leichter Knuff, aber für mich fühlte er sich an, als ob mich ein Vorschlaghammer voll getroffen hätte.

»Ich wünschte, du hättest dir diesen Scherz nicht ausgedacht. Ich wünschte, die Kritik wäre echt«, sagte ich.

»Ich auch, Kleiner. Du siehst elend aus. Ich –«

Der Wind wehte ums Haus. Die Fenster zitterten und flüsterten.

Plötzlich sagte ich, ohne selbst zu wissen warum:

»Die Banshee. Sie ist draußen.«

»Das war doch nur ein Scherz, Doug. Bei mir mußt du dich vorsehen.«

»Nein«, sagte ich, den Blick zum Fenster. »Sie ist da.«

John lachte. »Du hast sie also gesehen?«

»Sie ist eine schöne junge Frau mit einem Schal um den Hals in der kalten Nacht. Eine junge Frau mit langem, schwarzem Haar und herrlichen grünen Augen, einer Haut wie Schnee und einer Nase wie ein stolzer phönizischer Schiffsbug. Hört sich das nach einer an, die du irgendwann in deinem Leben mal gekannt hast, John?«

»Zu Tausenden.« John lachte jetzt leiser und sah mich prüfend an, was von meinem Witz wohl zu halten sei. »Menschenskind –«

»Sie wartet auf dich«, sagte ich. »Unten am Ende der Einfahrt.«

John warf einen unsicheren Blick zum Fenster.

»Das war der Ton, den wir gehört haben«, sagte ich. »Sie hat dich mir beschrieben, oder jemanden wie dich. Willy nannte sie dich, oder Will oder William. Aber ich *wußte,* daß du es warst.«

John überlegte. »Jung, sagst du, und schön, und in diesem Moment da draußen …?«

»Die schönste Frau, die ich je gesehen habe.«

»Und sie hat kein Messer bei sich –?«

»Unbewaffnet.«

John blies die Luft aus. »Hm, dann sollte ich vielleicht mal rausgehen und ein Schwätzchen mit ihr halten, was meinst du?«

»Sie wartet.«

Er ging zur Haustür.

»Zieh deinen Mantel an, es ist kalt draußen«, sagte ich.

Er zog sich gerade den Mantel über, als wir von draußen den Ton hörten, diesmal sehr deutlich. Das Klagen, dann das Schluchzen, dann das Klagen.

»Mein Gott«, sagte John, die Hand schon an der Klinke, denn er wollte vor mir nicht feige erscheinen. »Sie ist *wirklich* da.«

Er zwang sich, die Klinke zu drücken und die Tür zu öffnen. Der Wind kam seufzend herein und brachte wieder ein leises Klagen mit.

John stand in der Kälte und spähte den langen Weg hinunter in die Dunkelheit.

»Warte!« rief ich im letzten Moment.

John wartete.

»Eins habe ich dir noch nicht erzählt«, sagte ich. »Sie ist wirklich da draußen. Und sie geht um. Aber sie … ist tot.«

»Ich habe keine Angst«, erklärte John.

»Nein«, sagte ich, »aber ich. Du kommst nicht mehr zurück. So sehr ich dich im Augenblick hasse, ich kann dich nicht fortlassen. Mach die Tür zu, John.«

Wieder das Schluchzen, dann das Klagen.

»Mach die Tür zu.«

Ich streckte die Hand aus und wollte die seine von der Messingklinke wegschlagen, aber er hielt fest, dann legte er den Kopf schief und sah mich seufzend an.

»Du bist wirklich gut, Kleiner. Fast so gut wie ich. Dich nehme ich in meinen nächsten Film. Du wirst noch ein Star.«

Damit machte er kehrt und ging in die kalte Nacht hinaus. Leise schloß er die Tür.

Ich wartete, bis ich seine Schritte auf dem Kiesweg hörte, dann schloß ich die Tür ab, rannnte durchs Haus und löschte die Lichter. Als ich durch die Bibliothek kam, heulte der Wind durch den Kamin herab und verteilte die schwarze Asche der *Times* über den Rost.

Ich blieb eine ganze Weile davor stehen und sah mit halbgeschlossenen Augen in die Asche, dann gab ich mir einen Ruck, sprang die Treppe hinauf, immer zwei Stufen auf einmal, stieß meine Zimmertür auf, schlug sie zu, zog mich aus und lag, die Decke bis über den Kopf gezogen, im Bett, als in der Ferne eine Rathausuhr die erste Stunde nach Mitternacht schlug.

Und mein Zimmer lag so hoch, so einsam in diesem Haus und am Himmel, daß da unten an die Tür klopfen, pochen, hämmern mochte, wer wollte, und flüstern und betteln und schreien –

Wer konnte es hören?

Versprechen, Versprechen

Als sie ihre Wohnungstür öffnete, sah sie, daß er geweint hatte. Gerade waren die letzten Tränen seine Wangen hinuntergerollt, und er hatte sich noch nicht die Mühe gemacht, sie abzuwischen.

»Tom, um Gottes willen, was ist passiert? Komm rein!«

Sie zog ihn. Er schien es gar nicht zu fühlen, doch dann sah er endlich an sich hinunter, fand die Idee wohl doch recht gut und trat ein. Er schaute sich in ihrer Wohnung um, als hätte sie die Möbel umgeräumt und alle Wände neu gestrichen.

»Entschuldige die Störung«, sagte er.

»Störung, mein Gott!« Sie schob ihn durchs Zimmer. »Setz dich. Du siehst ja fürchterlich aus. Ich hole dir mal was zu trinken.«

»Ja. Ich setze mich lieber, bevor ich umkippe«, meinte er abwesend. »Und trinke einen Schluck. Ich weiß gar nicht, ob ich heute schon etwas gegessen habe. Vielleicht.«

Sie kam mit dem Brandy, schenkte ein, sah in sein Gesicht und schenkte mehr ein.

»Immer langsam. Trink nicht so schnell.« Sie sah ihn den Brandy hinunterstürzen. »Was ist passiert?«

»Es handelt sich um Beth«, keuchte er mit geschlossenen Augen, aus denen wieder die Tränen liefen, »... und dich.«

»Vergiß mal mich, was ist mit Beth?«

»Sie ist gestürzt und hat sich am Kopf verletzt. Seit zwei Tagen liegt sie im Krankenhaus, bewußtlos.«

»Mein Gott...« Sie ließ sich rasch neben ihm auf die Knie sinken und umfaßte ihn, als ob er jeden Moment umfallen könnte. »Warum hast du nicht *angerufen*?«

»Hab ich ja. Aber ich war mit Clara zusammen im Krankenhaus, und immer, wenn ich anrief, meldete sich keiner. Die übrige Zeit war Clara in der Nähe, und wenn sie mich mit dir reden gehört hätte – mein Gott – es ist schlimm genug, wenn du damit rechnen mußt, daß deine Tochter jeden Moment... ich hab's jedenfalls versucht, und jetzt bin ich hier.«

»Du lieber Gott. Kein Wunder, daß du so elend aussiehst. Aber zu Beth. Sie hat... ist nicht...?«

»Nein, sie ist nicht tot. Gott sei Dank, oh, Gott sei Dank!«

Und er hielt das leere Brandyglas in der Hand und weinte ungeniert, und die Tränen tropften auf sein Revers und versickerten darin.

Sie nahm ihn fest bei den Händen, ließ sich auf die Knie zurücksinken und weinte auch.

»Herr Jesus«, sagte sie leise. »Herr Jesus.«

»Wenn du wüßtest, wie oft ich an diesem Wochenende schon diesen Namen gesagt habe. Ich war nie fromm, aber auf einmal dachte ich nur noch: Alles, alles was ich sagen kann, tun kann, beten kann, alles! In meinem ganzen Leben habe ich noch nie soviel geweint. Noch nie habe ich so inbrünstig gebetet.«

Er konnte nicht weitersprechen, denn seine Schultern

erbebten von neuem Leid. Nachdem er sich beruhigt hatte, fand er seine Worte wieder und fuhr flüsternd fort:

»Es geht jetzt wieder, sie ist vor zwei Stunden aufgewacht. Der Arzt ist überzeugt, daß sie wieder gesund wird. Er sagt es. Wenn er mir jetzt eine Rechnung über eine Million Dollar schickte, würde ich bis an mein Lebensende daran abzahlen, sie ist es wert.«

»Ich weiß. Das sind Töchter immer, oder meist, für ihre Väter.«

Er sank in den Sessel zurück, und sie blieb neben seinen Knien hocken und wartete, bis er wieder Luft bekam. Schließlich fragte sie:

»Wie ist es passiert?«

»Eine dumme Geschichte. Sie wollte mit so einer wackligen Trittleiter irgendwelchen Weihnachtsschmuck oben aus ihrer Wandgarderobe holen. Das blöde Ding ist zusammengebrochen, und sie ist gestürzt und mit dem Kopf aufgeschlagen. Hart. Wir ahnten nichts, weil wir anderswo im Haus waren. Wir haben ihr Eigenleben immer respektiert. Aber als sich nach einer Stunde nichts rührte in ihrem Zimmer und die Tür noch immer zu war, ist meine Frau aus irgendeinem Grund einfach hineingegangen. Und plötzlich hörte ich sie schreien. Ich hin. Da lag Beth auf dem Boden, in einer Blutlache. Sie war mit dem Kopf gegen die Kante eines Bücherschranks geschlagen. Als ich zu ihr wollte, bin ich fast über die eigenen Füße gefallen. Ich habe sie aufzuheben versucht, war aber auf einmal so schwach, daß ich mich nicht einmal selbst bewegen konnte, und mein Gott, sie fühlte sich so tot an, so schlaff, wie eine Tote eben. Ich konnte ihren Puls nicht fühlen, dafür war mein eigener zu laut. Irgendwie habe ich's zum Telefon geschafft, aber meine Finger konnten die Wählscheibe nicht bewegen. Clara hat mir das Telefon abgenommen und den Rettungsdienst angerufen. Als sie die Verbindung hatte, habe ich ihr das Telefon wieder weggerissen, aber ich konnte nicht sprechen, und Clara mußte ihnen sagen, was los war – mein Gott, es hat Beth fast das Leben gekostet! Ich war gelähmt. Wenn ich nun allein gewesen wäre? Hätte ich überhaupt ein Wort herausgebracht? Wäre sie gestorben? Ohne Clara – na ja, der Krankenwagen war dann in fünf Minuten da, Gott sei gelobt, fünf Minuten statt einer halben Stunde. Sie haben Beth ins Krankenhaus gebracht. Ich bin im Krankenwagen mitgefahren, einfach so, wie eine Leiche. Clara ist mit dem Auto nachgekommen. Im Krankenhaus haben sie uns eine Stunde lang nicht zu Beth gelassen, sie haben um ihr Leben gekämpft. Als der Arzt herauskam, sagte er, es stünde auf der Kippe, halbe-halbe für die nächsten ein, zwei Tage. Stell dir das vor... zwei ganze Tage warten zu müssen, nichts zu wissen. Wir sind bis zwei Uhr nachts im Krankenhaus geblieben, dann haben sie uns nach Hause geschickt und gesagt, sie rufen uns an, wenn sich etwas ändert. Wir sind nach Hause gefahren und haben die ganze Nacht geweint. Ich glaube nicht, daß wir einmal länger als zehn Minuten am Stück nicht geweint haben. Hast du schon einmal eine ganze Nacht lang ununterbrochen geweint, hast du dich schon einmal umbringen wollen, weil du es vor Kummer nicht mehr aushalten konntest? Mein Gott, sind wir verwöhnt! Das war der erste *wirkliche* Alptraum in unserm ganzen Leben. Immer ist es uns gutgegangen, keine Krankheiten, keine Unglücke, kein Tod. Hör mir zu! Ich kann nicht mehr aufhören zu reden. Mein Gott, ich bin müde, aber ich mußte einfach herkommen und dich sehen, Laura.«

»Ist sie wieder in Ordnung, *ganz*?« fragte Laura.

»In drei Tagen müßte sie wieder aufstehen und herumlaufen können, meint der Arzt.«

»Laß mich mal nachfüllen.« Sie füllte sein Glas nach und sah es ihn in einem Zug hinunterkippen, während neue Tränen sich in ihren Augen sammelten. »Ich habe deine Tochter erst einmal gesehen, aber sie war – sie ist ein bezauberndes Mädchen. Kein Wunder, daß du –«

»Kein Wunder.« Er schloß die Augen, und endlich öffnete er sie wieder und sah seine Geliebte an. »Weißt du, was sie wirklich gerettet hat?«

»Die Sanitäter –«

»Nein.«

»Euer Arzt –«

»Die waren natürlich alle beteiligt. Aber wir haben gebetet. *Gebetet,* Laura. Und Gott hat geantwortet. *Etwas* hat geantwortet. Aber es ist geschehen. Ich habe nie an Beten geglaubt. Jetzt tue ich es.«

Er sah sie unverwandt an. Schließlich mußte sie den Blick abwenden, fast erschrocken. Sie verschränkte die Finger ineinander und betrachtete sie. Ihr Gesicht wurde auf einmal ganz bleich, als sei eine Ahnung in ihr aufgekommen, doch sie versteckte sie schnell hinter ihrem Blick. Endlich holte sie tief Luft, warf rasch einen Blick zu ihm und fragte:

»Was?«

»Wie, was?« fragte er.

»*Was* hast du gebetet?«

»Es war«, sagte er, »weniger ein Gebet... als... ein Versprechen.«

Laura wurde noch blasser. Sie wartete, dann holte sie wieder tief Luft und fragte:

»Was hast du versprochen?«

Er konnte nicht antworten. Plötzlich war es genauso wie am Telefon, als er zuerst die Nummer nicht wählen, dann nicht sprechen konnte.

»Nun?« fragte Laura.

»Ich habe Gott versprochen –«

»Was?«

»Wenn er Beth rettet –«

»Ja?«

»Dann will ich dich aufgeben und fortgehen und dich nie mehr wiedersehen!«

Es blubberte aus ihm heraus in einem einzigen, schrecklichen Seufzer.

»Was!?« Sie richtete sich kerzengerade auf, stieß sich von ihm ab und starrte ihn an wie einen Verrückten.

»Du hast mich gehört«, antwortete er leise.

Sie ließ sich vornüber fallen, fast wie in einem Krampf, und schrie ihn an:

»Wie *konntest* du Gott *so etwas* versprechen?«

»Ich mußte! Ich hab's getan, weil es das einzige war, was mir in den Sinn kam.« Er rutschte vom Sessel, und auf dem Boden angekommen, wollte er mit ausgestreckten Armen näher zu ihr hinrücken. »Ich war verzweifelt, verstehst du nicht? Verzweifelt!«

Sie stieß sich ab, rückte weiter von ihm fort, als er näherkommen wollte. Sie sah zum Fenster, zur Tür, als ob sie einen Fluchtweg suchte, dann rief sie fast so laut wie vorher:

»Du weißt, daß ich jetzt katholisch bin –«

»Ich weiß, ich weiß.«

»Seit kurzem. Siehst du nicht, in was für eine *Situation* du mich bringst?«

»Ich habe dich in keine Situation gebracht. Es war das Leben, der Unfall meiner Tochter. Ich mußte dieses Gelübde tun, um sie zu retten! Was ist mit dir *los*?«

»Ich liebe dich, *das* ist mit mir los!«

Sie sprang auf, kreiselte einmal herum, kreiselte wieder zurück, faßte sich bei den Ellbogen und fuhr auf ihn los.

»Begreifst du nicht, daß du nicht einfach hingehen und Gott solche Versprechungen machen kannst? Du Idiot, jetzt kannst du's nicht mehr zurücknehmen!«

»Ich will ja auch nichts zurücknehmen«, versetzte er, indem er sie fassungslos von unten ansah. »Du – nein, das *kannst* du nicht von mir verlangen!«

»Aber Tom«, beschwor sie ihn, »ich bin tiefreligiös! Glaubst du denn nur eine Sekunde, ich würde so etwas von dir verlangen? Herrgott, so ein Mist! Gelübde ist Gelübde, und du mußt es einlösen, aber ich gucke dabei in die Röhre. Und wenn du es brichst, kann ich dich ja auch nicht mehr lieben, denn dann bist du ein Lügner, ein Lügner vor meinem neuen Gott und meinem neuen Glauben. Herrgott, du hättest das nicht besser, nicht miserabler hinkriegen können, wenn du es geplant hättest.«

Jetzt mußte er, der auf dem Boden saß, abrücken und

sich anschließend mit dem Handrücken die Wange abwischen.

»Du *glaubst* doch nicht –?«

»Nein, nein, es war ja ein Unfall, und sie ist deine Tochter. Aber du hättest erst mal nachdenken können, dir Zeit lassen, überlegen, was du sagen könntest!«

»Wie soll man noch überlegen, wenn man gerade aus dem zwanzigsten Stock fällt und ein Netz braucht?«

Sie stand vor ihm und ließ die Schultern vornüber hängen, als hätte er sie in die Brust geschossen. Sie fühlte sich die ganzen zwanzig Stockwerke hinunterstürzen, wie er gesagt hatte. Falls ein Netz vorhanden war, konnte er es nicht mit ihr teilen. Als sie unten aufschlug und merkte, daß sie noch am Leben war, konnte sie nur mit bebender Stimme herauspressen:

»O Tom, du ...«

»Ich weine aus zwei Gründen«, sagte er, schwer atmend. »Wegen meiner Tochter, die beinahe gestorben wäre. Und deinetwegen, denn du könntest genausogut tot sein. Ich habe ja *versucht,* mir eine Entscheidung offenzuhalten. Eine irre Sekunde lang glaubte ich, eine Entscheidungsmöglichkeit zu *haben.* Aber ich wußte, Gott würde jede verdammte List, die ich ersinnen könnte, sofort durchschauen. Ein Gelübde tun und beten und alles sofort wieder vergessen, kaum daß deine Tochter die Augen aufschlägt und lächelt, das geht nicht. Im Augenblick könnte ich vor Dankbarkeit platzen. Und ich werde vor Trauer um uns, um dich und mich, eine ganze Woche weinen, und meine Frau wird denken, es sei aus Freude darüber, daß Beth heimkommen wird.«

»Sei still«, sagte Laura leise.

»Warum?«

»Weil ich ... je länger du redest, desto weniger fällt mir darauf zu antworten ein. Hör auf, mich in die Enge zu treiben. Hör auf, mich zu töten, an ihrer Stelle. Hör auf damit.«

Er saß nur da und fühlte sich immer schwerer und unbeweglicher werden, und sie drehte sich um und suchte blind nach einem Glas und etwas, womit sie es füllen könnte. Sie brauchte lange fürs Einschenken, dann noch länger, um sich darauf zu besinnen, das Eingeschenkte zu trinken. Sie stand mit dem Rücken zu ihm, den Blick starr zur Wand, als sie fragte:

»Was hast du gesagt, in deinem Gebet?«

»Ich weiß es nicht mehr.«

»Doch, du weißt es. Herr im Himmel, Tom, was hast du gesagt, daß es jetzt so schrecklich unwiderruflich ist?«

Er wurde rot und drehte den Kopf dahin und dorthin, nur um sie nicht anzusehen.

»Willst du es ganz genau wissen –?«

»Wortwörtlich. Ich will es hören. Ich verlange es. Ich habe ein Recht darauf. Sag's!«

»O Gott«, stöhnte er, »ich komme mir vor wie früher, wenn meine Mutter mich zum Beten gezwungen hat, als ich fünf war. Das war mir so verhaßt. Ich wurde ganz verlegen, weil ich Gott nirgends sah und nicht wußte, mit wem ich da reden sollte. Es war so entsetzlich, daß meine Mutter schließlich aufgab. Jahre später habe ich beten gelernt, aus mir heraus, innerlich. Ja, schon gut, glotz mich nicht so an. Ich habe gesagt –«

Und plötzlich stand er auf und ging ans Fenster, um über die Stadt hinauszusehen und den Blick auf irgendein Gebäude zu heften, das dem Krankenhaus ähnlich sah, sich voll darauf zu konzentrieren. Seine Stimme war fast nicht zu hören. Als er es merkte, unterbrach er sich und fing noch einmal von vorn an, damit sie ihn hören konnte:

»Ich habe gesagt: Bitte, lieber Gott, verschone sie, verschone meine Tochter, laß sie am Leben. Wenn du sie verschonst, will ich das Liebste in meinem Leben aufgeben, ich schwöre es dir. Ich werde Laura aufgeben und sie nie mehr wiedersehen. Das verspreche ich dir, lieber Gott. Bitte.«

Nach einer langen Pause wiederholte er noch einmal leise das letzte Wort:

»Bitte.«

Sie hob, ohne sich vom Fleck zu rühren, ihr Glas an den Mund, schloß die Augen und kippte den Brandy in einem Zug hinunter, dann schüttelte sie den Kopf.

»Du hast es geschafft«, sagte sie.

Er wandte sich vom Fenster ab und machte einen Schritt auf sie zu, blieb aber dann stehen. »Du glaubst mir doch, ja?«

»Ich möchte es nicht, aber ja, ich glaube dir. Verdammt!«

Sie warf das Glas fort und sah es unzerbrochen über den Teppich dahinrollen.

»Hättest du nicht *irgend* etwas anderes versprechen können? Nein? *Hättest* du nicht?«

»Was denn, was?« Er wußte sich nirgendshin zu wenden und lief ziellos im Zimmer auf und ab, ohne sie ansehen zu können. »Was kann man denn Gott schon versprechen, das auch etwas bedeutet? Geld? Mein Haus? Mein Auto? Verzicht auf meine Parisreise? Meine Arbeit aufzugeben? Die *liebe* ich, weiß Gott! Aber so etwas würde Gott wohl nicht annehmen. *Wirklichen* Wert hat doch nur eines, oder? Für *ihn*! Nicht Dinge, auch nicht Menschen, sondern ... Liebe. Ich habe hin und her überlegt und wußte, daß es in meinem Leben nur eines gab, was für mich wirklich von ganz besonderem Wert war, unbezahlbar, so daß es als Angebot etwas taugte.«

»Und das war *ich*?« fragte sie.

»Ja, verdammt! Nenn mir irgend etwas anderes. Mir fällt nichts ein. Du. Meine Liebe zu dir war so groß, so allumfassend, so wichtig für mein ganzes Leben, daß nur sie das richtige Geschenk sein konnte, das richtige Gelübde. Wenn ich Gott versprach, dich aufzugeben, *mußte* er wissen, wie verheerend das für mich sein würde, welch ein totaler Verzicht. Dann *mußte* er mir meine Tochter einfach wiedergeben! Wie denn nicht?«

Er stand jetzt mitten im Wohnzimmer. Sie hob das Glas vom Boden auf, betrachtete es und kreiste langsam um ihn herum.

»Ich habe alles gehört und gesehen«, sagte sie.

»*Was* hast du gehört und gesehen?«

»Wie Männer sich auf die eine oder andere Weise aus einer Affäre davonschleichen.«

»*So* sieht das für dich aus?«

»Wie sollte es sonst aussehen? Du willst schon lange Schluß machen. Jetzt hast du deinen Vorwand.«

Er gab einen Klagelaut von sich, dann ein Stöhnen, dann einen Seufzer der Entrüstung.

»Vorwand? Nein! Eine Pflicht. Kannst du mir denn sagen, was ich anderes hätte tun sollen?«

»Jedenfalls nicht Gott versprechen, mich aufzugeben!« rief sie. »Warum *mich*?«

»Weißt du es denn nicht? Hast du nicht zugehört? Du warst die einzige Sicherheit, die ich bieten konnte. Ich liebte dich, liebe dich, werde dich immer lieben. Und nun muß ich dich preisgeben und weiß genau, daß ich noch Jahre daran leiden werde. Wer hat hier den größeren Schaden, du oder ich? Ist es schlimmer für dich, verlassen zu werden, oder für mich, dich zu verlassen? Kannst du das wirklich, wirklich und wahrhaftig ermessen, kannst du mir das sagen?«

»Nein«, sagte sie, und wieder fiel sie ganz in sich zusammen. »Ich komme schon darüber hinweg. Verzeih. Es dauert eben nur seine Zeit. Schließlich ist es erst zehn Minuten her, daß du hier zur Tür hereingekommen bist. Herrje!«

Sie drehte sich um und ging langsam in die Küche. Er hörte sie im Kühlschrank kramen. Er ging wieder zum Sessel und setzte sich, klammerte sich an die Armlehnen, als ob der Sessel ihn plötzlich abwerfen und durchs ganze Zimmer schleudern könnte.

Sie kam mit einer Flasche Champagner und zwei Gläsern zurück. Dabei ging sie, als wäre der Fußboden vermint.

»Was soll das?« fragte er, als sie sich wieder auf den Boden setzte.

»Wie sieht es denn aus?« Sie öffnete geschickt die Flasche, und als der Korken herausknallte und an die Decke flog, fuhr sie fort: »So haben wir angefangen, warum soll es nicht so enden?«

»Du bist mir böse –«

»Böse? Zum Teufel, ich bin stinkwütend und so traurig, daß ich am liebsten zu Bett gehen und einen ganzen Monat nicht mehr aufstehen möchte, aber ich werde morgen wieder aufstehen, verdammt noch mal! Vielleicht kann dieser blöde Champagner mir ja dabei helfen. Nimm dein Glas.«

Sie schenkte ein, und sie tranken und schwiegen eine Zeitlang.

»Dann sehen wir uns also jetzt zum letztenmal«, sagte sie.

»Du brauchst es nicht so direkt zu sagen.«

»Warum nicht? Das hast du doch auch. Machen wir uns nichts vor. Dies sind die letzten fünf Minuten unseres Lebens. Sobald du ausgetrunken hast, will ich dich draußen haben. Ich ertrage dich hier nicht länger. Ich will nicht, daß du gehst. Ich wünschte, ich hätte auch ein Gebet, ein genauso starkes Gelübde wie deins, an das ich glauben könnte. Ich würde es Gott entgegenschreien. Aber ich habe die Kraft nicht, und mir stirbt auch keiner, höchstens du, und du bist nicht wirklich tot, du gehst nur fort. Also, ruf mich nie an, schreib mir nicht, komm nicht zurück, schau auch nicht kurz mal rein. Ich weiß, ich weiß, du willst ja für immer gehen, für immer wegbleiben. Aber du könntest in Versuchung kommen. Und wenn du anrufen solltest, müßte ich nur noch einmal sterben. Klingt das nun bösartig, klingt es hart? Nein. Ich kann nicht anders damit umgehen. Also –«

Sie hob ihr Glas und leerte es, dann stand sie auf, ging zur Wohnungstür, öffnete sie und blieb wartend daneben stehen.

»So schnell?« fragte er betrübt.

»Kaum zu glauben, daß es fünf Jahre waren. Aber – so *schnell.*«

Er stand auf und sah sich um, als müßte er von etwas Abschied nehmen, dann wurde ihm klar, daß es *sie* war, und er ging hin und stellte sich vor sie hin, einfach so, die Hände an den Seiten, als wüßte er mit seinem Körper, seinen Armen nichts anzufangen.

»Verzeihst du mir?«

»Noch nicht. Aber demnächst muß ich wohl. Andernfalls könnte ich ja nicht mehr in die Kirche gehen. Laß mir Zeit zum Nachdenken, über deine Tochter und daß sie fast gestorben wäre, und – ja, dann werde ich dir verzeihen. Es ist für uns alle eine schlimme Woche. Ein Teil in mir weiß ja, daß du dich mitten entzweigerissen fühlst. Leb wohl.« *Darling,* flüsterte ihr Mund, aber laut konnte sie es nicht sagen.

Sie küßte ihn, es war ein langer Kuß, und als sie merkte, wie er dem sanften Zug ihrer Schwerkraft nachzugeben begann, ließ sie ihn los und machte einen Schritt rückwärts.

Er ging durch die Tür, und als er halb die Treppe hinunter war, drehte er sich um, sah zu ihr auf und sagte:

»Leb wohl.«

Dann machte er kehrt und ging ganz hinunter.

Tränen schossen ihr aus den Augen. Sie warf sich ans Treppengeländer, packte es und starrte blind nach unten.

»Was fällt dir ein!« schrie sie, dann stockte sie.

Sie starrte in das leere Treppenhaus und wagte nicht zu atmen. Wie von selbst stürzten die weiteren Worte aus ihr heraus:

»... deine Tochter ...«

Und den Rest konnte nur sie selbst noch hören:

»... mehr zu lieben als *mich*?«

Sie tastete sich zurück, sah sich wieder in ihrer Wohnung und schlug die Tür zu, *laut*.

Er hörte es bis unten.

Es war wie das Zuklappen eines Sargdeckels.

Die Liebesaffäre

Den ganzen Morgen war dieser Geruch schon in der reinen Luft, ein Geruch nach gemähtem Getreide oder grünem Gras oder Blumen. Was es genau war, konnte Sio nicht sagen, er hätte es nicht zu unterscheiden gewußt. So ging er den Berg hinunter, wo seine heimliche Höhle war, und sah sich um, den zierlichen Kopf gehoben und mit angestrengten Augen, und stetig wehte der sanfte Wind und ließ den Strom süßer Düfte um ihn anschwellen. Es war wie Frühling im Herbst. Er hielt Ausschau nach den dunklen Blumen, die sich unter den harten Steinen drängten und darunter vorlugten, aber er sah keine. Er suchte nach dem Gras, das jedes Frühjahr für eine kurze Woche wie eine Woge über den Mars hinwegspülte, doch die Erde war steinig und trocken und hatte die Farbe von Blut.

Sio kehrte stirnrunzelnd zu seiner Höhle zurück. Er sah zum Himmel und beobachtete, wie in der Ferne, wo die neuen Städte entstanden, die Raketen der Erdmenschen blitzend herunterkamen. Manchmal ließ er sich nachts in einem lautlosen Boot die Kanäle hinuntertreiben, schob das Boot in ein Versteck und schwamm mit leisen Bewegungen bis an die Ränder der jungen Städte, von wo er den hämmernden, nagelnden, malenden Menschen zusah, den Menschen, die unter Gebrüll bis spät in die Nacht schufteten und ein seltsames Ding auf diesem Planeten errichteten. Er hörte ihre sonderbare Sprache und versuchte sie zu verstehen, und er sah ihre Raketen auf prächtigen Flammenbündeln zu den Sternen emporschießen. Ein unglaubliches Volk. Und dann kehrte Sio, lebend und unverseucht, allein zu seiner Höhle zurück. Manchmal wanderte er weit in die Berge auf der Suche nach anderen von seinem geflohenen Volk, wenigen Männern, noch weniger Frauen, mit denen er reden konnte, doch zur Zeit zog er die Einsamkeit vor und lebte allein, während er über das Schicksal nachdachte, das schließlich sein Volk getötet hatte. Er gab die Schuld nicht den Erdmenschen; der Zufall hatte diese Krankheit gebracht, die seine Eltern und die Eltern vieler, vieler Söhne im Schlaf verbrannt hatte.

Er schnupperte wieder. Dieses fremde Aroma. Dieser süße, flüchtige Duft nach allerlei Blumen und grünem Moos.

»Was ist das nur?« Er kniff die goldenen Augen zusammen und spähte in alle vier Richtungen.

Er war groß und noch ein Junge, dabei hatten achtzehn Sommer seine Armmuskeln gedehnt, und seine Beine waren lang vom Schwimmen in den Kanälen und den tollkühnen Läufen über die glühenden Böden ausgetrockneter Meere, rennend, Deckung suchend, weiterrennend, schnell neue Deckung nehmend, oder von den langen Streifzügen mit silbernen Käfigen, in denen er Mörderblumen und, um sie zu füttern, Feuereidechsen mitgebracht hatte. Sein ganzes Leben, so schien es, hatte nur aus Wandern und Schwimmen bestanden, den Dingen eben, mit denen junge Männer ihre Energien und Leidenschaften verbrauchten, bis sie heirateten und eine Frau von da an tat, was Berge und Flüsse einst taten. Er hatte sein Fernweh, seine Wanderlust länger ins Jünglingsalter mitgenommen als die meisten, und während manch anderer Mann hinweggefahren war, in einem schlanken Boot die sterbenden Kanäle hinunter, mit einer Frau auf dem Körper wie ein Flachrelief, war Sio weiter gerannt und geschwommen, meist allein, oft Selbstgespräche führend. Die Sorge seiner Eltern war er gewesen und die Verzweiflung der Frauen, die seit seinem vierzehnten Geburtstag seinen Schatten länger werden sahen und einander zunickten und auf den Kalender schauten, noch ein Jahr und noch ein Jahr …

Doch seit der Invasion und der Krankheit war er ruhiger geworden. Tod hatte seine Welt hinweggerafft. Die aus Brettern gezimmerten, frisch gestrichenen Städte waren Träger der Krankheit. Das viele Sterben lastete auf seinen Träumen wie ein schweres Gewicht. Oft erwachte er weinend und streckte die Hände in die Nachtluft. Doch seine Eltern waren nicht mehr da, und es war Zeit, mehr als Zeit für eine Freundschaft, eine Berührung, eine Liebe.

Der Wind drehte Kreise und verbreitete den heiteren Duft. Sio atmete tiefer ein, und ihm wurde ganz warm.

Nun kam auch ein Ton. Es klang wie ein kleines Orchester. Die Musik kam durch das enge Felsental herauf zu seiner Höhle.

Unten im nahen Tal kräuselte sich ein Rauchwölkchen in den Himmel. Dort am alten Kanal stand ein kleines Haus, das die Erdmenschen vor einem Jahr für eine Gruppe von Archäologen gebaut hatten. Sie hatten es verlassen, und Sio war ein paarmal hinuntergeschlichen, um in die leeren Zimmer zu spähen, ohne aber hineinzugehen, denn er fürchtete sich vor der schwarzen Krankheit, die ihn anrühren konnte.

Die Musik kam aus diesem Haus.

»Ein ganzes Orchester in so einem kleinen Haus?« staunte er und lief im Licht des Frühnachmittags lautlos hinunter.

Das Haus schien leer, obwohl Musik aus seinen offenen Fenstern strömte. Sio, der von Fels zu Fels huschte, brauchte eine halbe Stunde, um sich dem furchteinflößenden, tönenden Haus auf dreißig Schritt zu nähern. Er legte sich auf den Bauch und hielt sich dicht am Kanal. Sollte etwas passieren, könnte er schnell ins Wasser springen und sich von der Strömung rasch in die Berge zurücktragen lassen.

Die Musik schwoll an, donnerte über die Felsen, summte in der heißen Luft, zitterte in seinen Knochen. Aus den Ritzen im Hausdach rieselte Staub. Farbflocken schwebten von den verwitternden Brettern wie ein leichtes Schneegestöber.

Sio sprang schnell einmal in die Höhe und ließ sich wieder fallen. Er sah kein Orchester da drinnen. Nur geblümte Vorhänge. Die Haustür stand weit offen.

Die Musik verklang und begann von neuem. Zehnmal wiederholte sich dieselbe Melodie. Und der Duft, der ihn aus seinem steinernen Versteck gelockt hatte, war hier so dicht wie klares Wasser, das sein verschwitztes Gesicht umspülte.

Endlich sprang er mit ein paar Sätzen hin, erreichte das Fenster und sah hinein.

Auf einem Tischchen stand ein schimmerndes braunes Gerät. Darauf drückte eine silberne Nadel eine kreisende schwarze Scheibe nieder. Das Orchester toste! Sio starrte dieses merkwürdige Ding an.

Die Musik verstummte. In der knisternden Pause hörte er Schritte. Er lief schnell zum Kanal und warf sich hinein.

Er sank ins kühle Wasser, lag mit angehaltenem Atem auf dem Grund und wartete. War das eine Falle? Hatten sie ihn hierhergelockt, um ihn zu fangen und zu töten?

Eine Minute verging. Luftblasen stiegen aus seinen Nasenlöchern. Er machte eine Bewegung und ließ sich langsam an die naßgläserne Welt emportreiben.

Da schwamm er und blickte durch den kühlen grünen Strom nach oben, als er sie sah.

Ihr Gesicht war über ihm, wie ein weißer Stein.

Einen Augenblick blieb er völlig reglos, doch er sah sie. Er hielt den Atem an. Langsam, ganz langsam ließ er sich von der Strömung davontragen, und sie war so schön, sie war von der Erde, in einer Rakete gekommen, die das Land versengte und die Luft verbrannte, und sie war weiß wie ein Stein.

Das Wasser des Kanals trug ihn in die Berge zurück. Tropfend stieg er heraus.

Sie ist schön, dachte er, als er keuchend am Kanalufer saß. Seine Brust war wie zugeschnürt. Das Blut brannte heiß in seinem Gesicht. Er sah auf seine Hände. Hatte er die schwarze Krankheit in sich? Hatte er sich beim Ansehen verseucht?

Ich hätte auftauchen sollen, als sie sich bückte, dachte er; ich hätte ihren Hals mit meinen Händen packen sollen.

Sie hat uns getötet, sie hat uns getötet. Er sah ihren weißen Hals, ihre weißen Schultern. Welch sonderbare Farbe. Aber nein, dachte er, sie hat uns nicht getötet. Es war die Krankheit. Kann Finsternis in solcher Weiße wohnen?

»Hat sie mich gesehen?« Er stand auf, um sich von der Sonne trocknen zu lassen. Er legte die Hand an seine Brust, seine braune, schlanke Hand. Er fühlte sein Herz rasen. »Oh«, sagte er. »Ich habe *sie* gesehen!«

Er ging zur Höhle zurück, nicht langsam, nicht schnell. Noch immer dröhnte von diesem Haus die Musik herauf, wie ein Festkonzert ganz für sich.

Er sprach nicht, er packte nur mit sicheren, raschen Bewegungen seine Habseligkeiten zusammen. Ein paar Brocken Leuchtkalk, etwas zu essen, ein paar Bücher, alles warf er in ein Tuch und schnürte es fest zusammen. Er sah, wie seine Finger zitterten. Erschrocken drehte er die Hände hin und her. Dann erhob er sich schnell, nahm das kleine Bündel unter den Arm, trat aus der Höhle und ging die Schlucht hinauf, fort von der Musik und dem starken Duft.

Er blickte nicht zurück.

Jetzt sank die Sonne am Himmel. Er fühlte, wie sein Schatten hinter ihm zurückblieb, dableiben wollte, wo er selbst hätte bleiben sollen. Es war nicht gut, die Höhle zu verlassen, in der er als Kind so oft gewohnt hatte. Ein Dutzend Liebhabereien hatte er in dieser Höhle für sich entdeckt, an tausend Dingen Geschmack gefunden. Er hatte einen Backofen in den Fels gehauen und sich täglich frischen Kuchen gebacken, Kuchen von wunderbarer Beschaffenheit und Vielfalt. Auf einem kleinen Bergacker hatte er Getreide für sich angebaut. Er hatte sich hellen, funkelnden Wein bereitet. Musikinstrumente hatte er geschaffen, Flöten aus Silber und Dornmetall und kleine Harfen. Er hatte Lieder komponiert. Er hatte kleine Stühle für sich gezimmert und den Stoff für seine Kleider gewebt. Und er hatte Bilder an die Höhlenwände gemalt, Bilder aus Karmesin und Kobalt und Phosphor, Bilder, die in langen Nächten leuchteten, Bilder von großer Zartheit und Schönheit. Und oft hatte er in einem Buch mit Gedichten gelesen, die er selbst geschrieben hatte, als er fünfzehn war, und die seine Eltern mit verhaltenem Stolz einigen Auserwählten vorgelesen hatten. Es war ein schönes Leben gewesen, diese Höhle und seine kleinen Künste.

Als die Sonne sank, kam er oben auf dem Bergpaß an. Keine Musik mehr. Kein Duft. Seufzend setzte er sich einen Augenblick hin, um sich auszuruhen, bevor er weiterging über die Berge. Er schloß die Augen.

Ein weißes Gesicht kam durch grünes Wasser herab.

Er fuhr sich mit den Fingern an die geschlossenen Augen und befühlte sie.

Weiße Arme winkten durch rauschende Fluten.

Er schrak hoch, packte sein Bündel und wollte davoneilen, als der Wind drehte.

Leise, ganz leise ertönte die Musik. Dieses irre metallische Schmettern, weit, weit fort.

Zart fand ein letzter Parfümduft den Weg durch die Felsen.

Als die Monde aufgingen, machte Sio kehrt und ging zur Höhle zurück.

Die Höhle war kalt und fremd. Er zündete ein Feuer an

und aß ein karges Mahl aus Brot und wilden Beeren von den Moosfelsen. So bald schon, nachdem er die Höhle verlassen hatte, war sie kalt und hart geworden. Sein eigener Atem hallte seltsam von den Wänden wider.

Er löschte das Feuer und legte sich zum Schlafen hin. Doch nun berührte ein matter Lichtstrahl die Höhlenwand. Er wußte, daß dieses Licht von den Fenstern des Hauses am Kanal heraufkam. Er schloß die Augen, aber das Licht blieb. Entweder das Licht oder die Musik oder der Blumenduft. Unwillkürlich spähte, lauschte, schnupperte er nach einer dieser drei unglaublichen Erscheinungen.

Um Mitternacht stand er draußen vor der Höhle.

Wie ein hell leuchtendes Spielzeug strahlten die Lichter des Hauses gelb durchs Tal. In einem der Fenster glaubte er eine Gestalt tanzen zu sehen.

»Ich muß hinuntergehen und sie töten«, sagte er. »*Deshalb* bin ich zur Höhle zurückgekommen. Um sie zu töten, sie zu begraben.«

Als er wieder halb eingeschlafen war, hörte er eine einsame Stimme sagen: »Du bist ein großer Lügner.« Er machte die Augen nicht auf.

Sie lebte allein. Am zweiten Tag sah er sie an den Berghängen spazierengehen. Am dritten Tag schwamm sie, schwamm stundenlang im Kanal. Am vierten und fünften Tag wagte Sio sich immer näher zum Haus hinunter, bis er am sechsten Tag bei Sonnenuntergang, als die Dunkelheit nahte, vor dem Fenster stand und die Frau beobachtete, die in dem Haus wohnte.

Sie saß an einem Tisch, auf dem zwanzig Messingröhrchen mit roter Farbe standen. Sie tupfte sich eine weiße, kühl aussehende Creme aufs Gesicht, bis sie eine Maske bildete. Diese wischte sie mit Tüchern ab, die sie in einen Korb warf. Sie probierte ein Röhrchen mit Farbe, drückte es auf ihre breiten Lippen, preßte die Lippen zusammen, wischte sie ab, tat eine andere Farbe darauf, wischte *diese* ab, probierte eine dritte Farbe, eine fünfte, eine neunte, tupfte auch Rot auf ihre Wangen und zupfte mit einer silbernen Pinzette an ihren Brauen. Sie wickelte ihr Haar auf unbegreifliche Vorrichtungen und polierte ihre Fingernägel, wobei sie ein süßes, unbekanntes fremdes Lied sang, ein Lied in ihrer Sprache, ein Lied, das sehr schön sein mußte. Sie summte es vor sich hin und klapperte dabei mit ihren Stöckelschuhen auf dem Hartholzboden. Sie sang es, wenn sie durchs Zimmer ging, nur in ihren weißen Körper gekleidet, oder wenn sie auf dem Bett lag in ihrer weißen Haut, den Kopf zurückgelegt, so daß die gelben Haare flammengleich bis auf den Boden wallten, und sie hielt sich ein Feuerstäbchen an die roten, roten Lippen und sog mit geschlossenen Augen daran, worauf aus ihrem trägen Mund und den schmalen Nasenlöchern lange Rauchbahnen strömten, die in der Luft die wunderbaren Gestalten von Geistern annahmen. So nebenbei. So leicht. Sie schuf die Geister, ohne hinzusehen.

Ihre Füße rührten einen Trommelwirbel auf dem Hartholzboden, als sie aufstand. Wieder sang sie. Wirbelte umher. Sang zur Decke empor. Schnippte mit den Fingern. Streckte die Hände aus wie Vögel, die von selbst flogen, und tanzte allein, immer herum und herum, und ließ ihre Absätze auf dem Fußboden klappern.

Dieser fremdartige Gesang. Er hätte ihn so gern verstanden. Er wünschte sich die Fähigkeit, die einige von seinem Volk besaßen, die Gabe der Gedankenübertragung, Gedanken zu lesen, zu kennen, augenblicklich zu verstehen; fremde Sprachen, fremde Gedanken. Er versuchte es. Aber nichts kam. Und sie sang weiter dieses schöne, unbekannte Lied, von dem er kein Wort verstehen konnte:

»Bin ja nicht ungezogen, meine Liebe spar ich auf für dich...«

Ihm wurde ganz flau, während er ihren Erdenkörper so ansah, ihre Erdenschönheit, so vollkommen anders, etwas aus so großer, großer Ferne. Seine Hände waren feucht, seine Lider zuckten unangenehm.

Eine Klingel schrillte.

Schon war sie da und nahm ein fremdartiges schwarzes Instrument in die Hand, das offenbar nicht viel anders funktionierte als ein ähnliches Gerät bei Sios Volk.

»Hallo, Janice? Wie schön, noch mal von dir zu hören!«

Sio lächelte. Sie sprach mit einer fernen Stadt. Ihre Stimme war aufregend anzuhören. Aber was bedeuteten die Worte?

»Mein Gott, Janice, an was für einen gottverlassenen Flecken hast du mich da geschickt! Ich weiß, Schätzchen, ich soll Urlaub machen. Aber ich bin hier mitten in der Wildnis. Karten spielen und in diesem blöden Kanal schwimmen, mehr gibt's hier nicht zu tun.«

Der schwarze Apparat summte zur Antwort.

»Ich halte es hier nicht mehr aus, Janice. Ja, ich weiß.

Die Kirchen. Daß die je hier heraufgekommen sind, ist eine Affenschande. Alles lief so schön. *Ich* möchte nur mal wissen, wann wir wieder aufmachen!«

Wie schön, dachte Sio. Wie anmutig. Nicht zu fassen. Er stand vor ihrem offenen Fenster in der Nacht und sah ihr wunderschönes Gesicht, ihren Körper. Und worüber sprach sie? Kunst, Literatur, Musik – ja, Musik, denn sie sang, sang immerzu. Eine eigenartige Musik, aber man konnte ja nicht erwarten, die Musik einer anderen Welt zu verstehen. Oder ihre Bräuche, ihre Sprache und Literatur. Man konnte nur nach dem Gefühl urteilen; mußte die alten Vorstellungen ablegen; mußte einräumen, daß ihre Schönheit eben anders war als marsische Schönheit, diese sanfte, schlanke, braune Schönheit einer sterbenden Gattung. Seine Mutter hatte goldene Augen gehabt und schlanke Hüften. Diese Frau dagegen, die hier allein in der Wüste sang, war von derberem Stoff, große Brüste, breite Hüften, Beine, ja, Beine von weißem Feuer, und dann dieser sonderbare Brauch, ohne Kleider herumzulaufen, nur mit diesen komischen klappernden Schuhen an den Füßen. Aber das taten doch alle Erdenfrauen, ja? Er nickte. Man mußte das verstehen. Die Frauen dieser fernen Welt, er konnte sie sehen mit ihren gelben Haaren, breiten Körpern, lauten Absätzen. Und ihre Magie mit Mund und Nase! Die Geister, die Seelen, die in Rauchgestalten zwischen ihren Lippen hervorkamen. Ein Zauberwesen gewiß, ein Wesen aus Feuer und Phantasie. Sie schuf die Gestalten in der Luft, nur mit ihrem großartigen Geist. Was anders als ein Geist von großer Klarheit und reinem Genie konnte das graue, kirschrote Feuer trinken und so vollkommene Gebilde von zartester Schönheit aus der Nase wehen lassen? Ein Genie! Eine Künstlerin! Eine Schöpferin! Wie machte man das nur, wie viele Jahre mußte man es lernen? Wie nutzte man die Zeit? Ihm schwirrte der Kopf von ihrer Nähe. Es drängte ihn, ihr zuzurufen: »Lehre mich!« Doch er fürchtete sich. Er fühlte sich wie ein Kind. Er sah die Gestalten, die Konturen, den Rauch ins Unendliche wehen. Sie war hier in dieser Wildnis, um allein zu sein, um vollkommen ungestört, unbeobachtet ihre Phantasiegebilde zu erschaffen. Schöpfer, Schriftsteller, Maler durfte man nicht stören. Man hielt sich stumm im Hintergrund und behielt seine Gedanken für sich.

Welch ein Volk! dachte er. Ob alle Frauen dieser feurigen grünen Welt so sind wie sie? Feuergeister und Musik? Laufen sie alle splitternackt in ihren lauten Häusern herum?

»Ich muß sie beobachten«, sagte er halblaut. »Ich muß sie studieren.« Er fühlte ein Prickeln in seinen Händen. Er wollte sie gern berühren. Sie sollte für ihn singen, für ihn die kunstvollen Gebilde in der Luft erschaffen, ihn lehren, ihm von ihrer fernen Welt erzählen, von ihren Büchern und ihrer schönen Musik ...

»Du lieber Himmel, Janice, aber *wie* bald? Und was ist mit den andern Mädchen? Den anderen Städten?«

Das Telefon summte wie ein Insekt.

»Alle geschlossen? Auf dem ganzen verdammten Planeten? Es muß doch noch *einen* Ort geben! Wenn du nicht bald ein Plätzchen für mich findest, dann ...!«

Es war alles so sonderbar. Es war, als sähe er zum erstenmal eine Frau. Wie sie den Kopf hochtrug, wie sie ihre Hände mit den roten Fingernägeln bewegte, alles so neu und anders. Jetzt schlug sie ihre weißen Beine übereinander, beugte den Oberkörper nach vorn, stützte den Ellbogen auf ein nacktes Knie, beschwor Geister und atmete sie aus, redete, sah blinzelnd zum Fenster, wo er – ja, er – im Schatten stand, schaute geradewegs durch ihn hindurch – oh, wenn sie wüßte, was würde sie tun?

»Wer, ich, Angst vor dem Alleinsein hier draußen?«

Sie lachte, und Sio lachte mit ihr in der mondhellen Nacht. Wie herrlich, dieses fremde Lachen, wie sie den Kopf zurückwarf und die geheimnisvollen Wolken aus ihrer Nase strömten und sich zu Gestalten formten.

Er mußte sich vom Fenster abwenden und nach Luft ringen.

»Klar, ja doch!«

Was für schöne, kostbare Worte sprach sie jetzt, Worte über das Leben, Musik, Poesie?

»Na hör mal, Janice, wer hat schon Angst vor Marsmenschen? Wie viele gibt's noch, ein Dutzend, zwei? Laß sie antreten und herkommen, klar? Klar!«

Ihr Lachen scholl ihm nach, als er blindlings um die Hausecke floh und über ein paar herumliegende Flaschen stolperte. Seine geschlossenen Augen sahen das Nachbild ihrer leuchtenden Haut, sahen die Zauberwesen aus ihrem Mund quellen und Wolken und Regen und Wind beschwören. O könnte er verstehen, übersetzen, *wissen,* o ihr Götter! Horch! Was heißt dieses Wort, und jenes und – ja, und das!? Hatte sie ihm nachgerufen? Nein. War das sein Name?

In seiner Höhle aß er, obwohl er keinen Hunger hatte.

Er blieb eine Stunde vor der Höhle sitzen, während die Monde aufgingen und über den kalten Himmel jagten, und er sah seinen Atem durch die Luft ziehen wie die Geister, jene Feuerwesen, die ihr Gesicht umwehten, und sie redete, redete, und er hörte oder hörte nicht ihre Stimme den Berg heraufkommen zwischen den Felsen, und er roch ihren Atem, diesen Atem rauchender Verheißung und freundlicher Worte, in ihrem Mund erwärmt.

Und endlich dachte er: Ich will hinuntergehen und mit ihr reden, leise, jede Nacht mit ihr reden, bis sie versteht, was ich sage und ich ihre Worte kenne, und sie wird mit mir in die Berge kommen, und wir werden glücklich und zufrieden sein. Ich will ihr von meinem Volk erzählen, von meinem Alleinsein und wie ich sie beobachtet und ihr so viele Nächte zugehört habe...

Aber – sie ist der Tod.

Ihn schauderte. Der Gedanke, die Worte wichen nicht.

Wie hatte er das vergessen können?

Er brauchte nur ihre Hände zu berühren, ihre Wange, und er würde in wenigen Stunden, in höchstens einer Woche verwelken. Er würde sich verfärben, schwarz und runzlig werden und zu Asche zerfallen, zu schwarzen Laubfetzen, die der Wind abriß und forttrug.

Eine Berührung und... Tod.

Aber noch ein Gedanke stellte sich ein: Sie lebt allein, fern von den anderen ihrer Art. Sie wird ihre eigenen Gedanken lieben, daß sie so für sich allein lebt. Sind wir dann nicht gleich? Und da sie so weit weg ist von den Städten, hat sie den Tod vielleicht gar nicht in sich...? Ja! Vielleicht!

Wie schön, mit ihr einen Tag zusammenzusein, eine Woche, einen Monat, mit ihr im Kanal zu schwimmen oder in den Bergen zu spazieren und sie dieses seltsame Lied singen zu hören; und er würde die alte Harfe hervorholen und sie für sie singen lassen! Lohnte sich dafür nicht alles, alles? Wenn ein Mann allein war, starb er, oder? Nun sieh die gelben Lichter in dem Haus da unten. Ein Monat wahres Verstehen, zusammensein mit Schönheit, der Schöpferin jener Geister und Seelen, die aus ihrem Mund kamen – war das nicht jedes Risiko wert, das er einging? Und wenn der Tod kam... wie schön und ohnegleichen würde er sein!

Er stand auf. Er ging umher. Er zündete in einer Höhlennische eine Kerze an, in deren Schein die Bilder seiner Eltern flackerten. Draußen erwarteten die dunklen Blumen das Morgengrauen, dann würden sie sich zitternd öffnen, und sie wäre hier und würde sie sehen und pflegen und mit ihm in den Bergen spazieren. Die Monde waren jetzt fort. Er mußte seine Augen umstellen, um den Weg zu erkennen.

Er horchte. Unten in der Nacht spielte die Musik. Unten im Dunkeln sandte ihre Stimme Wunder über die Zeiten hinweg. Unten in den Schatten glühte ihre weiße Haut, tanzten die Geister um ihr Haupt.

Er ging jetzt schnell.

Abends um Punkt neun Uhr fünfundvierzig hörte sie das leise Klopfen an ihrer Haustür.

Einen auf Seine Lordschaft, und einen mit auf den Weg!

Da wird einer geboren, und es kann die längste Zeit des Tages dauern, bis die Neuigkeit gegoren und gefiltert oder auf andere Weise über Irlands Wiesen und Weiden mäandert ist und im nächsten Dorf ankommt, das heißt in der Stammkneipe, das heißt in Heeber Finns Pub.

Laß aber einen sterben, und ein ganzes Symphonieorchester erhebt sich auf Berg und Feld, es braust ein Ruf wie Donnerhall übers Land, prallt von den Kneipenwänden ab und weckt die Zecher zu dem Wehschrei: Noch eins!

So war es an diesem heißen Sommertag. Die Kneipe war kaum geöffnet, gelüftet und gefüllt, als Heeber Finn, noch an der Tür, eine Staubwolke die Straße heraufwirbeln sah.

»Das ist Doone«, brummte Finn.

Doone war der Ortsmeister im Hymnenspurt, stets vor der verdammten Nationalhymne aus dem Kino und ein flinker Bote für jede Nachricht. »Und die Nachricht ist schlecht«, knurrte Finn. »Er rennt so schnell!«

»Ha!« rief Doone, noch nicht über die Schwelle. »Es ist aus, er ist tot!«

Die Männer am Tresen drehten sich um.

Doone kostete seinen Triumph aus und ließ sie warten.

»Gott, ja, da hast du was zu trinken, damit dir das Reden leichter fällt.«

Finn drückte ihm ein Glas in die wartende Pranke. Doone befeuchtete seine Kehle und sammelte seine Gedanken.

»ER«, stieß er endlich hervor. »Lord Kilgotten. Tot. Und noch keine Stunde her.«

»Ach nein«, erklang es gedämpft aus aller Munde. »Gott hab ihn selig. Ein guter Mensch. Ein feiner Kerl.«

Denn Lord Kilgotten war zeit ihres Lebens auf ihren Äckern und Wiesen, in ihren Ställen und ebenso in ihrer Stammkneipe umgegangen. Sein Hinscheiden bedeutete soviel, wie wenn die Normannen nach Frankreich zurückgerudert oder die verdammten Briten aus Bombay abgezogen wären.

»Ein guter Mann«, sagte Finn nach einem Schluck zu seinem Gedenken, »auch *wenn* er alle Jahre zwei Wochen in London verbracht hat.«

»Wie alt war er eigentlich?« fragte Brannigan. »Fünfundachtzig? Achtundachtzig? Wir dachten ihn ja schon lange zu begraben.«

»Leute wie ihn«, sagte Doone, »muß Gott mit der Axt erschlagen, damit sie abtreten. Paris, das bringt ihn um, haben wir schon vor Jahren gesagt, aber nein. Am Suff hätte er längst ertrinken müssen, aber nichts da, er hat's immer zum Ufer geschafft. Aber jetzt, vor einer Stunde, hat ihn auf freiem Feld so ein Blitzchen getroffen, genau unter einem Baum, wo er mit seiner neunzehnjährigen Sekretärin gerade Erdbeeren sammelte.«

»Jesses«, meinte Finn, »um die Zeit gibt's gar keine Erdbeeren. Der Blitz wird *sie* gewesen sein. Und ihn hat sein eigenes Feuer verbrutzelt.«

Darauf gab es einen einundzwanzigschüssigen Lachsalut, der erst verstummte, als ihnen der Anlaß wieder bewußt wurde und weitere Leute aus dem Dorf kamen, um das Neueste zu hören und ihm gute Reise zu wünschen.

»Nun würde ich bloß mal gerne wissen«, sinnierte schließlich Heeber Finn, und seine Stimme hätte die Götter an Walhalls Festtafel verstummen und stillsitzen lassen, ohne sich auch nur zu kratzen. »Nun würde ich gern mal wissen, was aus all dem schönen Wein wird. Dem Wein, den Lord Kilgotten zeitlebens gehortet hat, in Kisten und Kästen, in Kübeln und Kannen, in Flaschen und Fässern, vom Keller bis zum Dach und – weiß der Himmel – vielleicht sogar noch unterm Bett.«

»Hm, ja«, kam es verdutzt aus aller Mund, denn wie hatten sie das vergessen können! »Klar. Was *ist* damit?«

»Der geht bestimmt an irgend so einen dämlichen Vetter oder Neffen in Amerika, verwöhnt in Rom und in Paris verdorben, der morgen angedüst kommt und alles, was er nicht saufen kann, einpackt und mitnimmt, während ganz Kilcock, während wir alle hier verarmt zurückbleiben und verdursten dürfen!« sagte Doone, ohne ein einziges Mal dazwischen Luft zu holen.

»Genau«, grollten ihre Stimmen, dumpf wie Trommeln in der schwarzen Nacht. »Genau.«

»*Keine* Verwandten!« sagte Finn. »Keine dußligen Neffen in Amerika, keine schußligen Nichten in Venedig, die gleich aus der Gondel purzeln und herschwimmen. Hab mich ganz genau erkundigt.«

Finn wartete. Dies war seine Stunde. Alle sahen ihn an, alle harrten gebannt seiner großen Offenbarung.

»Also, hab ich mir da gedacht, wenn Kilgotten nun den ganzen Burgunder und Bordeaux, bei Gott, alle zehntausend Flaschen, den Bürgern der schönsten Stadt in Irland vermacht hätte, warum nicht? *Uns*!«

Lautes Johlen war die Antwort, doch es verstummte jäh, als plötzlich die Schwingtüren aufflogen und Finns Frau, die selten in den Stall kam, hereintrat und in die Runde blickte und keifte:

»In einer Stunde ist Begräbnis!«

»In einer Stunde?« rief Finn. »Er ist ja noch nicht mal richtig kalt –«

»Punkt zwölf«, sagte seine Frau und wurde immer größer, je länger sie das Gesindel betrachtete. »Der Herr Doktor und der Herr Pfarrer sind eben vom Haus gekommen. Schnelles Begräbnis, hat Seine Lordschaft verfügt. ›Barbarisch‹, sagt Pfarrer Kelly, ›und noch nicht mal eine Grube ausgehoben.‹ Aber der Doktor sagt: ›*Doch*! Der alte Hanrahan sollte doch gestern schon sterben und hat sich plötzlich anders besonnen und die Nacht überlebt. Ich hab ja getan, was ich konnte, aber der Mann ist zäh! Und nun haben wir das Grab und nichts drin. Kilgotten kann es haben, samt Hügel und Stein.‹ Alle sind eingeladen. Los, hoch die Ärsche!«

Die Schwingtüren flogen zu. Die rätselhafte Frau war wieder draußen.

»Begräbnis!« rief Doone, schon in den Startlöchern.

»Von wegen Begräbnis!« strahlte Finn. »Raus mit euch. Der Pub ist geschlossen. Ein *Besäufnis*!«

»Christus selbst«, ächzte Doone und wischte sich den Schweiß von der Stirn, »würde bei solchem Wetter nicht vom Kreuz herabsteigen und in der Gegend rumlaufen.«

»Die Hitze«, sagte Mulligan, *»ist* unerträglich.«

Die Jacken über den Armen, stapften sie den Berg hinauf und kamen an Kilgottens Pförtnerhäuschen vorbei, wo sie auf Padraic Kelly, den Dorfpfarrer, trafen, der es ihnen gleichtat. Er war bis auf den Priesterkragen ausgezogen und hatte ein Gesicht so rot wie eine Rübe.

»Ein Tag aus der Hölle«, bestätigte er. »Wir werden ihn *alle* nicht überleben.«

»Was soll eigentlich die Eile?« fragte Finn, der mit dem Gottesmann verzweifelt Schritt zu halten suchte. »Ich wittere Unrat. Was gibt's?«

»Tja«, meinte der Pfarrer. »Es war *doch* eine Geheimklausel im Testament –«

»Ich *hab's* gewußt!« sagte Finn.

»Wie, was?« fragte die Meute, die hinter ihnen in der Sonne schmorte.

»Wenn's rausgekommen wäre, es hätte einen Aufstand gegeben«, sagte Pfarrer Kelly nur, den Blick zum Friedhofstor gewandt. »Ihr werdet es im allerletzten Moment erfahren.«

»Im allerletzten Moment vorher oder nachher, Hochwürden?« erkundigte Doone sich arglos.

»Du bist so dumm, daß du einem leid tun kannst«, meinte der Pfarrer. »Ab durchs Tor. Und fall nicht in die Grube!«

Doone tat wie geheißen. Die übrigen folgten, und ihre Gesichter verdüsterten sich mit jedem Schritt. Die Sonne, als hätte sie's gemerkt, versteckte sich prompt hinter einer Wolke, und eine süße Brise kam auf und gönnte ihnen eine kurze Erholung.

»Da ist die Grube.« Der Pfarrer deutete mit dem Kopf hin. »Stellt euch rechts und links vom Weg auf, Herrgott nochmal, und rückt eure Krawatten zurecht, sofern ihr welche habt, aber knöpft vor allem eure Hosenlätze zu. Wir wollen Kilgotten einen würdigen Abgang bereiten, und da *kommt* er schon!«

Da kam er wahrhaftig. Lord Kilgotten. Er kam in einer Kiste, die, o gute schlichte Seele, auf der Ladefläche eines Heuwagens stand, und dem Wagen folgten andere Vehikel, Autos und Lastwagen in einer langen Reihe, die den halben Berg hinunterreichte. Und wieder stach die Sonne.

»Guck sich einer diese Prozession an!« rief Finn.

»So was hab ich noch nie gesehen!« rief Doone.

»Maul halten«, mahnte der Pfarrer höflich.

»Mein Gott«, entfuhr es Finn, »seht ihr den *Sarg*?«

»Und ob wir ihn sehen, Finn, und *ob*!« stöhnte der Chor.

Denn soeben rollte der Sarg vorbei, prächtig gearbeitet und prunkvoll beschlagen mit Nägeln aus Silber und Gold, aber das Holz, das Holz!

Die Bretter und Dauben von Weinkisten und Fässern, die einst aus Frankreich herübergesegelt waren, um in Kilgottens Kellern auf Grund zu laufen und zu sinken!

Die Mannen aus Heeber Finns Pub seufzten wie aus einer Kehle, wippten auf den Absätzen und faßten einander bei den Ellbogen.

»Du kennst die Namen, Finn«, flüsterte Doone. »Lies sie *vor*!«

Finn betrachtete den Sarg, das Holz, das vormals die edelsten Tropfen umschlossen hatte, und hauchte endlich:

»Reißt mir die Zunge heraus und zertrampelt sie. Seht da! Château Lafite Rothschild, neunzehnsiebzig. Châteauneuf du Pape, achtundsechzig! Einmal quer: Le Corton! Noch mal quer, nur andersrum: La Lagune! Bei Gott, das nenne ich Stil, das nenne ich Klasse! In einer Kiste mit solchen Wappen begraben zu werden, dagegen hätte ich auch nichts!«

»Ob er das von innen *lesen* kann?« spekulierte Doone.

»Maul halten«, knurrte der Pfarrer. »Da kommt der *Rest*!«

Wenn die Leiche in der Kiste noch nicht genug war, um Wolken vor die Sonne zu ziehen, so brachte die zweite Fuhre die Gemüter der Schwitzenden noch ein wenig mehr in Wallung.

»Das war«, erinnerte Doone sich später, »wie wenn einer ausgerutscht und ins Grab gefallen wäre und sich den Fuß gebrochen und uns den ganzen Nachmittag verdorben hätte.«

Den Schluß des Zuges bildete nämlich eine Reihe von Wagen, auf denen sich Kisten französischer Weine stapelten, und zuallerletzt kam ein alter Brauereiwagen aus glorreichen Guinness-Tagen, gezogen von stolzen weißen Rossen, die unter ihren schwarzen Tüchern dampften ob der wunderlichen Fracht.

»Mich laust der Affe«, entfuhr es Finn. »Lord Kilgotten bringt sein eigenes Leichenbesäufnis gleich *mit*!«

»Hurra!« erscholl es. »Eine gute Seele!«

»Er muß gewußt haben, daß es ein Tag sein wird, an dem die Nonnen Feuer fangen und Pfarrer in Flammen aufgehen und uns die Zunge bis zum Bauch hängt!«

»Platz da! Laßt sie durch!«

Es wurde Platz gemacht, und alle die Wagen, alle die Kisten mit den fremden Aufschriften aus Südfrankreich und Norditalien rumpelten durchs Friedhofstor, und vernehmlich schwappte in ihnen das köstliche Naß.

»Eines Tages«, flüsterte Doone, »werden wir Kilgotten, dem Freund und Philosophen, doch noch ein Denkmal setzen müssen.«

»Maul halten«, sagte der Pfarrer. »Es ist nicht aller Tage Abend. Da hinten kommt etwas, dagegen ist ein Totengräber *nichts*!«

»Was ist schlimmer als ein Totengräber?«

Kaum waren die letzten Weinfuhren rings um das Grab aufgefahren, da kam ein Mann allein den Weg herauf, den Kopf bedeckt, die Jacke zugeknöpft, die Manschetten korrekt unter den Ärmeln vorgezogen, die Schuhe wider alle Vernunft auf Hochglanz poliert, den Schnurrbart gewachst und völlig unbeeindruckt von der Hitze, eine amtlich aussehende Mappe unter den Arm geklemmt wie ein Damentäschchen, und um sich herum die Atmosphäre einer Kühlkammer verbreitend: die Ausgeburt einer Schneehöhle, mit einer Zunge wie Eiszapfen und Augen wie zugefrorenen Tümpeln.

»Jesus«, stöhnte Finn.

»Ein *Notar*«, ächzte Doone.

Alle machten ihm Platz.

Der Notar, denn er war ein solcher, schritt durch die Menge wie Moses durch das gehorsame Rote Meer oder King Louis beim Kontrollgang oder wie die hochnäsigste Nutte am Piccadilly, man konnte es sich aussuchen.

»Das ist Kilgottens Advokat«, zischte Muldoon. »Den hab ich mal durch Dublin stolzieren sehen wie die Apokalypse persönlich. Schon sein Name ist eine Lüge: Clement! Ein Drittel irisch, drei Drittel britisch. Das sind die *schlimmsten*!«

»Was ist schlimmer als der Tod?« flüsterte irgendwer.

»Das«, flüsterte der Pfarrer zurück, »werden wir gleich erfahren.«

»Meine Herren!«

Eine Stimme ertönte. Die Meute horchte auf.

Notar Clement, am Grabesrand, zog seine Mappe unter dem Arm hervor, öffnete sie und entnahm ihr ein Dokument mit Siegeln und Bändchen, das in seiner erhabenen Schönheit das Auge blendete und dem Herzen einen Stoß versetzte.

»Vor den Obsequien«, sprach der Notar, »bevor der Herr Pfarrer seines Amtes waltet, habe ich etwas bekanntzugeben, will sagen, diesen Nachtrag zu Lord Kilgottens Testament zu verlesen.«

»Es ist gewiß das Elfte Gebot«, flüsterte Pfarrer Kelly gesenkten Blicks.

»Wie soll das Elfte Gebot denn heißen?« fragte Doone mit gerunzelter Stirn.

»Vielleicht: DU SOLLST DIE KLAPPE HALTEN UND ZUHÖREN«, sagte der Pfarrer. *»Scht!«*

Denn nun las der Notar aus der bebänderten Urkunde

vor, und seine Stimme tönte durch die heiße Sommerluft wie folgt:

»›– und wiewohl meine Weine die feinsten sind –‹«

»*Richtig!*« sagte Finn.

»›– und wiewohl in meinen Kellern die besten Tropfen aus aller Welt lagern, und dieweilen die Bewohner dieses Dorfes namens Kilcock derlei nicht zu würdigen wissen, vielmehr eine Vorliebe an den Tag legen für – äh – härtere Sachen ...‹«

»*Wer* sagt das?!« rief Doone.

»Zieh den Kopf ein!« warnte der Pfarrer *sotto voce*.

»›... verkünde und erkläre ich hiermit‹«, deklamierte der Notar mit zufriedenem Feixen, »›daß entgegen dem Sprichwort ein Mensch das Seine *doch* mitnehmen kann. Und dieserhalb verfüge und bekräftige ich durch meine Unterschrift in diesem, vielleicht dem letzten Monat meines Lebens, den folgenden Nachtrag zu meinem letzten Willen und Testament.‹ Unterzeichnet: William, Lord Kilgotten, am siebenten dieses Monats.«

Der Notar hielt inne, faltete das Dokument zusammen und erwartete mit geschlossenen Augen den Donnerschlag, der dem Blitz folgen mußte.

»Soll das heißen –«, fragte Doone mit schmerzlich verzogener Miene, »– Seine Lordschaft beabsichtigt – ?«

Ein Korken flog – plopp – aus einer Flasche.

Es war wie eine Füsilierung, und sie traf die Mannen alle mitten ins Herz.

Aber natürlich hatte nur der brave Notar Clement neben dem Grab den Korken aus einer 1973er Flasche La Vieille Ferme gezogen.

»Fängt jetzt das *Besäufnis* an?« Doone lachte nervös.

»Keineswegs«, antwortete der Pfarrer betrübt.

Und mit einem Lächeln sonniger Zufriedenheit goß Clement, der Notar, den Wein gluck-gluck ins Grab und über den Sarg aus Weinkisten, in dem die durstigen Gebeine Lord Kilgottens ruhten.

»Einhalten! Er ist verrückt geworden! Entreißt ihm die Flasche! Nein!«

Ein Aufschrei ging durch die Menge wie im Fußballstadion, wenn mitten auf dem Spielfeld der Liebling der Massen gemeuchelt wird.

»Halt! Mein Gott!«

»Schnell, holt Seine Lordschaft!«

»Idiot«, knurrte Finn. »Seine Lordschaft liegt da in der Kiste, und der Wein ist in *seinem* Grab!«

Die Meute konnte angesichts des ungeheuren Frevels nur reglos dastehen und tatenlos zusehen, wie der Rest aus der ersten Flasche in die geweihte Erde plätscherte.

Clement reichte Doone die leere Flasche und entkorkte eine neue.

»*Einen* Augenblick!« donnerte da die Stimme des Jüngsten Gerichts.

Und der da mit der Autorität des höheren Gesetzes vortrat, war kein Geringerer als Pfarrer Kelly.

»Soll das heißen«, rief der Gottesmann, mit Flammen auf den Wangen und der Glut der strahlenden Sonne im Blick, »daß Sie die Absicht haben, den ganzen Wein in Kilgottens Grube zu schütten?«

»Ganz recht«, antwortete der Notar, »dies ist meine Absicht.«

Und schon begann er die zweite Flasche auszugießen. Doch da fiel ihm der Pfarrer in den Arm und richtete die Flasche wieder auf.

»Und Sie erwarten, daß wir dabeistehen und diesem lästerlichen Treiben zusehen?«

»Bei einem Begräbnis würde sich das geziemen, jawohl.« Der Notar wollte mit seinem Werk fortfahren.

»Jetzt ist Schluß!« Der Pfarrer funkelte in die Runde, nach oben, nach unten, zu seinen Freunden aus Heeber Finns Pub, zu Heeber Finn, ihrem geistigen Führer, zum Himmel, wo Gott sich versteckt hielt, zur Erde, wo Kilgotten Blindekuh spielte, und schließlich zu Notar Clement und seinem elenden, bändchengeschmückten Testamentsnachtrag. »Hüten Sie sich, mein Herr! Sie provozieren eine Volkserhebung!«

»Jawohl!« riefen die Mannen, die Lanzen eingelegt, die Fäuste geballt und unsichtbare Felsen zermalmend.

»Was ist das für einer?« Seelenruhig beäugte Clement, ohne sie zu beachten, die Flasche in seiner Hand. »Ah, ein siebziger Le Corton. Der beste Wein vom besten Jahrgang. Ausgezeichnet.« Er nahm einen Schritt Abstand vom Pfarrer und ließ den Wein plätschern.

»*Tun* Sie was!« schrie Doone. »Haben Sie denn keinen Fluch auf Lager?«

»Priester fluchen nicht«, antwortete Pfarrer Kelly. »Aber ihr, Finn, Doone, Hannahan, Burke. Kommt mit! Kriegsrat!«

Der Pfarrer marschierte voran, und die Mannen eilten ihm nach, bildeten einen Kreis und steckten die Köpfe zusammen, um tuschelnd mit dem Pfarrer Kriegsrat zu halten. Während dieser Konferenz richtete der Pfarrer sich einmal auf, um zu sehen, was Clement machte. Der Notar verging sich soeben an der dritten Flasche.

»Schnell!« rief Doone. »Er kippt sonst *alles* weg!«

Ein vierter Korken knallte, und ein neuer Aufschrei entrang sich Finns Getreuen, den Durstigen Kriegern, wie sie sich später nennen würden.

»Finn!« hörte man da mitten im Rat den Pfarrer sagen, »du bist ein Genie!«

»Jawohl!« bestätigte Finn, worauf der Kreis sich auflöste und der Pfarrer geschäftig zum Grab zurückeilte.

»Würde es Ihnen etwas ausmachen, Sir«, fragte er, indem er dem Notar die Flasche entwand, »besagten Nachtrag noch ein *letztes* Mal vorzulesen?«

»Mit Vergnügen.« Das sah man. Sein Advokatenlächeln blitzte, als er die Bänder wieder flattern ließ und die Urkunde aufklappte.

»›...daß entgegen dem Sprichwort ein Mensch das Seine *doch* mitnehmen kann –‹«

Er endete, faltete das Testament zusammen und wagte ein neues Lächeln, das ihm wenigstens zu seiner eigenen Zufriedenheit gelang. Er wollte nach der vom Pfarrer konfiszierten Flasche greifen.

»Halt!« Pfarrer Kelly trat einen Schritt zurück und warf einen Blick in die Menge, die jedem seiner wohlgesetzten Worte lauschte. »Ich möchte Sie etwas fragen, verehrter Herr Notar. Steht *irgendwo* geschrieben, *wie* der Wein in das Grab zu gelangen hat?«

»Ins Grab heißt ins Grab«, versetzte der Notar.

»Solange er zu guter Letzt nur dort unten ankommt,

sind wir da einer Meinung?« fragte der Pfarrer mit geheimnisvollem Lächeln.

»Ich kann ihn mir über die Schulter gießen oder in die Luft werfen«, erwiderte der Notar, »er muß nur, wenn er wieder herunterkommt, auf oder neben dem Sarg landen, dann hat alles seine Ordnung.«

»Gut!« rief der Pfarrer. »Männer! Eine Gruppe zu mir, ein Bataillon auf die andere Seite. Angetreten! Doone!«

»Sir?«

»Rationen austeilen. Tempo!«

»Jawohl, Sir!« Doone war auf und davon.

Die Mannen rannten mit Gebrüll zusammen und stellten sich in Reih und Glied auf.

»Ich –«, rief der Anwalt, »– hole die Polizei!«

»Die bin *ich*«, rief einer vom hinteren Ende der Reihe. »Wachtmeister Bannion. Ihre Beschwerde, Sir?«

Notar Clement rieb sich die Augen und quetschte endlich mit gepreßter Stimme hervor: »Ich gehe!«

»Sie kommen nicht lebend zum Tor hinaus«, rief Doone vergnügt.

»Dann«, sagte der Anwalt, »bleibe ich. Aber –«

»Aber?« erkundigte sich Pfarrer Kelly, dieweil schon der Korkenzieher blitzend von Hand zu Hand wanderte und die Korken flogen.

»Sie handeln gegen das Gesetz!«

»Aber nein«, erklärte der Pfarrer gelassen, »wir verändern nur die Interpunktion und setzen ein paar neue i-Pünktchen.«

»Aaaach-*tung*!« rief Finn, denn alle waren jetzt bereit.

Rechts und links der Grube standen die Männer, jeder

mit einer Flasche vom besten Château Lafite Rothschild oder Le Corton oder Chianti bewaffnet, und warteten.

»Trinken wir *alles* aus?« wollte Doone wissen.

»Halt mal die Klappe«, befahl der Pfarrer. Dann schlug er die Augen zum Himmel empor. »O Herr.« Die Männer senkten die Köpfe und rissen ihre Mützen herunter. »Herr, mache uns dankbar für die Gaben, die wir nun empfangen werden. Dank sei Dir auch, o Herr, für Heeber Finns Genie, denn es war seine Idee –«

»Sehr richtig«, ertönte es wohlwollend im Chor.

»Nicht der Rede wert«, meinte Finn errötend.

»Und segne, Herr, diesen Wein, auf daß er auf Umwegen endlich zu seiner Bestimmung gelange. Und sollten der heutige Tag und Abend nicht reichen und noch nicht alles ausgetrunken sein, so segne unsere Wiederkehr an jedem Abend, bis das Werk vollbracht ist und des Weines Seele ihre Ruhe findet.«

»*Schön* gesprochen«, flüsterte Doone.

»Pst!« zischten die anderen.

»Und sollten wir nicht, Herr, im Geiste dieses Augenblicks den Herrn Notar, unseren guten Freund Clement, bitten, uns von ganzem Herzen Gesellschaft zu leisten?«

Irgendwer drückte dem Notar eine Flasche vom Besten in die Hände, und er packte sie fest, damit sie nicht zerbrach.

»Und segne endlich, Herr, den alten Lord Kilgotten, der in vielen Jahren angesammelt hat, was wir in dieser Stunde tilgen werden. *Amen.*«

»Amen«, sagte ein jeder.

»Aaach-*tung*!« rief Finn.

Die Mannen standen stramm und hoben die Flaschen.

»Einen auf Seine Lordschaft«, sagte der Pfarrer.

»Und«, fügte Finn hinzu, »einen mit auf den Weg.«

Und in das anheimelnde Glucksen hinein ertönte, wie Doone sich noch nach Jahren erinnerte, ein fröhliches Lachen aus der Kiste.

»Es ist recht«, sagte der Pfarrer erstaunt.

»Ja«, bestätigte der Notar, der es ebenfalls gehört hatte. »Es ist recht.«

Stillgestanden!

Kompanie, Ach-tung!«

Klack.

»Im Gleichschritt – *marsch*!«

Stapfen.

»Kompanie – *halt*!«

Stapfen, Klappern, Klacken.

»Augen – rechts!«

Flüstern.

»Die Augen – links!«

Rascheln.

»Augen gerade-aus!«

Stapfen, Scharren, Stapfen.

Im grellen Sonnenlicht brüllte das der Mann, vor langer Zeit, und die Kompanie gehorchte. Am Swimmingpool eines Hotels in Los Angeles, unter dem Sommerhimmel des Jahres 1952 stand der Ausbildungs-Sergeant und ihm gegenüber sein Trupp.

»Augen gerade-aus! Kopf hoch! Kinn anziehen! Brust raus! Bauch rein! Schultern zurück, verdammt, *zurück*!«

Rascheln, Flüstern, Murmeln, Scharren. Stille.

Und der Ausbildungs-Sergeant ging in seiner Badehose auf den Rand des Schwimmbeckens zu und heftete seinen kalten, stahlblauen Blick auf seine Kompanie, seine Gruppe, seinen Trupp, seinen –

Sohn.

Einen Jungen von neun oder zehn Jahren, der, die Schultern gestrafft, stocksteif aufgerichtet dastand und mit pfeilgeradem Blick auf militärische Phantome starrte, während der Vater auf und ab ging, ihn umkreiste, sich vor ihm aufbaute, Befehle brüllte, harsche Worte über die Lippen schleuderte. Beide, Vater und Sohn, trugen Badehosen, hatten bis gerade eben um den Swimmingpool herum alles in Ordnung gebracht, Badetücher zurechtgelegt, den Boden gefegt. Jetzt aber, wo es gleich Mittag war:

»Kompanie – durchzählen! Eins, zwei!«

»Drei, vier!« schrie der Junge.

»Eins, zwei!« brüllte der Vater.

»Drei, *vier*!«

»Kompanie – halt, präsentiert das Gewehr! Kinn anziehen, Hacken zusammen, hopp!«

Die Erinnerung wurde scharf und verschwamm wieder wie die Bilder eines Films, von dem in einem alten Vorstadtkino eine schlechte Kopie vorgeführt wird. Woher kam sie, und warum?

Es war in einem Zug, der von Los Angeles nach Norden fuhr, nach San Francisco. Ich saß, spät in der Nacht, fast allein im Speisewagen, außer mir war nur die Bedienung und ein – zugleich junger und alter – weiterer Fahrgast da, der mir schräg gegenüber saß und gerade seinen zweiten Martini trank.

Er hatte die uralte Erinnerung in mir ausgelöst.

Das Gesicht, die Haare, die blauen, erschreckten, verwundeten Augen dort drüben hatten auf einen Schlag den Strom der Zeit unterbrochen und mich zurückversetzt.

Bald klar und deutlich, bald verschwommen befand ich mich bald im Zug, bald an jenem Swimmingpool, beobachtete den verletzten, klaren Blick des Mannes auf der anderen Seite des Gangs, hörte seinen Vater aus einer dreißigjährigen Vergangenheit, sah den Sohn, zehntausend Nachmittage entfernt, wie er herumwirbelte, sich bald nach links, bald nach rechts drehte, erstarrte, nicht existente Gewehre präsentierte und sie wieder schulterte.

»Ach-tung!« bellte der Vater.

Wortlos erstarrte der Sohn.

»Mein Gott«, flüsterte Sid, mein bester Freund, der neben mir in der brennenden Mittagssonne lag und zu den beiden hinüberstarrte.

»Du lieber Gott im Himmel!« murmelte ich.

»Wie lange mag das wohl schon so gehen?«

»Jahre vielleicht. Sieht zumindest so aus.«

»Hopp, zwei!«

»Drei, vier!«

Eine Kirchturmuhr in der Nähe schlug zwölfmal. Zeit, die Bar am Swimmingpool zu öffnen.

»Kompanie – *marsch*!«

Eine Zweimannparade, Vater und Sohn, marschierte über die Fliesen auf das verriegelte Tor vor der Getränketheke zu.

»Kompanie – halt! Ach-tung! Riegel öffnen! Marsch!«

Der Junge schob den Riegel auf.

»Marsch!«

Der Junge stieß das Tor auf, sprang zurück, erstarrte und wartete.

»Augen gerade-aus, im Gleichschritt – marsch!«

Als der Junge am Beckenrand angekommen war und Gefahr lief hineinzufallen, rief der Vater, mit einem zynischen Grinsen, ruhig: »...halt.«

Der Sohn stand schwankend am Beckenrand.

»Verdammt nochmal«, flüsterte Sid.

Der Vater ließ seinen Sohn stocksteif, wie eine Fahnenstange, am Swimmingpool stehen und ging weg.

Sid sprang plötzlich auf und starrte hinüber.

»Setz dich wieder hin«, sagte ich.

»Mein Gott, will er das Kind denn da einfach *warten* lassen?«

»Setz dich, Sid.«

»Verdammt nochmal, das ist doch unmenschlich!«

»Es ist nicht dein Sohn, Sid«, sagte ich ruhig. »Willst du dich mit ihm anlegen?«

»Allerdings«, meinte Sid. »Ich hätte gute Lust.«

»Das nützt doch nichts.«

»Und ob das was nützt! Ich würde dem Kerl am liebsten...«

»Sieh dir das *Gesicht* des Jungen an, Sid.«

Sid sah hin, und seine Schultern sackten nach unten.

Der Junge, der dort in dem von der reflektierenden Wasseroberfläche noch verstärkten gleißenden Sonnenlicht stand, war stolz. Wie er den Kopf hielt, wie seine Augen funkelten und seine nackten Schultern die Last der rüden Kommandos trugen, das alles verriet Stolz.

Es war die Logik dieses Stolzes, vor der Sid schließlich kapitulierte. Unter der Last seiner Verzweiflung sank er wieder auf die Knie herab.

»Müssen wir den ganzen Nachmittag hier herumsitzen

und dieses Scheißspiel mit ansehen?« Bei den letzten Worten war Sid lauter geworden.

So laut, daß der Vater verstand. Auf der anderen Seite des Swimmingpools mit dem Aufeinanderstapeln von Badetüchern beschäftigt, erstarrte er mitten in der Bewegung. Seine Rückenmuskeln hielten vor unseren Augen eine Parade ab. Dann drehte er sich behende um, umkurvte seinen Sohn, der noch immer reglos einen Zentimeter vor dem Beckenrand stand, schenkte ihm einen Blick, nickte ihm mißmutig anerkennend zu und kam zu Sid und mir, warf seinen metallischen Schatten über unsere Körper.

»Ich wäre Ihnen dankbar, mein Herr«, begann er ruhig, »wenn Sie etwas leiser sprechen könnten, sonst lenken Sie meinen Sohn zu sehr ab.«

»Ich werde hier verdammt nochmal sagen, was ich will!« Sid schickte sich an, aufzustehen.

»Nein, mein Herr, das werden Sie nicht!« Der Mann kam Sid mit seiner Nase gefährlich nahe; als ob er eine Schußwaffe auf ihn richtete. »Dies ist mein Swimmingpool und mein Rasen, ich habe ein Abkommen mit dem Hotel getroffen, deren Machtbereich endet dort drüben, am Tor. Wenn ich den Laden hier in Ordndung halten soll, brauche ich die uneingeschränkte Befehlsgewalt. Wer sich nicht unterordnen will – *raus. Auf der Stelle.* Drinnen in der Turnhalle, an der Wand, hängt mein schwarzer Jiu-Jitsu-Gurt, die Urkunden von meinen siegreichen Boxkämpfen und den Scharfschützenturnieren. Falls Sie mir mal die Hand schütteln möchten, ich breche Ihnen gern sämtliche Knochen. Wenn Sie es wagen zu niesen, schlage ich Ihnen die Nase ein. Ein Wort, und Ihr Zahnarzt braucht zwei Jahre, um Ihr Lächeln wieder in Form zu bringen. Kompanie, *Ach-tung*!«

Die Worte flossen eins ins andere.

Die Gestalt seines Sohnes am Beckenrand versteifte sich.

»Vierzig Bahnen! Hopp!«

Folgsam stürzte sich der Junge ins Becken.

Als sein Körper ins Wasser eintauchte und er mit wilden Bewegungen zu schwimmen begann, verlieh Sid seiner Empörung nicht weiter lautstark Ausdruck, sondern schloß die Augen.

Der Vater lächelte Sid zu, wandte sich dann um und schaute hinüber zu dem Jungen, der das sommerliche Wasser mit seinen Bewegungen zum Schäumen brachte.

»Da ist alles, was ich nie gewesen bin«, sagte er. »Meine Herren.« Mit einem knappen Nicken verabschiedete er sich und schritt davon.

Alles, was Sid konnte, war losrennen, ebenfalls in den Swimmingpool springen und selbst zwanzig Bahnen schwimmen. Bei den meisten davon schlug ihn der Junge. Als Sid wieder herauskam, war sein Gesicht nicht mehr rot vor Wut, und er ließ sich neben mir fallen.

»Mein Gott«, murmelte er, das Gesicht ins Badetuch vergraben, »irgendwann *muß* es dem Jungen doch einfach zuviel werden, und dann wird er den alten Scheißkerl umbringen!«

»Wie eine Romanfigur Hemingways sagt«, erwiderte ich, während der Junge seine fünfunddreißigste Bahn beendete, »ganz schön, sich das auszumalen, nicht wahr?«

Am letzten Tag, als ich sie zum letzten Mal gesehen habe, marschierte der Vater wie immer forsch umher, leerte Aschenbecher aus (niemand konnte das so wie *er*), rückte Tische zurecht, stellte Stühle und Liegen in militärisch geraden Reihen nebeneinander und legte exakt gleich hohe Stapel frischer weißer Badetücher auf die Bänke. Selbst seine Art, die Fliesen um den Swimmingpool zu fegen, hatte etwas Geometrisches. Wenn er marschierte oder ging, etwas arrangierte oder zurechtrückte, zuckte immer wieder einmal sein Kopf nach oben, ließ er seinen Blick schweifen, um festzustellen, ob sein Trupp, sein Zug, seine Kompanie noch immer wie erstarrt dastand, ein Junge wie eine Truppenstandarte, mit im Sommerwind wehendem Haar, unverwandt auf den abendlichen Horizont gerichtetem Blick, geschlossenem Mund, angezogenem Kinn, straffen Schultern.

Ich konnte nicht anders. Sid war schon lange weg. Ich wartete auf dem Balkon des Hotels und schaute bei einem letzten Glas hinab auf den Swimmingpool, konnte den Blick nicht von dem auf- und abmarschierenden Vater und dem zur Salzsäule erstarrten Sohn wenden. Als es dunkel zu werden begann, marschierte der Vater im Eilschritt auf das äußere Tor zu und rief erst im letzten Moment, als hätte er es beinahe vergessen, über die Schulter zurück:

»Ach-tung! Rechts – um! Links, zwei …«

»Drei, vier!« schrie der Sohn.

Der Junge schritt durch das Tor, und seine Füße knallten dabei auf den Zementboden, als trage er Stiefel. Er marschierte in Richtung Parkplatz davon, während der Vater mit roboterhaftem Gleichmut das Tor wieder verriegelte, seinen Blick geschwind einmal ringsumher wandern ließ, dann die Augen anhob, mich sah und zögerte. Sein Blick lag brennend auf meinem Gesicht. Ich spürte, wie sich meine Schultern mit einem Ruck strafften, wie sich mein Kinn senkte. Um dem entgegenzuwirken, hob ich das Glas, winkte ihm damit lässig zu und trank.

Was, so fragte ich mich, wird in den kommenden Jahren geschehen? Wird der Sohn, einmal erwachsen, den Alten umbringen oder zusammenschlagen oder einfach davonrennen und ein verpfuschtes Leben leben, ein Leben lang zu unhörbaren Befehlen dahinmarschieren, zu »Hopp!« und »Marsch!«, ohne je ein »Rührt euch!« zu vernehmen?

Oder, dachte ich, während ich trank, würde der Junge selbst Söhne heranziehen und wiederum *diese* anbrüllen, unter heißer Mittagssonne, an fernen Swimmingpools, in endlosen Jahren? Würde er eines Tages eine Pistole in den eigenen Mund halten und seinen Vater auf die einzige Weise, die er sich vorstellen konnte, umbringen? Oder würde er heiraten und *keine* Söhne haben und so all die gebrüllten Kommandos, allen Drill, alle Sergeants begraben? Fragen, unzulängliche Antworten, neue Fragen.

Mein Glas war leer. Die Sonne war verschwunden, und mit ihr der Vater und der Sohn.

Doch jetzt, in der Gestalt, die wenige Meter von mir in diesem Nachtzug saß, der nordwärts fuhr, Zielen entgegen, die im Dunkeln lagen, war einer der beiden zurückgekehrt. Da saß er, der Junge, der noch ungeschliffene Rekrut, der Sohn eines Vaters, der in der Mittagssonne losbrüllte, ihr befahl, höher emporzusteigen oder zum Horizont hinabzusinken.

Kaum mehr am Leben? Halbwegs lebensfähig? Quicklebendig?

Ich war mir nicht sicher.

Doch da saß er, dreißig Jahre danach, zugleich jung und alt, alt und jung, und schlürfte seinen dritten Martini.

Mir wurde klar, daß mein Blick allmählich zu hartnäkkig auf ihm verweilte, ihn in Verlegenheit brachte. Ich musterte seine leuchtendblauen, verwundeten Augen, ja, genau das waren sie: verwundet, nahm schließlich all meinen Mut zusammen und sprach ihn an:

»Verzeihung«, begann ich, »es mag dumm klingen, aber – vor dreißig Jahren bin ich am Wochenende immer zum Ambassador Hotel schwimmen gegangen, wo ein militärisch wirkender Mann zusammen mit seinem Sohn den Swimmingpool in Ordnung hielt. Er... nun ja. Sind *Sie* der Sohn?«

Der zugleich junge und alte Mann drüben auf der anderen Seite des Wagens überlegte einen Augenblick, ließ den Blick über mich hinweggleiten und lächelte schließlich sanft.

»Ich *bin* der Sohn«, sagte er. »Setzen Sie sich doch zu mir.«

Wir schüttelten einander die Hände. Ich nahm Platz und bestellte uns eine letzte Runde, so als würden wir etwas feiern oder bei jemandem Totenwache halten, keiner von uns wußte so recht, was von beidem. Als der Kellner die Getränke gebracht hatte, sagte ich: »Auf das Jahr 1952! Ein gutes Jahr? Ein schlechtes Jahr? Wie dem auch sei, trinken wir darauf!«

Wir tranken, und der zugleich junge und alte Mann

begann sofort: »Sie fragen sich, was wohl mit meinem Vater passiert sein mag.«

»Mein Gott«, seufzte ich.

»Nein, nein«, beruhigte er mich. »Das ist schon in Ordnung. Viele Leute haben sich und mir diese Frage gestellt, in all den Jahren.«

Der kleine Junge in dem erwachsenen Mann streichelte das Martini-Glas und ließ seine Gedanken zurück in die Vergangenheit wandern.

»Erzählen Sie es den Leuten, wenn sie danach fragen?« erkundigte ich mich.

»Ja.«

Ich holte tief Luft. »Na dann: Was ist mit Ihrem Vater passiert?«

»Er ist gestorben.«

Es folgte eine lange Pause.

»Ist das *alles*?«

»Nicht ganz.« Der zugleich junge und alte Mann rückte das Glas auf dem Tisch vor sich zurecht, plazierte sorgfältig eine Serviette daneben, legte eine Olive genau auf den Mittelpunkt der Serviette und las darin die Vergangenheit. »Können Sie sich noch daran erinnern, wie er war?«

»Lebhaft.«

»Oh, wie bedeutungsschwanger Sie dieses ›lebhaft‹ aussprechen!« Der zugleich junge und alte Mann stieß ein schwaches Schnauben hervor. »Sie erinnern sich daran, wie er marschiert ist, auf und ab, um den Swimmingpool herum, die Augen links, Augen rechts, Ach-tung, Ruhe im Glied, Kinn angezogen, Bauch rein, Brust raus, im Gleichschritt – marsch?«

»Ja, natürlich.«

»Und irgendwann 1953, lange nachdem die letzten Gäste vom Swimmingpool verschwunden waren, und Sie mit ihnen, hat mein Vater mich an einem späten Nachmittag draußen gedrillt. Er hat mich eine Stunde oder so in der glühenden Sonne stehen lassen und mir direkt ins Gesicht gebrüllt, ich spüre noch, wie seine Spucke mir ans Kinn, an die Nase und auf die Augenlider sprühte, als er brüllte: ›Rühr keinen Muskel! Nicht blinzeln und nicht zusammenzucken! Und hol nicht Luft, eh ich dir's *sage*! Hörst du, Soldat? Verstehst du mich? Ja? Verstanden?!‹

›Jawohl, Sir!‹ stieß ich durch die Zähne hervor.

Als sich mein Vater umwandte, rutschte er auf den Fliesen aus und fiel ins Wasser.«

Der zugleich junge und alte Mann machte eine Atempause und gab ein merkwürdiges Lachen von sich, wie ein kurzes Bellen.

»*Wußten Sie ...?* Natürlich nicht. Ich wußte auch nicht, daß er in all den Jahren, wo er sich um alle möglichen Swimmingpools gekümmert hat, die Duschen gereinigt, frische Handtücher bereitgelegt, die Sprungbretter repariert und die Anlagen in Ordnung gehalten hat, nie schwimmen lernte! Er konnte nicht schwimmen! Es ist unglaublich, aber er hat's nie gelernt. Nie.

Mir hat er davon nichts gesagt. Und von selbst war ich auch nicht darauf gekommen. Und da er mich gerade erst angebrüllt, mir Kommandos zugeschrien, mir *befohlen hatte*: ›Augen rechts! Nicht zusammenzucken! Ruhe im Glied!‹, blieb ich einfach da stehen und starrte unverwandt in die Abendsonne. Ich senkte den Blick nicht zu ihm hinab, nicht ein einziges Mal, schaute immer nur geradeaus, im Stillgestanden, wie er befohlen hatte.

Ich hörte, wie er im Wasser um sich schlug und aus vollem Hals schrie. Aber ich verstand nicht, was er schrie. Ich hörte ihn keuchen, gurgeln und nach Luft schnappen, und wieder keuchen, schreien und untertauchen, doch ich stand kerzengerade da, das Kinn angezogen, Bauch rein, Brust raus, Augen geradeaus, Schweiß auf der Stirn, Lippen und Arschbacken zusammengekniffen, die Wirbelsäule ein Ladestock, während er schrie, würgte, Wasser schluckte. Ich wartete darauf, daß er ›Rührt euch!‹ brüllte. ›Rührt euch!‹ hätte er brüllen sollen, aber das hat er nicht getan. Was konnte ich da machen? Ich blieb einfach reglos stehen, wie eine Statue, bis das Schreien aufhörte und nur noch das Wasser gegen den Beckenrand plätscherte, bis es ganz still wurde. Zehn Minuten lang stand ich so da, vielleicht auch zwanzig oder eine halbe Stunde, bis jemand herauskam, in den Swimmingpool schaute und etwas im Wasser treiben sah, ›Um Himmels willen‹ rief, sich dann mir zuwandte, weil er mich und meinen Vater kannte, und endlich sagte: ›Rührt euch!‹ Dann begann ich zu weinen.«

Der zugleich junge und alte Mann trank sein Glas leer.

»Sehen Sie, das Problem für mich war, ich konnte nicht sicher sein, daß er mir nicht nur etwas vorspielte. Er hatte mich schon öfter auf diese Art hereingelegt, mich dazu gebracht, unachtsam zu werden, um mich dann zu überrumpeln. War um die Ecke verschwunden, hatte sich versteckt, gewartet, war dann plötzlich wiederaufgetaucht, und wehe, wenn ich nicht mehr kerzengerade wie ein Ladestock dastand. Manchmal ging er auch auf die Toilette und kam wie der Blitz wieder herausgeschossen, um mich bei einer unerlaubten Bewegung zu erwischen. Und dann hat er mich immer bestraft. Deshalb dachte ich an diesem Tag, als ich am Schwimmbecken stand, es sei nur ein Trick, um mich zum Wegtreten zu verleiten. Also mußte ich, um sicherzugehen, warten, nicht wahr? ... Um ganz sicherzugehen.«

Als er fertig war, stellte er das leere Martini-Glas auf das Tablett und ließ sich in sein eigenes Schweigen zurücksinken, saß mit offenen Augen da, den Blick über meine Schulter ins Leere gerichtet. Ich versuchte zu erkennen, ob seine Augen feucht waren oder ob sein Mund jetzt irgendwie zu verstehen gab, daß er mit seiner Geschichte zu Ende war, aber ich sah nichts.

»Nun weiß ich über Ihren Vater Bescheid«, sagte ich. »Aber ... was ist danach mit *Ihnen* passiert?«

»Wie Sie sehen«, erwiderte er, »bin ich hier.«

Er erhob sich, ergriff meine Hand und schüttelte sie.

»Gute Nacht«, verabschiedete er sich.

Ich blickte zu ihm hoch, schaute ihm genau ins Gesicht und sah den Jungen, der zehntausend Nachmittage weit in der Vergangenheit auf Kommandos wartete. Dann senkte ich den Blick zu seiner linken Hand; kein Ehering. Was bedeutete das? Keine Söhne, keine Zukunft? Aber ich konnte nicht fragen.

»Es freut mich, daß wir uns wiedergesehen haben«, hörte ich mich sagen.

»Ja.« Er nickte und schüttelte meine Hand ein letztes Mal. »Es freut mich, zu sehen, daß Sie nicht auf der Strecke geblieben sind.«

Ich, dachte ich. Mein Gott! *Ich?!*

Aber er hatte sich bereits umgedreht und ging den Gang entlang davon, in wunderbarem Gleichmaß, ohne mit dem Zug hin- und herzutorkeln. Er schritt dahin, entfernte sich in seinem geschmeidigen, sorgsam gehegten Körper, unbeeinflußt vom Schwanken des Zuges.

Als er die Tür erreichte, zögerte er, den Rücken zu mir, einen Moment, schien auf ein letztes Wort zu warten, einen Befehl, einen Zuruf von irgend jemandem.

Los, wollte ich sagen, im Gleichschritt – *marsch*!

Doch ich sagte nichts.

Weil ich nicht wußte, ob es ihn umbringen oder erlösen würde, biß ich einfach die Zähne zusammen und sah zu, wie er die Tür öffnete, stumm hindurchtrat und den Gang des nächsten Wagens entlangging, zurück in eine Vergangenheit, die ich mir allenfalls vorstellen, voran in eine Zukunft, die ich nicht einmal erahnen konnte.

In tiefer Junimitternacht

Er hatte schon lange in der Sommernacht gewartet, während die Dunkelheit sich enger an die Erde schmiegte und die Sterne langsam über den Himmel wanderten. Er saß in totaler Finsternis, die Hände lässig auf den Sessellehnen. Er hörte die Rathausuhr neun schlagen, dann zehn, elf, und endlich zwölf. Durch ein offenes Fenster an der Rückseite des Hauses wehte der Wind herein, ein düsterer Strom, der ihn umspülte wie einen schwarzen Felsen, dort wo er saß und stumm die Haustür beobachtete – stumm beobachtete.

In tiefer Junimitternacht...

Edgar Allan Poes Nachtgedicht an eine Schlafende plätscherte durch seine Gedanken wie ein Wasserlauf unter schattigen Bäumen.

Sie schläft, und wie sie dauernd ruht,
so ruhe sie auch tief! Und gut...

Er ging durch die gestaltlosen schwarzen Korridore des Hauses nach hinten, stieg aus dem Fenster und fühlte, wie die Stadt im Schlaf lag, in Nacht und Traum. Er sah die Schlange des Gartenschlauchs zusammengeringelt im

Gras schimmern. Er drehte das Wasser auf. Ganz allein stand er da und wässerte die Blumenbeete, und da stellte er sich vor, er sei ein Dirigent und leite ein Orchester, das nur die nächtlich streunenden Hunde hören konnten, wenn sie mit wunderlichem weisem Lächeln hier vorüberhasteten auf ihrem Weg nach nirgendwo. Er drückte mit Bedacht seine Füße in die nasse Erde vor dem Fenster, stellte sein volles Gewicht darauf, damit sie klare, tiefe Abdrücke hinterließen. Dann stieg er wieder ins Haus und ging, Lehmspuren hinterlassend, zurück durch die unsichtbaren Korridore, die seine Hände für ihn sahen.

Durchs Fenster zur vorderen Veranda konnte er verschwommen die Umrisse eines Limonadenglases ausmachen, noch fast halb voll, wie *sie* es auf dem Verandageländer hatte stehenlassen. Er zitterte innerlich.

Jetzt konnte er fühlen, wie sie heimkam. Er fühlte, wie sie durch die Stadt ging, fern in der Sommernacht. Er schloß die Augen und sandte seine Gedanken aus, sie zu suchen; er fühlte sie durch die Dunkelheit gehen, wußte genau, wo sie gerade vom Trottoir heruntertrat, die Straße überquerte, das andere Trottoir erreichte und klick-klack, klick-klack weiterging unter den frühsommerlichen Ulmen, dem letzten Flieder. Sie ging mit einer Bekannten durch die einsame Wüste der Nacht, und er *war* sie, er fühlte ein Täschchen in seiner Hand, fühlte lange Haare in seinem Nacken kitzeln, fühlte fettigen Lippenstift auf seinem Mund. Er saß ganz still und ging, ging, ging weiter heimwärts, nach Mitternacht.

»Gute Nacht!«

Er hörte die Stimmen und hörte sie nicht, und sie kam

immer näher, war nur noch zweitausend Schritte entfernt, noch tausend, und jetzt verschwand sie, ein schöner weißer Lampion am unsichtbaren Draht, in der grillenzirpenden, fröschequakenden, wasserrauschenden Schlucht. Er kannte die hölzerne Stiege in die Schlucht, fühlte die rauhe Maserung der Stufen, den Staub darauf, die Restwärme des Tages, als liefe er selbst, ein kleiner Junge, dort hinunter...

Er streckte die offenen Hände vor sich in die Luft. Seine Daumen berührten sich, dann die Fingerspitzen, und seine Hände formten vor ihm einen Kreis, der Leere umschloß. Ganz langsam drückte er die Hände jetzt zusammen, immer fester, mit offenem Mund und geschlossenen Augen.

Er ließ ab und legte die zitternden Hände wieder auf die Armlehnen. Seine Augen blieben geschlossen.

Einmal war er, vor langer Zeit, nachts über die Feuerleiter auf den Rathausturm gestiegen, bis ganz oben, und hatte auf die silberne Stadt geschaut, die Stadt des Mondes, die Stadt des Sommers. Er hatte die vielen dunklen Häuser gesehen, darin zwei Dinge, Menschen und Schlaf, beide Elemente verschmolzen im Bett, und dort hauchten sie ihre Müdigkeit und Ängste in die stille Luft, um sie leise wieder einzusaugen und von neuem auszuatmen, bis sie geläutert waren, alle Sorgen, Haß und Grauen des vergangenen Tages gebannt und für immer abgetan, lange bevor der Morgen graute.

Er war wie verzaubert gewesen von der Stunde, der Stadt, und hatte sich mächtig gefühlt wie jener Magier mit seinen Marionetten, der Schicksale an Spinnenfäden über die Bühne spannte. Da oben vom Rathausturm konnte er jedes Blatt erkennen, das sich meilenweit im Mondlicht regte, das letzte Licht verlöschen sehen wie das rosa flakkernde Auge eines ausgehöhlten Kürbisses. Die Stadt konnte sich seinem Blick nicht entziehen – nichts tun, ohne daß er jedes Zucken, jede Regung mitbekam.

Und so war es heute nacht. Er fühlte sich selbst wie ein Turm mit träge pochendem Uhrwerk, das mit schwerem bronzenem Klang die Stunden verkündete, und er sah auf eine Stadt, in der eine Frau auf kalkweißen Trottoirs nach Hause ging, gehemmt von Böen der Angst, von auffrischendem Selbstvertrauen weitergetrieben, watend durch Bäche von Stein und Teer, dahinschwebend zwischen getrimmten Rasen, und nun rannte sie, rannte die Stiege hinunter und durch die Schlucht, hindurch, hindurch und wieder hinauf, hinauf, die Straße herauf!

Er hörte ihre Schritte, ehe er sie wirklich hörte. Er hörte ihr Keuchen, bevor es ein Keuchen gab. Er heftete den Blick auf das Limonadenglas auf dem Geländer. Dann erklangen draußen die wirklichen Schritte, das Rennen, das Keuchen. Er setzte sich auf. Die Schritte kamen in Panik über die Straße geeilt, übers Trottoir. Unverständliche Worte, ein täppisches Stolpern auf der Verandatreppe, das Ratschen eines Schlüssels im Schloß, eine flüsternd schreiende, leise betende Stimme: »O Gott, lieber Gott!« Flüster-flüster! Und die Frau stieß die Tür auf, schlug sie zu und verriegelte sie, immerzu redend, flüsternd, Selbstgespräche führend in dem dunklen Zimmer.

Er sah nicht, er fühlte, wie ihre Hand nach dem Lichtschalter tastete. Er räusperte sich.

Sie stand mit dem Rücken zur Tür im Dunkeln. Könnte der Mond auf sie scheinen, sie würde flimmern wie ein kleiner Teich in einer Windnacht. Er fühlte die feinen Saphire auf ihr Gesicht treten, das ganze Gesicht glitzern vor Nässe.

»Lavinia«, flüsterte er.

Sie stand mit ausgebreiteten Armen vor der Tür wie ein Kruzifix. Er hörte ihren Mund aufgehen, und ihre Lungen pumpten Wärme in die Luft. Sie war eine schöne weißliche Motte; er hatte sie mit der spitzen Nadel des Grauens ans Holz der Tür gespießt. Er konnte, wenn er wollte, um sie herumgehen und die Trophäe von allen Seiten ansehen, sie ansehen.

»Lavinia«, flüsterte er.

Er hörte ihr Herz schlagen. Sie bewegte sich nicht.

»Ich bin es«, flüsterte er.

»Wer?« fragte sie so leise, daß es nur ein Pulsschlag in ihrer Kehle war.

»Das sage ich nicht«, flüsterte er. Er stand kerzengerade in der Zimmermitte. Aber bei Gott, er fühlte sich *groß*! Groß und finster und sehr schön, fand er, und wie er die Hände vor sich hielt, als wollte er gleich anfangen, Klavier zu spielen, eine schöne Melodie, einen Walzer. Die Hände waren feucht, sie fühlten sich an, als hätte er sie in einer Lösung von Minze und kühlem Menthol gebadet.

»Wenn ich dir sage, wer ich bin, hast du womöglich keine Angst mehr«, flüsterte er. »Ich will, daß du Angst hast. Hast du Angst?«

Sie sagte nichts. Sie atmete aus und ein, aus und ein, ein unablässig bewegter kleiner Blasebalg, der auf ihre Angst blies und sie in Gang hielt, am Brennen hielt.

»Warum bist du heute abend ausgegangen?« flüsterte er. »*Warum* bist du ausgegangen?«

Keine Antwort.

Er ging einen Schritt auf sie zu und hörte ihr Luftschnappen, zischend, wie wenn ein Schwert in die Scheide glitt.

»Warum bist du durch die Schlucht zurückgekommen, ganz allein?« flüsterte er. »Du *bist* allein nach Hause gekommen, ja? Hast du gedacht, du würdest mir auf der Brücke begegnen? Warum bist du heute abend ausgegangen? Warum bist du durch die Schlucht zurückgekommen, allein?«

»Ich –«, stieß sie hervor.

»Du«, flüsterte er.

»Nein –«, rief sie ganz leise.

»Lavinia.« Er ging noch einen Schritt.

»Bitte«, sagte sie.

»Mach die Tür auf. Lauf raus. Renn weg«, flüsterte er.

Sie rührte sich nicht.

»Mach die Tür auf, Lavinia.«

Sie begann leise zu wimmern.

»Lauf«, sagte er.

Etwas berührte sein Knie, als er vorwärtsging. Er trat dagegen, etwas neigte sich im Raum und kippte, ein Tisch, ein Korb, und ein halbes Dutzend unsichtbarer Wollknäuel rollte im Dunkeln umher, lautlos wie Kätzchen. Auf dem einen Fleck unter dem Fenster, auf den der Mond schien, lag wie ein eiserner Wegweiser die Schere. Sie war winterliches Eis in seiner Hand. Plötzlich streckte er sie ihr durch die reglose Luft entgegen.

»Da«, flüsterte er.

Er berührte ihre Hand damit. Sie riß die Hand zurück.

»Da«, drängte er.

»Nimm«, sagte er nach einer Weile.

Er öffnete ihre Finger, die sich schon tot und kalt anfühlten und nur mit Gewalt zu bewegen waren, und drückte die Schere hinein.

»Jetzt«, sagte er. Er blickte ein paar lange Sekunden hinaus in den mondhellen Himmel, und als er dann wieder zu ihr sah, dauerte es lange, bis er ihre Umrisse im Dunkeln erkennen konnte.

»Ich habe gewartet«, sagte er. »Aber so war es immer. Ich habe auch auf die anderen gewartet. Aber zuletzt sind sie alle gekommen und haben mich gesucht. So leicht war das. Fünf schöne Frauen in den letzten beiden Jahren. In der Schlucht habe ich auf sie gewartet, auf freiem Feld, am See, überall, und sie sind gekommen, um mich zu suchen, und haben mich gefunden. Es war schön, am nächsten Tag die Zeitungen zu lesen. Und heute abend hast du mich gesucht, ich weiß, sonst wärst du nicht allein durch die Schlucht zurückgekommen. Hast du dich dort gefürchtet, bist du gerannt? Hattest du gedacht, ich wäre da unten und würde auf dich warten? Du hättest dich *hören* sollen, wie du den Weg heraufgerannt bist! Zur Tür herein! Und wie du sie *abgeschlossen* hast! Du dachtest, hier drinnen wärst du sicher, endlich zu Hause und sicher, sicher, sicher, ja?«

Sie hielt die Schere in ihrer toten Hand und begann zu weinen. Er sah nur ein feines Glitzern, wie die Nässe an den Wänden einer dunklen Höhle. Er hörte die Töne, die sie von sich gab.

»Nein«, flüsterte er. »Du hast die Schere. Weine nicht.«

Sie weinte. Sie bewegte sich nicht. Sie stand da und zitterte, den Kopf nach hinten an die Tür gedrückt, und nun glitt sie langsam an der Tür hinunter, ganz hinunter bis auf den Boden.

»Nicht weinen«, flüsterte er.

»Ich will dich nicht weinen hören«, sagte er. »Ich ertrage das nicht.«

Er streckte die Hände aus und tastete damit durch die Luft, bis er mit der einen ihre Wange berührte. Er fühlte die Nässe auf dieser Wange, fühlte ihren warmen Atem auf seiner Hand wie eine Sommermotte. Dann sagte er nur das eine: »Lavinia«, sagte er sanft. »Lavinia.«

Wie gut er sich an die Abende von früher erinnerte, in alten Zeiten, als er noch ein Kind war, und wie sie herumgerannt waren, herumrannten und sich versteckten. Ihr Versteckspiel an den ersten Frühlingsabenden, den warmen Sommerabenden, den Spätsommerabenden und den ersten kalten Herbstabenden, wenn die Türen zeitig zugingen und auf den Veranden nur noch welkes Laub sich bewegte. Das Versteckspiel dauerte so lange, wie es noch Sonne zum Sehen gab, oder einen schneekrustig aufgehenden Mond. Wenn sie rannten, klang es, als prasselten Pfirsiche oder kleine Äpfel auf den grünen Rasen, und der Sucher zählte; das Gesicht in der Armbeuge, sang er die Nacht an: fünf, zehn, fünfzehn, zwanzig, fünfundzwanzig, dreißig, fünfunddreißig, vierzig, fünfundvierzig, fünfzig... und das Prasseln der Äpfel entfernte sich, die Kinder hockten alle im sicheren Versteck, in Bäumen und Büschen und auf den

Veranden, wo die schlauen Hunde sich hüteten, sie durch Schwanzwedeln zu verraten. Und der Sucher zählte zu Ende: fünfundachtzig, neunzig, fünfundneunzig, hundert!

Seid ihr fertig oder nicht, eins, zwei, drei, jetzt komme ich!

Der Sucher rannte durch den Stadtdschungel und suchte die Versteckten, die ihr Lachen mit den Händen im Mund zurückhalten mußten wie kostbare Walderdbeeren. Und der Sucher spitzte die Ohren nach dem leisesten Herzschlag in der hohen Ulme, spähte nach schillernden Hundeaugen im Gebüsch, lauschte nach dem leise glucksenden Lachen, das sich nicht länger einsperren ließ, wenn der Sucher ganz nah vorbeiging und den Schatten im Schatten nicht sah ...

Er ging ins Badezimmer des stillen Hauses, während er das alles dachte, und genoß das Branden und Brausen der Erinnerungen, als stürzten die Gedanken wie ein heller Wasserfall über eine steile Felswand, stürzten und stürzten hinunter bis auf den Grund seines Kopfes.

O Gott, wie heimlich und groß sie sich fühlten in ihren Verstecken. Wie die Schatten sie bargen und hegten, gebettet in ihren Triumph. Wie der Schweiß auf ihrer Stirn glänzte, wenn sie wie Trugbilder dort kauerten und glaubten, sich für *immer* verstecken zu können! Während der dumme Sucher schimpfend seinen Weg ging, den Weg ins sichere Mißlingen, die unabwendbare Enttäuschung.

Manchmal blieb der Sucher auch unmittelbar an deinem Baum stehen und sah zu dir herauf, wie du da oben kauertest in deinen unsichtbaren Flügeln, deinen großen, fensterklaren Fledermausflügeln, und rief: »Ich *sehe* dich!« Doch du gabst keine Antwort. »Ich *sehe* dich da oben!« Aber du gabst keine Antwort. »Komm *runter*!« Aber kein

Wort, nur dein hämisches Siegerlächeln. Und unten kamen dem Sucher Zweifel. »Du *bist* es doch!« Allmählicher Rückzug. »Mensch, ich *weiß*, daß du da oben bist!« Keine Antwort. Nur der Baum stand still in der Nacht und bebte leise, Blatt für Blatt. Dem Sucher wurde dieses Dunkel im Dunkel unheimlich, und er trollte sich und suchte leichtere Beute, die er bestimmen und benennen konnte. »Dann bleib doch, wo du bist!«

Er wusch sich im Bad die Hände und dachte: Warum wasche ich mir die Hände? Und wieder rieselte der Sand der Zeit aufwärts durch das Stundenglas, und es war ein anderes Jahr...

Er erinnerte sich, daß sie ihn manchmal gar nicht fanden, wenn sie Versteck spielten; er ließ sich nicht von ihnen finden. Er sagte kein Wort, er blieb so lange im Apfelbaum sitzen, bis er selbst ein weißfleischiger Apfel war; saß im Kastanienbaum, bis er so hart und braun glänzte wie eine Kastanie. Gott, welche Macht, so unentdeckt zu bleiben, wie unendlich groß es dich machte, bis deinen Armen Zweige sprossen, die nach allen Richtungen wucherten, gezogen von den Sternen und dem wechselhaften Mond, und dein Heimlichsein umfing die Stadt und hegte sie mit deiner Milde und Nachsicht. Alles konntest du in diesem Schatten tun, alles. Wenn du nur wolltest, konntest du. Welche Macht, über den Leuten auf der Straße zu thronen und sie unter dir vorbeigehen zu sehen, nicht ahnend, daß du da warst und sie beobachtetest, und du hättest den Arm ausstrecken können und mit der fünfbeinigen Spinne deiner Hand nach ihren Nasen greifen und ihre Phantasie mit Grauen füllen.

Er wusch sich die Hände fertig und trocknete sie an einem Handtuch ab.

Aber immer hatte das Spiel ein Ende. Wenn der Sucher alle anderen Versteckten gefunden hatte und diese dann auch Sucher wurden und ausschwärmten und deinen Namen riefen und dich suchten, um wieviel mächtiger und bedeutender machte dich *das*!

»He, du! Wo steckst du? Komm schon, das Spiel ist zu Ende!«

Aber du rührtest dich nicht und kamst nicht. Selbst wenn sie sich alle unter deinem Baum versammelten und dich ganz oben sahen oder zu sehen glaubten und dir zuriefen: »Nun komm doch schon runter! Hör mit dem Quatsch auf! He! Wir sehen dich. Wir wissen, daß du da bist!«

Selbst dann nicht zu antworten – bis das unvermeidliche Schicksal endlich zuschlug. Von fern, eine Straße weiter, gellte eine silberne Pfeife, und die Stimme deiner Mutter rief deinen Namen, und wieder pfiff sie. »Neun Uhr!« hallte ihre Stimme. »Neun Uhr! Heimkommen!«

Du bliebst aber noch, bis alle Kinder fort waren. Dann erst kamst du vorsichtig aus deiner Wärme und Heimlichkeit hervorgekrochen und ranntest nach Hause, machtest einen Bogen um die Straßenlaternen und liefst allein nach Hause, allein durch Dunkelheit und Schatten, atmetest kaum, unterdrücktest deinen Herzschlag, damit die Leute, sofern sie etwas hörten, denken mochten, es sei nur der Wind, der ein welkes Blatt durch die Nacht trieb. Und da stand deine Mutter und hielt die Tür auf …

Er trocknete sich fertig die Hände ab. Er blieb einen

Moment stehen und dachte darüber nach, wie es hier in dieser Stadt gewesen war, die letzten beiden Jahre. Das alte Spiel war immer weitergegangen, er hatte es für sich allein gespielt, denn die Kinder waren nicht mehr da, sie waren zu gesetzten Erwachsenen geworden, nur er war wie eh und je der letzte und einzige, der im Versteck blieb, und die ganze Stadt suchte ihn und sah nichts und ging nach Hause und verrammelte die Türen.

Doch heute abend, und nun schon an vielen Abenden, hatte er aus längst vergangener Zeit den alten Ton gehört, das Gellen der silbernen Pfeife, die pfiff und pfiff. Es war gewiß nicht der Ruf eines Nachtvogels, denn er kannte jeden Ton so gut. Die Pfeife aber rief und rief, und eine Stimme sagte *Heimkommen* und *Neun Uhr*, obwohl es nun schon lange nach Mitternacht war. Er horchte. Da war sie, die silberne Pfeife. Obwohl seine Mutter doch schon vor vielen Jahren gestorben war, nachdem sie seinen Vater in ein frühes Grab gebracht hatte mit ihren Launen, ihrer Zunge. »Tu dies, tu das, tu dies, tu das, tu dies, tu das, tu dies, tu das ...« Eine Platte mit Sprung, die immer wieder dieselbe Rille abspielte, wieder, wieder, ihre Stimme, ihr Tonfall, rund und rund und rund und rund, da capo da capo da capo.

Und die helle Silberpfeife gellte, das Versteckspiel hatte ein Ende. Nie mehr durch die Stadt spazieren und hinter Büschen und Bäumen stehen und dieses Lächeln aufsetzen, das sich durch dichtestes Laub brannte. Etwas geschah ohne sein Zutun. Seine Füße gingen, seine Hände handelten, und er wußte alles, was jetzt zu tun war.

Seine Hände gehörten nicht ihm.

Er riß sich einen Knopf vom Jackett und ließ ihn in den tiefen dunklen Brunnen des Zimmers fallen. Er schien nie unten anzukommen, er fiel und fiel. Er wartete.

Seine Hände gehörten nicht ihm.

Er nahm seine Pfeife und warf auch sie in die Tiefen des Zimmers. Er wartete nicht, bis sie irgendwo im Leeren aufschlug, er ging durch die Küche zurück und warf einen Blick durch das offene Fenster mit den wehenden weißen Vorhängen, auf die Fußabdrücke, die er davor gemacht hatte. Er war jetzt der Sucher, mußte suchen, nicht sich verstecken. Er war der stille Ermittler, der Spuren suchte und sichtete und sicherstellte, und diese Fußabdrücke waren ihm jetzt so fremd wie etwas aus prähistorischer Zeit. Ein anderer Mann hatte sie bei anderem Tun vor Millionen Jahren hier zurückgelassen; sie hatten nicht das mindeste mit ihm zu tun. Er bewunderte im Mondlicht ihre Schärfe und Tiefe und Form. Er bückte sich halb, wie um sie anzufassen, als ob sie eine großartige archäologische Entdeckung wären! Dann ging er zurück durch die Zimmer, riß ein Stückchen Stoff von seinem Hosenaufschlag ab und pustete es von der geöffneten Hand wie eine Motte.

Seine Hände waren nicht mehr seine Hände, sein Körper nicht mehr sein Körper.

Er öffnete die Haustür, ging hinaus und setzte sich einen Augenblick auf das Verandageländer. Er nahm das Limonadenglas und trank, was noch darin war, lauwarm nach einem langen Abend des Wartens, und er preßte die Finger fest um das Glas, ganz fest. Dann stellte er es wieder aufs Geländer.

Die silberne Pfeife!

Ja, dachte er. Ich komme. Ich komme.

Die silberne Pfeife!

Ja, dachte er. Neun Uhr. Nach Hause, nach Hause. Neun Uhr. Hausaufgaben und Milch und Graham-Cracker und ein weißes kühles Bett, nach Hause, nach Hause; neun Uhr und die silberne Pfeife.

Im Nu war er herunter von der Veranda und lief, lief leise und leicht, und kaum ein Atmen, kaum ein Herzschlag, wie eben einer barfuß läuft, wie einer durch Nacht und Laub und grünes Junigras rennt, ein Schatten nur; er lief und hörte nicht mehr auf zu laufen, lief fort von dem stillen Haus und über die Straße und hinunter in die Schlucht...

Er stieß die Tür auf und trat ins Owl Diner, diesen langen Eisenbahnwaggon, den sie von den Schienen genommen und mitten in die Stadt gestellt hatten, wo er ein unbewegtes, einsames Dasein fristete. Die Imbißstube war leer. Am hinteren Ende der Theke sah der Barkellner auf, als die Tür zuschlug und der Gast an der langen Reihe leerer Drehhocker vorbeiging. Der Barkellner nahm den Zahnstocher aus dem Mund.

»Tom Dillon, du alter Herumtreiber! Was machst denn *du* um diese Zeit noch auf, Tom?«

Tom Dillon bestellte ohne Speisekarte. Während sein Essen zubereitet wurde, warf er einen Zehner ins Wandtelefon, bekam seine Verbindung und sprach eine Zeitlang, ganz ruhig. Er hängte ein, kam zurück, setzte sich und lauschte. Sechzig Sekunden später hörten er und der Barkellner die Polizeisirene mit achtzig Sachen vorbeiheulen.

»Himmeldonnerwetter!« sagte der Barkellner. »Tempo, Jungs, damit ihr sie kriegt!«

Er stellte ein großes Glas Milch und einen Teller mit sechs frischen Graham-Crackern auf den Tresen.

Tom Dillon saß lange davor und blickte heimlich hinunter auf seinen zerrissenen Hosenaufschlag und die schmutzigen Schuhe. Das Licht in der Imbißstube war grell und hart, und er kam sich vor wie auf einer Bühne. Er hielt das hohe Glas mit der kalten Milch in der Hand und trank davon, kaute mit geschlossenen Augen die knusprigen Graham-Cracker, die seinen ganzen Mund ausfüllten und seine Zunge umkleideten.

»Sag mal«, fragte er leise, »würdest du das eigentlich eine kräftige Mahlzeit nennen oder nicht?«

»Ich würde es allerdings eine kräftige Mahlzeit nennen«, antwortete der Barkellner lächelnd.

Tom Dillon kaute mit großer Konzentration noch einen Graham-Cracker, fühlte ihn im ganzen Mund. Es ist nur eine Frage der Zeit, dachte er, während er wartete.

»Noch Milch?«

»Ja«, sagte Tom.

Und er beobachtete mit ruhigem Interesse, mit der reinsten und aufmerksamsten Konzentration seines ganzen Lebens, wie der helle Karton sich schimmernd neigte und die schneeweiße Milch herauslief, kühl und leise wie ein fließender Brunnen bei Nacht, und das Glas bis oben füllte, bis oben, bis zum Rand, und darüber...

Segne mich, Vater, denn ich habe gesündigt

Es war am Heiligabend, als Pfarrer Mellon kurz vor Mitternacht wieder aufwachte, nachdem er erst ein paar Minuten geschlafen hatte. Ein sonderbares Gefühl drängte ihn, aufzustehen, hinzugehen und die Tür seiner Kirche zu öffnen, ganz weit, daß der Schnee hereinwehte, und sich dann in den Beichtstuhl zu setzen und zu warten.

Zu warten, worauf? Wer wußte das? Wer hätte es sagen können? Aber der Drang war so unglaublich stark, daß er sich einfach nicht verleugnen ließ.

»Was ist nur los?« knurrte er leise vor sich hin, während er sich anzog. »Ich werde anscheinend verrückt. Wer will denn, wer muß um diese Zeit – und warum, zum Kukkuck, soll ich –«

Er zog sich dennoch an, ging dennoch hin, die Kirchentür zu öffnen, und stand ehrfürchtig vor dem herrlichen Kunstwerk da draußen, schöner als alle Bilder der Geschichte, einem Gobelin von Schnee, spitzendurchwirkt, der sich sanft über die Hausdächer legte und den Laternen Mützen aufsetzte und die Autos, die geduckt am Straßenrand standen und auf den Segen warteten, mit Schals umwickelte. Der Schnee legte sich auf die Trottoirs, auf seine Lider, sein Herz. Er hielt unwillkürlich den Atem an ob der launischen Pracht, dann drehte er sich um und ging, von Schnee gefolgt, und suchte Zuflucht im Beichtstuhl.

Einfaltspinsel, schalt er sich. Närrischer Alter. Mach, daß du hier *rauskommst*. Geh wieder zu Bett!

Doch dann hörte er es. Ein Geräusch an der Tür, schlurfende Schritte auf dem Steinboden und endlich ein klammes Rascheln, als jenseits der Trennwand jemand im Beichtstuhl Platz nahm. Pfarrer Mellon wartete.

»Segne mich, Vater«, flüsterte eine Männerstimme, »denn ich habe gesündigt.«

Die Bitte kam so schnell, daß Pfarrer Mellon in der ersten Verblüffung nur erwidern konnte:

»Woher *wußten* Sie überhaupt, daß die Kirche offen ist und ich hier bin?«

»Ich habe gebetet, Hochwürden«, kam leise die Antwort. »Gott hat Sie geschickt, die Kirche aufzuschließen.«

Dagegen gab es nichts zu sagen, und so saßen der alte Priester und der hartgesottene alte Sünder, der er wohl war, ein paar lange Sekunden in der Kälte, während die Uhrzeiger gen Mitternacht rückten, und endlich wiederholte der Flüchtling aus der Finsternis:

»*Segne* den Sünder, Vater!«

Doch statt der üblichen Fragen und salbungsvollen Worte lehnte sich Pfarrer Mellon, während Weihnachten in Eile durch den Schnee nahte, ans Gitter und konnte sich nicht enthalten, zu sagen:

»Es muß eine schlimme Sündenlast sein, die Sie mit sich herumtragen, wenn es Sie in einer solchen Nacht hinaustreibt auf eine unmögliche Mission, die dann doch noch möglich wurde, weil Gott Sie erhört und mich aus dem Bett gejagt hat.«

»Sie *ist* schlimm, Hochwürden. Sie werden sehen.«

»Dann sprich, mein Sohn«, entgegnete der Priester, »bevor wir beide hier erfrieren –«

»Nun gut –«, flüsterte die wintrige Stimme hinter der dünnen Trennwand. »Es war so – vor sechzig Jahren –«

»Sechzig?!« rief der Priester. »Schon *so* lange her?«

»Sechzig!« Eine gepeinigte Stille folgte.

»Sprich weiter«, sagte der Priester, denn er schämte sich, weil er ihn unterbrochen hatte.

»In dieser Woche, vor sechzig Jahren«, sagte die graue Stimme, »als ich zwölf war, bin ich mit meiner Großmutter zum Weihnachtseinkauf gewesen, in einem kleinen Städtchen im Osten. Wir mußten den ganzen Weg hin und zurück zu Fuß gehen. Wer hatte denn damals ein Auto? Wir gingen also zu Fuß, und als wir mit den Geschenkpaketen zurückkamen, hat meine Großmutter irgend etwas gesagt, ich habe längst vergessen was, aber ich bin wütend geworden und ihr fortgelaufen. Ich hörte sie von weitem nach mir rufen und dann ganz furchtbar schreien, ich soll zurückkommen, zurück zu ihr, aber ich wollte nicht. Schrecklich geheult hat sie, und ich wußte, daß ich ihr weh tat, worauf ich mir ganz stark und mächtig vorkam, und ich habe gelacht und bin nur noch schneller gerannt und war lange vor ihr zu Hause, und als sie ankam, hat sie gekeucht und geweint, als wollte sie gar nicht mehr aufhören. Da habe ich mich geschämt und bin weggerannt, um mich zu verstecken ...«

Lange Stille.

»War es das?« half der Pfarrer nach.

»Es ist eine lange Liste«, klagte die Stimme hinter der dünnen Wand.

»Dann sprich weiter«, sagte der Pfarrer mit geschlossenen Augen.

»So ähnlich habe ich es dann auch mit meiner Mutter gemacht, zu Silvester. Sie hat mich geärgert, da bin ich ihr fortgelaufen. Ich hörte sie rufen und habe nur gegrinst und bin noch schneller gelaufen. Warum? O Gott, warum?«

Der Priester wußte keine Antwort.

»War es das dann?« fragte er endlich leise und fühlte sich seltsam angerührt von dem alten Mann hinter der Trennwand.

»An einem Tag im Sommer«, sagte die Stimme, »haben mich einmal ein paar Rabauken verprügelt. Als sie fort waren, sah ich auf einem Strauch zwei Schmetterlinge in inniger Umarmung, so schön! Mir war ihr Glück verhaßt. Da habe ich sie gepackt und in meiner Hand zu Pulver zerrieben. Welche Schmach, Hochwürden!«

In dem Moment wehte ein Windstoß zur Kirche herein, und beide blickten auf und sahen in der Tür ein Weihnachtsgespenst aus Schnee umherwirbeln, das zu weißem Staub zerfiel und sich über das Pflaster verteilte.

»Das Schrecklichste kommt erst noch«, sagte der alte Mann aus dem Dunkel, wo er allein mit seinem Schmerz saß. Und er fuhr fort:

»Es war wieder in der Weihnachtswoche, und ich war dreizehn, als mein Hund Bo mir weggerannt und drei Tage fortgeblieben ist. Ich liebte ihn mehr als mein Leben. Er war ein besonderer Hund, so schön und treu. Und plötzlich war er fort, und alle Schönheit mit ihm. Ich habe gewartet. Ich habe geweint und gewartet und gebetet, ich habe innerlich geschrien. Er würde nie, nie mehr wiederkommen, das wußte ich! Und siehe da, in der Heiligen Nacht, als es schneite und Schneematsch auf den Straßen lag und Eiszapfen von den Dächern hingen, da vernahm ich morgens um zwei ein Geräusch im Schlaf und erwachte davon, und dann hörte ich ihn an der Tür kratzen! Fast hätte ich mir das Genick gebrochen, so schnell war ich aus dem Bett. Ich riß die Tür auf, und da stand mein Köter, bibbernd und aufgeregt und völlig verdreckt. Mit einem Schrei habe ich ihn ins Haus gerissen, die Tür zugeschlagen, mich auf die Knie geworfen und ihn weinend umarmt. Welch ein Geschenk! Ich rief seinen Namen, immer wieder, und er weinte und jaulte und winselte mit mir vor Freude. Und plötzlich war es aus. Wissen Sie, was ich getan habe? Können Sie sich das Entsetzliche vorstellen? Ich habe ihn verprügelt. Ja, verprügelt. Mit Fäusten, Händen, Fäusten, Händen, und angeschrien habe ich ihn: ›Was fällt dir ein, mich zu verlassen, wie konntest du weglaufen, wie kannst du mir so etwas antun, wie konntest du nur, wie konntest du?!‹ Und ich habe ihn geprügelt, und geschluchzt, und geprügelt, bis ich nicht mehr konnte, weil ich sah, was ich getan hatte, und er stand nur da und ließ sich alles gefallen, als wüßte er, daß er es verdient hatte, denn er hatte mich enttäuscht, und jetzt enttäuschte ich ihn, und da ließ ich von ihm ab, in Tränen aufgelöst und halb erstickt, und packte ihn wieder und drückte ihn an mich, aber jetzt rief ich: Verzeih mir, Bo, bitte vergib mir! Ich habe es nicht gewollt. Bitte, Bo, verzeih...

Aber, Hochwürden, er konnte mir doch nicht vergeben! Wer war er denn? Ein Tier nur, ein Hund, mein Liebling. Und er hat mich mit großen dunklen Augen angesehen, daß es mir das Herz verschloß, und verschlossen ist es bis heute geblieben vor Scham. *Ich* konnte *mir* nicht vergeben! All die Jahre, immer wieder die Erinnerung an meinen Liebling und wie ich ihn enttäuscht habe, und jeden Heiligabend kommt seitdem sein Geist wieder, das ganze Jahr sonst nicht, aber jeden Heiligabend sehe ich wieder den Hund, höre die Schläge und weiß, wie ich mich versündigt habe. O Gott!«

Und schluchzend verstummte der Mann.

Endlich wagte der alte Pfarrer das Wort an ihn zu richten: »Und darum sind Sie jetzt hier?«

»Ja, Hochwürden. Ist es nicht schlimm, ist es nicht furchtbar?«

Der Pfarrer konnte nicht antworten, weil auch ihm die Tränen übers Gesicht liefen und aus unerklärlichen Gründen der Atem stockte.

»Werden Sie mir vergeben, Hochwürden?« fragte der andere.

»Ja.«

»Wirst *du* mir vergeben, Vater?«

»Ja. Aber ich will dir zuerst etwas sagen, mein Sohn. Mir ist es auch so ergangen, als ich zehn war. Meine Eltern – natürlich. Aber dann – dann ist mein Hund, die Liebe *meines* Lebens, mir weggelaufen, hat mich einfach verlassen, und ich habe ihn gehaßt dafür, und als er wiederkam, habe ich ihn genauso geherzt und geprügelt und wieder geherzt. Das habe ich bis heute abend noch niemandem erzählt. All die Jahre habe ich die Schmach für mich behalten. Ich habe meinem Beichtvater immer alles gesagt. Aber das *nie*. Und darum –«

Stille.

»Und *darum*, Vater?«

»Ach Gott, ach Gott, guter Mann! Der Herr wird uns vergeben. Schließlich und endlich haben wir es bekannt, es ausgesprochen. Und ich, auch ich will dir vergeben. Aber abschließend –«

Der alte Pfarrer konnte nicht weitersprechen, denn die Tränen strömten ihm jetzt nur so übers Gesicht.

Der Fremde auf der anderen Seite ahnte es wohl und fragte sehr bedächtig: »Soll *ich dir* vergeben, Vater?«

Der Priester nickte stumm. Vielleicht fühlte der andere den Schatten des Nickens, denn er sagte rasch: »Nun denn – es *ist* vergeben.«

Sie saßen beide noch eine ganze Weile im Dunkeln, und wieder erschien ein Gespenst an der Tür und zerfiel zu Schnee und verwehte.

»Bevor Sie gehen«, sagte der Priester, »kommen Sie noch auf ein Glas Wein zu mir?«

Die große Uhr auf dem Platz vor der Kirche schlug Mitternacht.

»Es ist Weihnachten, Vater«, sagte die Stimme hinter der Wand.

»Die schönste Weihnacht aller Zeiten, glaube ich.«

»Die schönste.«

Der alte Priester stand auf und verließ den Beichtstuhl.

Er wartete kurz, ob sich auch auf der anderen Seite etwas bewegte.

Nichts zu hören.

Der alte Priester runzelte die Stirn, griff nach der Tür und öffnete sie, um in den Beichtstuhl zu sehen.

Nichts und niemand war darin.

Er riß den Mund auf. Schnee wehte ihm über den Nakken.

Er streckte die Hand aus und tastete in die Dunkelheit.

Der Beichtstuhl war leer.

Im Umdrehen starrte er zur Kirchentür, dann lief er hin und sah hinaus.

Schnee dämpfte die Schläge der fernen Uhren, die spät die Stunde verkündeten. Die Straßen waren menschenleer.

Als er sich wieder umdrehte, sah er den hohen Spiegel im Kircheneingang.

In dem kalten Glas spiegelte sich ein alter Mann, er selbst.

Fast ohne nachzudenken, hob er die Hand zum Segen. Das Spiegelbild tat es ihm gleich.

Da wischte der alte Pfarrer sich über die Augen, drehte sich noch ein allerletztes Mal um und ging den Wein holen.

Und draußen war Weihnachten, und Schnee, überall.

Ein Hauch von Biestigkeit

An einem sonst gewöhnlichen Abend im Mai begegnete Jonathan Hughes, eine Woche vor seinem neunundzwanzigsten Geburtstag, seinem Schicksal. Das Schicksal war auf der Durchreise aus einer anderen Zeit, einem anderen Jahr, einem anderen Leben.

Zuerst war das Schicksal natürlich nicht als solches zu erkennen; es stieg nur zur selben Zeit wie Hughes an der Pennsylvania Station in den Zug, und sie fuhren gemeinsam zur Feierabendzeit quer über Long Island. Lediglich die Zeitung, die das als älterer Herr verkleidete Schicksal in der Hand hielt, veranlaßte Jonathan Hughes, genauer hinzusehen und zu sagen:

»Verzeihung, Sir, aber Ihre *New York Times* scheint eine andere zu sein als meine. Das Schriftbild Ihrer Titelseite sieht moderner aus. Ist das eine spätere Ausgabe?«

»Nein!« Der ältere Herr stockte, schluckte und brachte endlich heraus: »Doch. Eine sehr späte Ausgabe.«

Hughes sah sich um. »Verzeihung, aber – alle anderen Zeitungen hier im Zug sehen gleich aus. Ist Ihr Exemplar eine Probenummer für die *Times* der Zukunft?«

»Zukunft?« Der Mann bewegte kaum die Lippen. Er schien in seinen Kleidern zu schrumpfen, als hätte er durch bloßes Ausatmen Gewicht verloren. »Ja«, sagte er leise. »*Times* der Zukunft. Gott, welch ein Witz.«

Jonathan Hughes sah blinzelnd auf das Datum: *2. Mai 1999.*

»Nun sehen Sie sich das mal an –«, wollte er protestieren, als sein Blick etwas tiefer auf eine – abzüglich Bild – kleine Meldung oben links auf der Titelseite fiel:

FRAU ERMORDET

POLIZEI SUCHT EHEMANN

Leiche von Mrs. Alice Hughes
erschossen aufgefunden –

Der Zug donnerte über eine Brücke. Milliarden Bäume erhoben sich vor dem Fenster und schüttelten wie im Krampf ihre Äste im Wind, ehe sie wie gefällt zu Boden stürzten.

Der Zug rollte in einen Bahnhof, als wäre nichts auf der ganzen Welt geschehen.

In der Stille wanderte der Blick des jungen Mannes zurück zu der Meldung:

Jonathan Hughes, vereidigter Buchprüfer,
wohnhaft in 112 Plandome Avenue, Plandome –

»Großer Gott!« rief er. »Verschwinden Sie!«

Aber er selbst war es, der aufsprang und ein paar Schritte zurückwich, bevor der ältere Herr sich auch nur bewegen konnte. Der Zug ruckte an und warf ihn auf einen leeren Sitz, von wo er entgeistert in einen Strom von grünem Licht hinaussah, der vor den Fenstern vorbeizog.

Mein Gott, dachte er, wer *tut* denn so etwas? Wer spielt

uns da so einen gemeinen Streich – *uns*? Schöner Scherz! Einer jungen Ehe mit einer hübschen Frau so mitzuspielen. Verdammt! Und am ganzen Körper bebend noch einmal: Verdammt, verdammt!

Der Zug ging in eine Kurve, daß es ihn fast wieder auf die Beine riß. Wie betrunken von der Fahrt, von Empörung und Zorn, drehte er sich um und ging taumelnd zurück, um den Alten zur Rede zu stellen, der jetzt ganz in seine Zeitung vertieft war, sich im Gedruckten verkroch. Hughes schlug die Zeitung zur Seite und packte den Mann bei den Schultern. Der alte Herr sah erschrocken auf, und aus seinen Augen liefen Tränen. Ein paar Sekunden waren beide eingebunden in die rasende Fahrt. Hughes hatte das Gefühl, daß seine Seele emporstieg und seinen Körper verlassen wollte.

»Wer *sind* Sie?«

Irgend jemand mußte das gerufen haben.

Der Zug schlingerte, als wollte er entgleisen.

Der alte Herr fuhr hoch, wie mitten ins Herz geschossen. Blind drückte er Jonathan Hughes etwas in die Hand, dann taumelte er den Gang hinunter und ging in den nächsten Wagen.

Der Jüngere öffnete die Faust, drehte das Kärtchen um, las es, und was er las, bewegte ihn so, daß er sich wieder hinsetzen mußte, um es noch einmal zu lesen:

JONATHAN HUGHES
Vereidigter Buchprüfer
679-4990, Plandome

»Nein!« schrie da irgendwer.

Ich, dachte der junge Mann. Dieser alte Mann... bin *ich*.

Es war ein Komplott, nein, mehrere Komplotte. Jemand hatte sich da einen Scherz ausgedacht, etwas mit einem Mord, und wollte ihm damit einen Streich spielen. Der Zug jagte brüllend weiter mit seinen fünfhundert Pendlern, alle schwankend wie eine Bande betrunkener Intellektueller hinter ihren Masken aus Büchern und Zeitungen, während der alte Herr von Wagen zu Wagen hastete, als verfolgten ihn Dämonen. Ehe Jonathan Hughes' Blut so richtig kochte und sein gesunder Verstand vollends aus der Fasson war, hatte der alte Herr kopfüber, wie im Fallen, das hintere Ende des Zuges erreicht.

Sie trafen sich im letzten Wagen wieder, der fast leer war. Jonathan Hughes baute sich vor dem alten Herrn auf, der standhaft den Blick gesenkt hielt. Er weinte jetzt so sehr, daß an ein Gespräch nicht zu denken war.

Um wen, dachte der junge Mann, weint er nur so? Hör auf, hör bitte auf!

Der alte Herr setzte sich wie auf Befehl gerade hin, wischte sich über die Augen, schneuzte sich die Nase und begann mit brüchiger Stimme zu flüstern, so daß Jonathan Hughes näher herangehen mußte und sich schließlich setzte, um das Flüstern zu hören:

»Wir sind in Quincy geboren –«

»Wir?« rief der junge Mann.

»Wir«, flüsterte der alte Mann, den Blick nach draußen gerichtet, in die zunehmende Dunkelheit, die wie Rauch und Asche an den Fenstern vorbeiflog. »Ja, wir. Wir beide, am zweiundzwanzigsten August neunzehnhundertfünfzig –«

Stimmt, dachte Hughes.

» – und wir wohnten Washington Street neunundvierzig und haben die Central School besucht und sind das ganze erste Schuljahr immer zusammen mit Isabel Perry zur Schule gegangen –«

Isabel, dachte der junge Mann.

»Wir ...«, murmelte der alte Mann. »Unser«, flüsterte er. »Uns.« Und immer weiter, weiter:

»Unser Klassenlehrer, Mr. Bisbee. Unsere Geschichtslehrerin, Miss Monks. Wir haben uns mit zehn Jahren beim Schlittschuhlaufen den rechten Knöchel gebrochen. Mit elf sind wir einmal fast ertrunken; Vater hat uns gerettet. Mit zwölf haben wir uns verliebt, in Impi Johnson –«

Siebtes Schuljahr, wunderhübsches Mädchen, längst tot, meine Güte, dachte der junge Mann und wurde immer älter.

So war es. Die nächsten zwei, drei Minuten redete und redete der alte Mann und wurde beim Reden zusehends jünger, bis seine Wangen glühten und seine Augen leuchteten, während der junge Mann, niedergedrückt von altem Wissen, das ihm aufgeladen wurde, immer tiefer in seinen Sitz sank, immer blasser wurde, so daß sie sich beim Reden, beim Zuhören, quasi in der Mitte trafen und Zwillinge wurden, Zwillinge im Vorübergehen. Für die Dauer eines kurzen Augenblicks wußte Jonathan Hughes mit absoluter, wahnwitziger Gewißheit, daß er nur aufzusehen brauchte, und er hätte im spiegelnden Fenster einer nächtens dahinrasenden Welt eineiige Zwillinge erblickt.

Er sah nicht auf.

Der alte Mann verstummte. Er saß jetzt kerzengerade, den Kopf stolz erhoben vom freimütigen Reden, seinen lange verschütteten Offenbarungen.

»Soweit die Vergangenheit«, sagte er.

Ich sollte ihm eine runterhauen, dachte Hughes. Ihn beschimpfen. Anschreien. Warum schlage, schimpfe, schreie ich nicht?

Weil...

Der alte Mann ahnte die Frage und sagte: »Du weißt, daß ich der bin, für den ich mich ausgebe. Ich weiß alles, was es über uns zu wissen gibt. Und nun – die Zukunft?«

»Meine?«

»Unsere«, sagte der alte Mann.

Jonathan Hughes nickte, ohne den Blick von der Zeitung zu wenden, die der andere fest in der Hand hielt. Jetzt faltete der alte Mann sie zusammen und steckte sie weg.

»Mit deinem Geschäft wird es langsam bergab gehen. Aus welchem Grund, wer könnte das sagen? Ein Kind wird zur Welt kommen und sterben. Eine Geliebte wird kommen und gehen. Eine Frau entpuppt sich nicht gerade als ein Engel. Und endlich wirst du – o ja, glaub es mir – ganz allmählich wirst du schon ihr bloßes Dasein hassen. Siehst du, jetzt habe ich dich in Wut gebracht. Ich will lieber still sein.«

Sie fuhren eine Zeitlang schweigend weiter, und der alte Mann wurde wieder alt und der junge Mann mit ihm. Als er das richtige Alter erreicht hatte, nickte der junge Mann dem alten zu, er möge fortfahren, ohne dabei den anderen anzusehen, der jetzt sagte:

»Unmöglich, ja, ihr seid erst ein Jahr verheiratet, ein wunderschönes Jahr, das beste. Kaum vorstellbar, daß schon ein kleiner Tropfen Tinte einen ganzen Krug mit frischem, klarem Wasser trüben kann. Aber er kann. Und er tat es. Und am Ende war die ganze Welt verändert, nicht nur unsere Frau, diese schöne Frau, dieser wunderbare Traum.«

»Du –«, begann Jonathan Hughes und stockte. »Du – hast sie umgebracht?«

»Wir. Wir beide. Aber wenn es nach mir geht, wenn ich dich überzeugen kann, werden wir es beide nicht tun, sie wird am Leben bleiben, und du wirst alt werden und zu einem besseren, glücklicheren Ich werden. Ich bete darum. Unter Tränen. Noch ist Zeit. Ich will dich über die Kluft der Jahre hinweg aufrütteln, dein Blut verändern, dein Denken erneuern. Gott, wenn die Menschen wüßten, was Mord ist! So sinnlos, so dumm, so – häßlich. Aber noch ist Hoffnung, denn es ist mir gelungen, hierherzukommen, ich habe dich berührt, ich habe die Verwandlung begonnen, die unser beider Seele retten wird. Nun hör zu. Du weißt also jetzt, daß wir beide ein und derselbe sind, daß wir in dieser Stunde, an diesem Abend, in diesem Zug reisen, als Zwillinge der Zeit?«

Der Zug fuhr pfeifend vor ihnen her und räumte die Hindernisse der Jahre aus der Bahn.

Der junge Mann nickte. Es war nur die mikroskopisch kleine Andeutung eines Nickens, aber mehr brauchte der alte Mann nicht.

»Ich bin geflohen. Zu dir geflohen. Mehr kann ich nicht sagen. Sie ist erst einen Tag tot, und ich bin geflohen. Wo konnte ich hin? Es gab nur ein Versteck, die Zeit. Niemand war da, vor dem ich mich hätte verteidigen können, kein Richter, kein Geschworener, kein brauchbarer Zeuge – nur du. Nur du kannst das Blut von mir abwaschen, verstehst du? Also hast du mich zu dir *gezogen*. Deine Jugend, deine Unschuld, deine guten Stunden und dein schönes, noch unberührtes Leben – sie waren die Zeitmaschine, die mich zurückgetragen hat. In dir liegt all mein gesunder Verstand. Wenn du dich abwendest, mein Gott, dann bin ich verloren, nein, *wir* sind verloren. Wir werden gemeinsam in einem Grab liegen und nie auferstehen, für immer begraben sein im Elend. Soll ich dir sagen, was du tun mußt?«

Der junge Mann stand auf.

»Plandome«, rief eine Stimme. »Plandome.«

Jetzt waren sie auf dem Bahnsteig, und der alte Mann hastete hinter dem jungen Mann her, der blind gegen Mauern und Menschen rannte und das Gefühl hatte, seine Arme und Beine wollten sich von ihm lösen.

»Warte doch!« rief der alte Mann. »Bitte!«

Der junge Mann eilte weiter.

»Versteh doch, wir sind beide betroffen, wir müssen gemeinsam nachdenken, gemeinsam eine Lösung finden, damit *du* nicht *ich* wirst, damit ich nicht das Unmögliche tun und dich suchen muß und – ja, es ist verrückt, es ist irrwitzig, ich weiß, aber hör mir zu!«

Der junge Mann blieb vor dem Bahnhof stehen, wo Autos vorfuhren, freudige oder verhaltene Begrüßungen erklangen, Hupen blafften, Motoren aufheulten und Lichter sich entfernten. Der alte Mann faßte den jungen am Arm.

»Lieber Gott, deine – meine – Frau wird jeden Moment hier sein, es ist noch so vieles zu sagen, du *kannst* nicht wissen, was ich weiß, zwischen uns liegen zwanzig Jahre an verschüttetem Wissen, das wir einander mitteilen, das wir verstehen lernen müssen! Hörst du zu? O Gott, du *glaubst* nicht!«

Jonathan Hughes behielt die Straße im Blick. Von weitem nahte ein letztes Auto. Er fragte: »Was war im Sommer achtundfünfzig auf dem Dachboden im Haus meiner Großmutter los? Das weiß außer mir niemand. Nun?«

Der alte Mann ließ die Schultern sinken. Er atmete leichter, dann sagte er, als läse er es von einer Soufflier-tafel ab: »Wir haben uns zwei Tage lang dort versteckt gehalten, ganz allein. Niemand hat je erfahren, wo wir waren. Alle glaubten, wir wären weggelaufen und im See ertrunken oder in den Fluß gefallen. Aber wir waren die ganze Zeit da oben versteckt und haben geweint und uns ungeliebt gefühlt... und dem Wind gelauscht und sterben wollen.«

Endlich drehte der junge Mann sich um und sah sein älteres Ich mit Tränen in den Augen an. »Liebst *du* mich denn?«

»Sollte ich wohl«, sagte der alte Mann. »Ich bin alles, was du hast.«

Das Auto kam vor den Bahnhof gerollt. Eine junge Frau lächelte und winkte hinter der Scheibe.

»Schnell«, sagte der alte Mann leise. »Nimm mich mit

zu euch, laß mich zusehen und dir sagen, dir erklären, erst überhaupt einmal feststellen, was schiefgelaufen ist, um es jetzt zu korrigieren, euch vielleicht glücklich zu machen bis ans Ende eurer Tage, laß mich –«

Das Auto hupte und hielt, und die junge Frau lehnte sich aus dem Fenster.

»Hallo, schöner Mann!« rief sie.

Jonathan Hughes lachte schallend und rannte wie ein Irrer hin. »Schöne Dame, hallo –«

»Warte!«

Er blieb stehen und sah zu dem alten Mann mit der Zeitung zurück, der noch zitternd vor dem Bahnhof stand. Der alte Mann hob fragend die Hand.

»Hast du nicht etwas vergessen?«

Schweigen. Dann endlich: »Dich«, sagte Jonathan Hughes. »Dich.«

Der Wagen fuhr in die Nacht. Die Frau, der alte Mann, der junge Mann schwankten in den Kurven mit.

»Ich habe Ihren Namen nicht verstanden«, sagte die junge Frau in das Räderrollen, in das Vorbeiziehen der Landschaft hinein.

»Er hat sich nicht vorgestellt«, sagte Jonathan Hughes schnell.

»Weldon«, sagte der alte Mann verlegen.

»Wie?« rief Alice Hughes. »Das ist ja mein Mädchenname.«

Der alte Mann schluckte unhörbar, fing sich aber wieder. »Ach, wirklich? Wie ulkig!«

»Ob wir am Ende verwandt sind? Sie –«

»Er war mein Lehrer an der Central High«, sagte Jonathan Hughes rasch.

»Da bin ich noch«, sagte der alte Mann. »Immer noch.«

Dann waren sie zu Hause.

Er konnte sie nur immerzu angaffen. Beim Essen saß der alte Mann die halbe Zeit mit leeren Händen da und starrte über den Tisch zu der schönen Frau. Jonathan Hughes war nervös, er überspielte die Gesprächspausen mit viel zu lautem Reden und aß kaum etwas. Und der alte Mann starrte und staunte, als geschähe alle zehn Sekunden ein neues Wunder. Er beobachtete Alices Mund, als kämen Gold und Edelsteine dort herausgesprudelt. Er beobachtete ihre Augen, als läge alle Weisheit dieser Welt darin versteckt und sollte nun zum erstenmal entdeckt werden. Wenn man sein Gesicht sah, sollte man meinen, er habe vor Staunen ganz vergessen, warum er hier war.

»Habe ich einen Krümel am Kinn?« rief Alice Hughes auf einmal. »Was glotzt ihr mich denn beide so *an*?«

Worauf der alte Mann in Tränen ausbrach, die alle drei erschütterten. Er konnte sich anscheinend gar nicht mehr fassen, bis Alice schließlich um den Tisch ging und ihm die Hand auf die Schulter legte.

»Entschuldigung«, sagte er. »Sie sind nur so schön. Bitte setzen Sie sich doch wieder. Entschuldigung.«

Sie aßen das Dessert, und Jonathan Hughes legte mit theatralischen Gesten sein Besteck hin, wischte sich mit der Serviette den Mund ab und rief: »Das war ein Gedicht! Teuerstes Weib, ich liebe dich!« Er küßte sie auf die Wange und im nachhinein auch schnell noch auf den

Mund. »Siehst du?« Er sah den alten Mann an. »Ich liebe meine Frau *sehr.*«

Der alte Mann nickte bedächtig und sagte: »Ja, ich erinnere mich.«

»Sie *erinnern* sich?« fragte Alice mit großen Augen.

»Wir wollen das Glas heben!« rief Jonathan Hughes schnell dazwischen. »Auf eine wunderschöne Frau, auf eine herrliche Zukunft!«

Seine Frau hob lachend ihr Glas.

Kurz darauf sagte sie: »Sie trinken gar nicht, Mr. Weldon...?«

Es war sonderbar, den alten Mann an der Wohnzimmertür zu beobachten.

»Sieh mal«, sagte er und schloß die Augen. Dann ging er mit geschlossenen Augen zielsicher im Zimmer umher. »Hier ist der Pfeifenständer, da sind die Bücher. Auf dem vierten Regal von oben steht Eiseley, *The Star Thrower.* Ein Regal höher steht *Die Zeitmaschine* von H.G. Wells, sehr passend, und hier steht der Lieblingssessel, mit mir darin.«

Er setzte sich. Dann öffnete er die Augen.

Jonathan Hughes hatte ihm von der Tür aus zugesehen. »Du wirst aber nicht wieder zu weinen anfangen?« fragte er.

»Nein. Jetzt wird nicht mehr geweint.«

Aus der Küche kamen Abwaschgeräusche. Die schöne Frau summte da draußen leise vor sich hin. Beide Männer drehten sich um und sahen zur Tür, woher das Summen kam.

»Und eines Tages«, sagte Jonathan Hughes, »werde ich sie hassen? Eines Tages werde ich sie töten?«

»Man hält es nicht für möglich, nicht wahr? Ich habe sie eine Stunde lang beobachtet und nichts gefunden, nicht den kleinsten Hinweis, nicht den Gedankenstrich eines Makels, nicht das i-Pünktchen eines Fehlers, kein Komma am falschen Platz. Ich habe auch dich beobachtet, um zu sehen, ob die Schuld für alles bei *dir* liegt, bei *uns*.«

»Und?« Der junge Mann schenkte zwei Gläser Sherry ein und reichte dem anderen eines.

»Du trinkst zuviel, das ist alles. Achte mal darauf.«

Hughes stellte sein Glas ab, ohne getrunken zu haben. »Was noch?«

»Ich sollte dir vielleicht eine Liste aufstellen, die du immer bei dir hast und jeden Tag ansiehst. Ratschläge vom alten Narren an den jungen Tölpel.«

»Ich will alles beherzigen, was du sagst.«

»Ja? Wie lange? Einen Monat, ein Jahr, dann ist es vergessen, wie alles andere. Du wirst vollauf mit dem Leben beschäftigt sein. Ganz allmählich verwandelst du dich in ... mich. Sie verwandelt sich allmählich in jemanden, den man am liebsten aus der Welt haben möchte. Sag ihr, daß du sie liebst.«

»Jeden Tag.«

»Versprich es mir! Es ist *ungemein* wichtig! Vielleicht war das der Punkt, an dem ich versagt habe, wo *wir* versagt haben. Jeden Tag, unbedingt!« Der alte Mann beugte sich vor, sein Gesicht fing Feuer bei seinen Worten. »Jeden Tag. Jeden Tag!«

Alice erschien in der Tür. Sie wirkte erschrocken.

»Ist was?«

»Nein, nein.« Jonathan Hughes lächelte. »Wir streiten uns nur darum, wer von uns beiden dich am liebsten hat.«

Sie lachte und ging achselzuckend wieder fort.

»Ich glaube –«, begann Jonathan Hughes, unterbrach sich, schloß die Augen und zwang sich dann, es doch zu sagen: » – es wird Zeit, daß du jetzt gehst.«

»Ja, Zeit.« Doch der alte Mann rührte sich nicht. Seine Stimme klang sehr müde, sehr erschöpft, sehr traurig. »Da sitze ich nun und fühle mich geschlagen. Ich finde nichts auszusetzen. Ich kann keinen Fehler entdecken. Ich kann dir nichts raten – mein Gott, es ist zu dumm, ich hätte gar nicht herkommen und dich durcheinanderbringen, dich beunruhigen, mich in dein Leben einmischen dürfen, wenn ich doch nichts weiter anzubieten habe als verschwommene Empfehlungen und dümmliche Unkenrufe. Vor ein paar Sekunden habe ich hier noch gesessen und gedacht: Ich bringe sie gleich um, schaffe sie jetzt aus dem Weg, nehme die Schuld jetzt auf mich, jetzt, als alter Mann, damit hier dieser junge Mann, *du*, in die Zukunft gehen kann und von ihr frei ist. Ist das nicht verrückt? Würde es überhaupt funktionieren? Das ist doch das alte Zeitparadox. Würde ich den Fluß der Zeit durcheinanderbringen, den Lauf der Welt, das Universum? Nein, keine Sorge, du brauchst mich nicht so anzusehen. Kein Mord jetzt. Das alles ist in der Zukunft geschehen, heute in zwanzig Jahren. Und nachdem der alte Mann nun gar nichts erreicht hat, keine Hilfe anbieten konnte, wird er jetzt die Tür öffnen und hinausrennen in seinen Wahn.«

Er stand auf und schloß erneut die Augen.

»Laß mich mal sehen, ob ich den Weg aus meinem eigenen Haus auch im Dunkeln finde.«

Er ging, und der junge Mann begleitete ihn bis zum Garderobenschrank neben der Haustür, öffnete ihn, nahm den Mantel des alten Mannes heraus und half ihm hinein.

»Du *hast* mir doch geholfen«, sagte Jonathan Hughes. »Du hast mir geraten, ihr täglich zu sagen, daß ich sie liebe.«

»Ja. Wenigstens *das* habe ich. Nicht wahr?«

Sie wandten sich zur Tür.

»Gibt es Hoffnung für uns?« fragte der alte Mann ganz plötzlich, leidenschaftlich.

»Ja. Dafür werde ich sorgen«, sagte Jonathan Hughes.

»Gut. Ja, gut! Ich glaube es fast.«

Der alte Mann streckte die Hand aus und öffnete blind die Haustür.

»Ich werde mich nicht von ihr verabschieden. Ich könnte es nicht ertragen, dieses schöne Gesicht noch einmal zu sehen. Sag ihr, daß der alte Narr gegangen ist. Wohin? Die Straße aufwärts, um auf dich zu warten. Eines Tages wirst du nachkommen.«

»Um *du* zu werden? Keine Chance«, sagte der junge Mann.

»Sag das immer wieder. Und – mein Gott – hier –.« Der alte Mann kramte in seiner Tasche und holte ein kleines Etwas heraus, eingewickelt in zerknülltes Zeitungspapier. »Nimm du das lieber an dich. Mir ist nicht zu trauen, auch jetzt nicht. Ich stelle womöglich etwas Verrücktes damit an. Hier. Nimm.«

Er drückte dem jungen Mann das Päckchen in die Hand.

»Adieu. Heißt das nicht soviel wie ›Gott befohlen‹? Doch. Also, adieu.«

Der alte Mann ging eilig die Straße hinunter in die Nacht. Ein Windstoß schüttelte die Bäume. In der Ferne hörte man einen Zug durch die Dunkelheit fahren. Ob er ankam oder abfuhr, hätte niemand sagen können.

Jonathan Hughes blieb noch lange an der Tür stehen und versuchte zu sehen, ob da wirklich jemand in die Dunkelheit entschwand.

»Darling«, rief seine Frau.

Er begann das Päckchen zu öffnen.

Sie stand jetzt hinter ihm in der Wohnzimmertür, doch ihre Stimme klang so fern wie die verhallenden Schritte auf der dunklen Straße.

»Steh doch nicht da in der Tür und laß die Zugluft herein«, sagte sie.

Er zuckte zusammen, als er das Päckchen fertig ausgewickelt hatte. Das Etwas lag in seiner Hand, ein kleiner Revolver.

In der Ferne heulte der Zug noch ein letztes Mal auf, aber der Wind verschluckte es.

»Mach die Tür zu«, sagte seine Frau.

Sein Gesicht war kalt. Er schloß die Augen.

Ihre Stimme. Lag nicht der *leiseste* Hauch von Biestigkeit darin?

Langsam drehte er sich um, verstört. Seine Schulter streifte die Tür. Sie bewegte sich. Und:

Der Wind schlug ganz von selbst die Tür zu, mit einem Knall.

Qualvolle Teilung

Du hast das Schloß *auswechseln* lassen!«

Er klang fassungslos, stand da und starrte auf den Türknauf, an dem seine eine Hand herumspielte, während die andere den alten Schlüssel umklammert hielt.

Sie ließ den Knauf auf der Innenseite los und ging davon.

»Ich wollte nicht, daß irgendwelche Fremden hereinkommen können.«

»Fremde!« rief er aus. Noch einmal rüttelte er am Türknauf, dann steckte er seufzend den Schlüssel ein und schloß die Tür. »Ja, du hast wohl recht, genau das sind wir füreinander: Fremde.«

Sie setzte sich nicht, sondern blieb mitten im Zimmer stehen und sah ihn an.

»Kommen wir *zur Sache*«, meinte sie.

»Sieht aus, als hättest du das bereits getan. Mein lieber Schwan!« Er schaute verstört auf die Bücher, die unglaublich ordentlich am Boden aufeinandergestapelt waren, fein säuberlich in zwei Hälften getrennt. »Hättest du nicht auf mich warten können?«

»Ich wollte Zeit sparen«, erwiderte sie mit einem knappen Kopfnicken, erst nach links, dann nach rechts. »Das da sind meine, die dort deine.«

»Mal sehen.«

»Nur zu. Aber du kannst nachsehen, solange du willst: das da sind meine, die dort deine.«

»O nein, so einfach ist das nicht!« Er trat zu den Büchern und fing an, sie umzupacken, nahm bald welche vom einen Haufen, dann wieder vom anderen. »Wir gehen sie noch einmal durch.«

»Du bringst alles wieder durcheinander!« sagte sie. »Ich hab Stunden gebraucht, um sie auszusortieren.«

»Na, dann nehmen wir uns eben noch ein paar Stunden Zeit«, entgegnete er schnaufend, während er bereits vor den Stapeln kniete. »*Die Psychoanalyse nach Freud!* Siehst du? Was hat *die* denn auf meiner Seite zu tun? Ich hasse Freud!«

»Ich dachte, so würde ich's los.«

»Wenn du's loswerden willst, spend es für einen guten Zweck. Und versuch nicht, den schwachsinnigen Kram irgendeinem Fremden anzudrehen, in diesem Fall deinem früheren Mann. Machen wir doch drei Haufen draus, einen für dich, einen für mich und einen dritten für die Heilsarmee.«

»Den für die Heilsarmee nimmst aber *du* und rufst dort an.«

»Warum kannst du nicht gleich selbst anrufen? Ich hab weiß Gott keine Lust, den Plunder erst mit ans andere Ende der Stadt zu schleppen. Es wär doch viel einfacher –«

»Ja, ja, schon gut, red du nur, aber hör auf, mit den Büchern rumzumachen. Geh meine durch und dann deine und sag mir, wenn du Einwände hast –«

»Sieh da, mein Thurber auf deiner Seite, was hat der denn da zu suchen?«

»Den hast du mir vor zehn Jahren zu Weihnachten geschenkt, hast du das vergessen?«

»Oh«, sagte er und hielt inne. »Stimmt. Na gut – und wie kommt Willa Cather da rüber?«

»Die hab ich vor zwölf Jahren von dir zum Geburtstag bekommen.«

»Ich scheine dich ganz schön verwöhnt zu haben.«

»Das kann man wohl sagen, aber es ist lange her. Wenn du mich immer noch so verwöhnen würdest, säßen wir vielleicht jetzt nicht hier, um die verflixten Bücher aufzuteilen.«

Er wurde rot, wandte sich ab und begann, ganz ruhig und vorsichtig, mit der Schuhspitze gegen die Stapel zu stoßen.

»Karen Horney, gut, die hat mich eh nur gelangweilt. Jung, der gefällt mir besser, hat mir schon immer besser gefallen, aber du kannst ihn behalten.«

»Tausend Dank.«

»Für dich war der Verstand ja immer wichtiger als das Gefühl.«

»Einer, der für alle Fälle immer eine Matratze mit sich rumschleppt, sollte besser nicht von Verstand und Gefühlen reden. Einer, der ständig Knutschflecken am Hals hat –«

»Das haben wir doch alles schon x-mal durchgekaut.«

Er kniete erneut nieder und ließ die Hände über die Stapel gleiten. »Hier das *Narrenschiff* von Katherine Anne Porter, wie um alles in der Welt hast du's bloß geschafft, dich da durchzukämpfen? Das gehört *dir.* John Colliers

Erzählungen! Du *weißt*, an denen hänge ich! Die kommen auf meinen Haufen!«

»Moment!« rief sie.

»Auf *meinen.*« Er zog das Buch heraus und schleuderte es über den Boden.

»Nicht! Du machst es kaputt.«

»Es gehört jetzt mir.« Er gab ihm noch einen Stoß.

»Nur gut, daß du nicht die Stadtbibliothek leitest«, sagte sie.

»Da ist Gogol, langweilig, Saul Bellow, langweilig, John Updike, ganz netter Stil, aber einfallslos. Langweilig, Frank O'Connor? Okay, aber du kannst ihn behalten. Henry James? Langweilig, Tolstoi, bin nie mit den Namen klargekommen, nicht langweilig, nur verwirrend, behalt ihn. Aldous Huxley? Moment mal! Du weißt genau, seine Essays gefallen mir besser als seine Romane!«

»Du kannst die Kassette doch nicht auseinanderreißen!«

»Und ob ich das kann! Wir werden das Kind genau in der Mitte teilen. Du kriegst seine Romane, ich seine Gedanken.«

Er packte drei der Bücher und ruckte sie über den Teppich.

Sie ging hinüber und begann die Stapel durchzusehen, die sie für ihn zusammengestellt hatte.

»Was machst du da?« wollte er wissen.

»Ich schau nur nochmal nach, ob ich dir auch die richtigen gegeben hab. Hier, John Cheever, den nehm ich mir zurück.«

»Mein Gott! Was soll denn das? Ich nehme *dies,* du

schnappst dir *das*? Leg den Cheever zurück. Hier ist Puschkin. Langweilig, Robbe-Grillet, dasselbe auf französisch. Knut Hamsun? Skandinavischer Langweiler.«

»Die Kritiken kannst du dir sparen. Ich komme mir ja vor, als wär ich gerade in Literatur durchs Examen gefallen. Du meinst also, du könntest dir alle guten Bücher nehmen und mir den Blödsinn lassen?«

»Mag sein. Diese ganzen modernen Schreiberlinge, die einer beim anderen Nabelschau halten, sich die Fifth Avenue entlanglobhudeln und unterwegs die ganze Zeit Platzpatronen verschießen!«

»Charlie Dickens hältst du ja wohl nicht für 'n Blindgänger?«

»Dickens!? Einen wie den hatten wir in diesem *Jahrhundert* noch nicht!«

»Na, Gott sei Dank! Du wirst feststellen, daß ich dir sämtliche Romane von Thomas Love Peacock gegeben hab. Asimovs Science fiction. Kafka? Nicht der Rede wert.«

»So, wer von uns ist nun der Bücherverbrenner?« Er beugte sich wild entschlossen hinab, untersuchte zuerst ihre, dann seine Stöße. »Peacock ist, bei Gott, einer der größten Humoristen aller Zeiten. Kafka? Hat Tiefgang. Verrückt, brillant. Asimov? Ein Genie!«

»Hört! Hört! Mein Gott.« Sie setzte sich, legte die Hände in den Schoß, beugte sich vor und nickte den Literaturbergen zu. »Ich glaube, mir wird jetzt allmählich klar, wo alles anfing, in die Brüche zu gehen. Die Bücher, die du liest, sind für mich nichts als Schrott. Die Bücher, die ich lese, für dich nur Plunder. Alles Müll.

Warum haben wir das nicht schon vor zehn Jahren erkannt?«

»Man erkennt vieles nicht, wenn man –« er zögerte »– einander liebt.«

Nun war es ausgesprochen. Sie rutschte unbehaglich in ihrem Sessel nach hinten, faltete die Hände und stellte die Füße ordentlich nebeneinander. Als sie ihn ansah, war in ihren Augen ein merkwürdiges Leuchten.

Er blickte zur Seite und begann im Zimmer umherzuschleichen. »Ach, verflucht nochmal«, brummte er, während er den Fuß in den einen Haufen stieß, und dann hinüber ging, um dasselbe beim anderen zu tun, ganz ruhig, ganz gelassen. »Es ist mir doch scheißegal, was auf meinem Stoß und was auf deinem liegt, das interessiert mich doch überhaupt nicht, Hauptsache –«

»Kriegst du die, bis auf 'n paar vielleicht, in deinem Auto unter?« fragte sie, ganz ruhig und sah ihn dabei immer noch an.

»Ich denke schon.«

»Soll ich dir beim Raustragen helfen?«

»Nein.« Und wieder Schweigen, eine ganze Weile. »Ich schaff's schon.«

»Bist du sicher?«

»Völlig.«

Nach einem tiefen Seufzer trug er ein paar Bücher hinüber zur Tür.

»Ich hab ein paar Kisten im Auto. Die bring ich hoch.«

»Willst du nicht erst noch den Rest durchsehen, damit du sicher bist, daß es die richtigen sind?«

»Ach was«, meinte er. »Du kennst meinen Geschmack.

Sieht so aus, als hättest du's schon richtig gemacht. Es ist, als hätte man zwei Blatt Papier fein säuberlich voneinander gelöst, und da sind sie nun, ich kann es nicht glauben.«

Er hörte auf damit, die Bücher neben der Tür zu stapeln, blieb einfach stehen und schaute erst auf die Bücherfestung auf der einen Seite, dann auf die Literaturburgen und -türme gegenüber, und dann auf seine Frau, die da festgeklemmt in dem Tal dazwischen saß. Es schien ein ganzes Stück Wegs zu sein, das Tal hinab, quer durchs Zimmer, bis zu ihr.

In diesem Augenblick kamen zwei Katzen, beide schwarz, die eine groß, die andere klein, aus der Küche hereingeschlüpft, prallten von den Möbeln zurück und flitzten, ohne das geringste Geräusch zu verursachen, wieder hinaus.

Ihm zuckte die Hand. Sein rechter Fuß wandte sich in Richtung Tür.

»O nein, das wirst du nicht tun!« rief sie sofort energisch. »Du läßt die Finger von den Katzen. Maude und Maudlin bleiben bei mir.«

»Aber –«, setzte er an.

»Nichts da«, sagte sie.

Es folgte ein langes Schweigen. Schließlich ließ er die Schultern sinken.

»Verdammt nochmal«, sagte er, ganz ruhig. »Ich will überhaupt keines von den blöden Büchern. Du kannst sie alle behalten.«

»Und in ein paar Tagen überlegst du's dir anders und kommst sie holen.«

»Ich will die Bücher nicht. Ich will nur dich.«

»Das ist das Schreckliche an der ganzen Sache«, sagte sie, ohne sich von der Stelle zu rühren. »Ich weiß es, aber es ist unmöglich.«

»Natürlich. Ich bin gleich wieder da. Ich hol die Kisten hoch.« Er öffnete die Tür und starrte wieder das neue Schloß an, als könne er's nicht glauben. Er zog den alten Schlüssel aus der Tasche und legte ihn auf den Beistelltisch neben der Tür. »Den werd ich nicht mehr brauchen.«

»Nicht mehr, nein«, bestätigte sie so leise, daß er es kaum hörte.

»Wenn ich zurück bin, klopfe ich.« Er ging los und wandte sich noch einmal um. »Du weißt ja, über das eigentliche Problem müssen wir auch noch reden, das haben wir bis jetzt mit keinem Wort berührt.«

»Was meinst du?« Sie blickte auf.

Er zögerte, trat über die Schwelle und sagte: »Wer bekommt die Kinder?«

Ehe sie etwas erwidern konnte, hatte sich die Tür hinter ihm geschlossen.

Bring Constance mit!

Seine Frau öffnete beim Samstagsfrühstück die Post. Die übliche Lawine.

»Wir stehen anscheinend auf sämtlichen Hitlisten der Stadt und im Umkreis«, sagte er. »Die Rechnungen lasse ich mir ja noch gefallen. Aber diese Einladungen, die Premieren, zu denen keiner gehen mag, die Wohltätigkeitsfeten, die keinem wohltun, die –«

»Wer ist Constance?« fragte seine Frau.

»Wer soll wer sein?«

»Constance«, sagte seine Frau.

Und der Sommermorgen verwandelte sich schlagartig in Novembergrau.

Sie reichte ihm einen Brief von einem bekannten Seelenmasseur aus Lake Arrowhead, der ihn zu einer Vortragsreihe über Urgeflüster, außersinnliche Transsubstantiation und Zen einlud. Der unter den Brief gekritzelte Name des Mannes schien »J'ujfl Kikrk« zu bedeuten. Als hätte einer im Dunkeln die falschen Buchstaben angeschlagen und wäre hinterher nicht mehr zum Korrigieren gekommen.

Das PS lautete: »Wenn du kommst, bring Constance mit.«

»Nun?« fragte die Gattin und nahm sich viel zuviel Butter auf den Toast.

»Ich *kenne* keine Constance«, sagte er.

»Nein?«

»*Es gibt keine* Constance«, sagte er.

»Wirklich nicht?«

»Großes Pfadfinderhäuptlingsehrenwort.«

»Pfadfinder haben keine Häuptlinge, und große Worte sind selten ehrlich«, versetzte die Gattin.

»Es gab und gibt und wird nie eine Constance geben.« Er warf den Brief in den Papierkorb.

»In diesem Falle«, erwiderte die Gattin, mit Blick zur Jury und staatsanwaltlicher Logik: »Warum«, fragte sie, »steht dann«, sprach sie weiter, »ihr Name –«, verkündete sie, und schloß: » – in diesem Brief?«

»Wo ist die Klatsche?« fragte er.

»Was für eine Klatsche?«

»Irgendeine«, sagte er, »mit der man etwas Scheußliches erschlagen kann.«

Inzwischen dachte er fieberhaft nach.

Die Gattin sah ihm beim Nachdenken zu und strich sich zum drittenmal Butter auf den Toast. Constance, überlegte er in wilder Panik.

Ich habe eine Alicia gekannt und eine Margot, und ich bin einmal einer Louise begegnet, und in grauer Vorzeit kannte ich auch einmal eine Allison. Aber –

Constance?

Nie. Nicht einmal in der Oper. Nicht einmal irgendwo beim Tee.

Fünf Minuten später rief er in Lake Arrowhead an.

»Rufen Sie den Oberidioten an den Apparat!« sagte er, ohne lange nachzudenken.

»Sie wünschen Mr. Junoff? Moment, bitte«, sagte eine Frauenstimme, als ob die Beschreibung vollauf genügte.

Junoff meldete sich. »Jahaaa...?« Er gehörte zu denen, die es mit einem schlichten Ja noch auf zwei bis drei Silben brachten.

»Meine Frau heißt nicht Constance«, sagte der Gatte.

»Wer hat das denn behauptet? Wer *spricht* da?«

»Pardon.« Der Gatte nannte seinen Namen. »Hör mal zu, du. Daß du mich vor vier Jahren in einer schwachen Minute auf deine Couch spannen und in meinen grauen Zellen herumstochern durftest, berechtigt dich noch lange nicht dazu, mir Einladungen zu deinem abartigen Literaturkränzchen im nächsten Monat zu schicken. Schon gar nicht, wenn du am Schluß noch schreibst: ›Bring Constance mit.‹ So *heißt* meine Frau nicht.«

Ein langes Schweigen folgte. Dann seufzte der Psychologe: »Bist du *sicher*?«

»Ich bin jetzt zwanzig Jahre mit ihr verheiratet. Da sollte ich es wohl inzwischen wissen.«

»Vielleicht habe ich versehentlich –«

»Nein, nicht mal das. Meine Geliebte, als es sie gab, was ich an manchen Tagen bezweifle, hieß Deborah.«

»Scheiße«, sagte Junoff.

»Ganz recht. Und du hast sie angerührt. Und ich sitze drin.«

Der Hörer wurde fallengelassen und wieder aufgehoben. Es klang, als ob der Mann sich einen Drink einschenkte und zugleich mit der Patentlösung aufwarten wollte.

»Paß auf, ich schreibe Constance einen Brief –«

»Es *gibt* keine Constance! Es gibt nur meine *Frau*. Und die heißt –« Er stockte.

»Was ist los?«

Der Gatte schloß die Augen. »Moment. Annette. Ja. So heißt sie. Annette. Halt, nein, so heißt ihre Mutter. Anne. Schon besser. Schreib an Anne.«

»Und was soll ich ihr schreiben?«

»Entschuldige dich dafür, daß du Constance erfunden hast. Du hast mich ganz schön in die Patsche geritten. Sie glaubt, daß es diese Frau tatsächlich *gibt*.«

»*Wer* glaubt das, *Constance*?«

»Annette. Anne. Anne! Ich sagte schon –«

»Ja, ich weiß, es *gibt* keine Constance. Moment.«

Er hörte am anderen Ende erneut ein Plätschern.

»Sag mal, trinkst du da Gin, anstatt mir zuzuhören?«

»Woher weißt du, daß es Gin ist?«

»Hört man doch.«

»Hm. Na ja. Also, soll ich den Brief nun schreiben oder nicht?«

»Was bringt's schon? Meine Frau würde ja doch nur glauben, daß du lügst, um meine Haut zu retten.«

»Ja, aber die Wahrheit –«

»Spielt bei Ehefrauen absolut keine Rolle!«

Am anderen Ende, in der Villa am Seeufer, trat langes Schweigen ein.

»Also?« fragte der Gatte.

»Ich warte.«

»Worauf, um Gottes willen?«

»Daß du mir sagst, was ich tun soll.«

»Du bist doch hier der Psychologe, der Fachmann, der

große Ratgeber. Du veranstaltest doch die mystischen Badeorgien für ungewaschene Gehirne, du bist der mit dem Sabbelwasser im Tank, laß *du* dir was einfallen!«

»Moment«, sagte die Stimme oben in Lake Arrowhead.

Man hörte so etwas wie ein Fingerschnippen, vielleicht klimperten auch nur Eiswürfel in ein Glas.

»Heiliger Strohsack«, sagte der Psychologe. »Ich glaube, ich hab's. Ja. Ich *hab's*! Ich hab's. Mein Gott, bin ich ein Genie! Behalt die Hosen an.«

»Ich hatte sie nie *aus*, verdammt nochmal!«

»Halte dich bereit. Ich hebe die *Titanic*!«

Klick.

Es klang wieder nach Fingerschnippen oder nach noch mehr Eis im Glas oder nach aufgelegtem Hörer.

»Junoff!«

Aber er war nicht mehr da.

Mann und Frau stritten sich den ganzen Morgen, brüllten beim Lunch, kreischten beim Kaffee, nahmen um zwei den Streit mit an den Swimmingpool, machten um vier ein Nickerchen und erwachten um halb fünf frisch aufgetankt mit Vitriol und durstig, und um fünf Minuten vor fünf klingelte es gebieterisch an der Haustür. Beide schluckten rasch hinunter, was sie gerade hatten sagen wollen: sie ihre gerechte Empörung, er seine immer wütender werdenden Dementis.

Beide starrten von der Bar zur Haustür.

Das hoheitliche Klingeln ließ sich erneut vernehmen. Ein Wesen von großer Macht und Majestät lehnte offenbar am Klingelknopf und scherte sich die Bohne darum, ob es die gesamte Landbevölkerung zum Abendgebet rief. So ein unhöfliches Geklingel hatten sie noch nie gehört. Woraus zu schließen war, daß es sich entweder um einen ungehobelten Telegrammboten handelte, der es nicht besser wußte, oder um eine Person von solcher Erhabenheit, daß nichts und niemand ihr gleichkam.

Gatte und Gattin schritten zur Haustür.

»Wo willst du hin?« rief die Gattin.

»Aufmachen natürlich.«

»O nein, *du* nicht! Zum Vertuschen, wie?«

»Vertuschen? Was denn?«

»Lügner! Aus dem Weg!«

Und er blieb in einer Staubwolke zurück. Er ging wieder an die Bar und trank eine halbe Minute lang, ohne abzusetzen.

Nur um sie nach einunddreißig Sekunden wieder in der Tür zu sehen. Sie sah erschlagen oder erfroren aus, oder beides. Sie stand mit dem Rücken zur Haustür und hob mit Mühe eine Hand, um damit kühl zur Eingangsdiele zu weisen. Er machte große Augen.

»Es ist *Constance*«, sagte sie.

»Wer?« rief er.

»Constance natürlich!« trompetete eine Stimme aus dem Hintergrund.

Und herein trat die größte und schönste Frau, die er je gesehen hatte, blickte sich um, als wollte sie sich alles genau einprägen, und kam mit eiligen Schritten auf ihn zu, packte ihn bei den Armen, packte ihn bei den Schultern und drückte ihm einen Kuß mitten auf die Stirn, auf der sogleich ein drittes Auge wuchs.

Dann trat sie einen Schritt zurück und musterte ihn von oben bis unten, als ob er nicht nur ein Mann, sondern gleich eine ganze Turnerriege wäre und sie zur Siegerehrung gekommen sei.

Er sah in ihr strahlendes Gesicht und flüsterte:

»Constance?«

»Du bist *umwerfend*!«

Die Traumfee wirbelte einmal herum und widmete die gleiche Aufmerksamkeit nun der Gattin, und die Gattin konnte, wenn schon nicht als Turnerriege, so doch immerhin als ein Pulk von Schlachtenbummlern durchgehen.

»Und das ist also –?« fragte sie.

»Annette«, sagte der Gatte.

»Anne«, sagte die Gattin.

»Ja, klar«, sagte der Gatte. »Anne«.

»Anne! Ein wunderschöner Name. Könnte ich etwas zu trinken bekommen, Anne?«

Und die große Schöne mit dem prächtigen blonden Heiligenschein, den ruhigen, morgennebelgrauen Augen, dem forschen Schritt und den Armen und Händen einer Tänzerin, klappte sich elegant in einen Sessel und streckte ihre jelängerjelieberjeschöneren Beine aus.

»O Gott, was gäbe ich jetzt für einen Martini. Wäre es vielleicht *möglich* –?«

Der Gatte wollte sich in Bewegung setzen, doch die Gattin rief: »*Rühr* dich nicht!«

Der Gatte erstarrte.

Die Gattin schob den Kopf vor und musterte die Kreatur von oben bis unten, wie die Kreatur zuvor sie gemustert hatte.

»Nun?«

»Nun was?«

»Was führt Sie hierher – äh –«

»Constance!«

Die Gattin sah den Gatten an. »Es *gibt* also keine Constance, *nein*?«

Die Schöne sah stirnrunzelnd den Gatten an. »Was hast du Anne denn nur *erzählt*?«

»Gar nichts.« Und das war die reine Wahrheit.

»Aber hör mal, sie muß doch *alles* wissen. Ich düse heute abend nach New York und morgen mit der *Concorde* weiter nach Paris. Mir ist etwas von einem Mißverständnis zu Ohren gekommen –«

»So kann man es wohl nennen –«, warf der Gatte ein.

»Und da dachte ich mir, ich springe dort rasch mal hin und schaffe Klarheit, bevor ich für immer verschwinde.«

»Bitte«, sagte die Gattin. »*Schaffen* Sie.«

»Bekomme ich zuerst etwas zu trinken?«

Der Gatte wollte sich in Bewegung setzen.

»Rühr dich nicht«, befahl die Gattin mit einer Stimme so kalt wie der Tod.

»Na schön«, sagte die Dame, so lang wie die Flüsse Frankreichs und so schön wie seine sämtlichen Burgen und Schlösser. »Fangen wir also an. Was sind Sie nur für eine *unwahrscheinliche* Frau!«

»*Ich*?« fragte die Gattin.

»Ihr Mann redet von gar nichts anderem.«

»*Er*!?« rief die Gattin.

»Stundenlang mit wachsender Begeisterung. Er macht mich noch wahnsinnig. Ich werde rasend vor Eifersucht.

Wie Sie sich kennengelernt haben, wie Sie miteinander gegangen sind, wohin Sie zum Essen ausgegangen sind, was Ihre Lieblingsspeisen sind, welches Parfüm Sie benutzen – Countessa –, welches Ihr Lieblingsbuch ist, *Krieg und Frieden*, und daß Sie es schon siebenmal gelesen haben –«

»Erst sechsmal –«, sagte die Gattin.

»Aber Sie *lesen* es gerade zum siebtenmal!«

»Stimmt«, gestand die Gattin.

»Ihre Lieblingsfilme, *Pinocchio* und *Citizen Kane* –«

Die Gattin warf einen Blick zum Gatten, der dämlich grinsend die Schultern hob.

»Ihr Lieblingssport, Tennis, und wie unheimlich gut Sie darin sind, wie Sie ihn über den Platz scheuchen. Und beim Bridge und Poker schlagen Sie ihn auch vier von fünf Malen. Sie waren die Ballkönigin auf der Schule, auf dem College, ebenso bei der Hochzeitsreise auf dem Schiff nach England und voriges Jahr auf der Kreuzfahrt durch die Karibik. Im Jahr davor haben Sie an Bord der QUEEN ELIZABETH II, auf der Heimfahrt von Frankreich, das Charleston-Turnier gewonnen. Sie lieben Emily Dickinson und Robert Frost. Vor acht Jahren haben Sie in einer kleinen Theatergruppe die Desdemona gespielt und tolle Kritiken bekommen. Und wie liebevoll Sie ihn gepflegt haben, als er vor fünf Jahren im Krankenhaus lag! Sie behandeln seine Mutter wie kostbarstes Meißner Porzellan. Mindestens viermal im Jahr schmücken Sie das Grab seines Vaters mit Blumen. Wie Sie es sich versagt haben, in Paris zweitausend Dollar teure Dior-Kleider zu kaufen. Wie Sie in Rom mit Fellini gegessen haben und Federico sich in Sie verliebt hat und Sie um ein Haar entführt hätte. Von ihrer zweiten Hochzeitsreise nach Florenz, wo es eine Woche am Stück geregnet hat, was Sie aber nicht gestört hat, weil Sie sowieso die ganze Zeit nicht aus dem Hotelzimmer rausgekommen sind. Von der Kurzgeschichte, die Sie im *Ohio State Monthly* veröffentlicht haben, große Klasse ...«

Jetzt spitzte der Gatte wie verzaubert die Ohren.

Und die Gattin war mucksmäuschenstill geworden.

»Und so weiter und so fort«, sagte die Frau, deren Name den ganzen Aufruhr verursacht hatte. »Quak-quak-quak. Wie er sich in Sie verliebt hat, als Sie zwölf waren. Wie Sie ihm Nachhilfe in Mathe gegeben haben, als Sie vierzehn waren. Wie Sie dieses Haus hier vom Parkett bis zu den Kronleuchtern, vom Bad bis zur Terrasse renoviert und den Teppich in der Diele gewebt und das Steinzeug auf dem Sideboard getöpfert haben. Mein Gott, Herr im Himmel, sollte das *nie* mehr aufhören!? Bla-bla-bla. Möchte nur mal wissen –«

Die ranken schlanke Schöne legte eine Kunstpause ein.

»Redet er bei *Ihnen* auch manchmal so von *mir*?«

»Nie«, sagte die Gattin.

»Manchmal«, fuhr die Schöne fort, »habe ich geradezu das Gefühl, daß ich gar nicht existiere, wenn ich mit ihm zusammen bin. Daß er bei *Ihnen* ist!«

»Ich –«, begann der Gatte.

»Sei still«, sagte die Gattin.

Er war still.

»Weiter.« Die Gattin neigte den Kopf.

»Keine Zeit mehr. Ich muß fort. Bekomme ich jetzt etwas zu trinken?«

Die Gattin ging und mixte einen Martini und kam damit zurück, als brächte sie der schönsten Katze auf der Ausstellung das blaue Band.

Die Schöne trank und meinte: »Das ist wahrhaftig der beste Martini, den ich je getrunken habe. Mißlingt Ihnen eigentlich *nie* etwas?«

»Lassen Sie mich nachdenken.« Die Gattin setzte sich langsam hin und beäugte ihre Konkurrenz. »Er *spricht* also von mir, ja?«

»Deswegen ist doch jetzt alles aus«, antwortete die liebreizende Dame. »Ich ertrage es einfach nicht mehr. Wenn du so vernarrt in sie bist, wenn du sie so sehr liebst, habe ich zu ihm gesagt, was willst du dann um Gottes willen mit *mir*!? Geh doch. Hau ab! Verschwinde. Wenn ich mir noch einen Tag länger diesen Lobgesang auf Die-wunderbarste-Frau-unter-Gottes-Sonne anhören muß, schnappe ich über. Zieh Leine!«

Die liebreizende Frau leerte ihr Glas, schloß genießerisch die Augen, nickte und rankte sich in die Höhe, Stock um Stock, Zinne um Zinne. Hoch stand sie über ihnen wie eine Wolke am Sommerhimmel und bedeutete ihnen mit einer Handbewegung, sie möchten Platz behalten.

»Und nun heißt es auch für mich, zieh Leine. Ich muß zum Flughafen. Aber ich mußte herkommen und reinen Tisch machen. Unheil zu stiften und es nicht wieder in Ordnung zu bringen, das wäre nicht fair. Es war schön, George –«

»Ich heiße Bill.«

»Huch. Lieber guter Bill, hab vielen Dank. Und Annette –«

»Anne.«

»Anne, Sie haben gewonnen. Ich bleibe vier Monate weg. Wenn ich wiederkomme, bitte nicht anrufen, ich melde mich selbst. Alles Gute, beste Ehefrau der Welt. Alles Gute, Charlie.« Sie zwinkerte ihnen noch einmal zu und eilte zur Tür, wo sie kurz stehenblieb.

»Danke fürs Zuhören. Und freut euch des Lebens.«

Die Haustür schlug zu. Man hörte das Taxi losbrausen, das draußen gewartet hatte.

Es war lange still. Endlich fragte die Gattin: »Was war denn *das*?«

»Nur ein Hurrikan«, sagte der Gatte. »Eins von diesen Dingern, denen man Frauennamen gibt.«

Er trollte sich ins Schlafzimmer, und dort traf sie ihn beim Kofferpacken an.

»Kannst du mir wohl mal sagen, was du da *machst*?« fragte sie von der Tür aus.

»Nun ja, nach alledem denke ich, du wirst mich aus dem Haus haben wollen –«

»Aha. Und ab ins Hotel?«

»Vielleicht –«

»Wo *sie* dann hinkommt und ihre Krallen in dich schlägt?«

»Ich dachte nur –«

»Du denkst, ich lasse dich frei herumlaufen in einer Welt, wo solche Menschen dir auflauern? O mein armer kleiner Schnuckelpudding –«

»In einen Pudding kann man keine Krallen schlagen.«

»Dafür hat sie einen großen Löffel! Nimm gefälligst die Hemden wieder aus dem Koffer. Und häng die Krawatten hier wieder hin, stell die Schuhe unters Bett, komm raus und laß uns einen trinken, und dann wirst du dich hinsetzen und verdammt nochmal essen, was ich dir auf den Tisch stelle.«

»Aber –«

»Du bist ein Schuft und ein Verräter und ein Gauner«, sagte sie, »aber –«

Tränen liefen ihr über die Wangen.

»Ich liebe dich! Gott steh mir bei, aber ich liebe dich.«

Und sie rannte aus dem Zimmer.

Er hörte sie Eiswürfel geräuschvoll in einen Shaker werfen, während er das Telefon nahm und wählte.

»Holen Sie mir den Spitzbuben an den Apparat«, sagte er.

»Hier Junoff. Na?«

»Junoff, du Schlaufuchs, du geriebenes Miststück! Wer *war* das? Wie hast du das gemacht?«

»Wer soll was gewesen sein?« fragte die Stimme aus Lake Arrowhead.

»Wie kannst du das alles noch aus unseren Sitzungen wissen, die Jahre her sind? Wie hast du *ihr* das alles eingetrichtert? Von welchem Theater kommt sie, wie hat sie die Rolle so schnell gelernt?«

»Ich habe nicht die mindeste Ahnung, wovon Sie reden. Wer *ist* da überhaupt?«

»Lügner!«

»Ist deine Frau da? Wie heißt sie noch?«

»Annette. Nein. Anne.«

»Gib sie mir mal!«

»Aber –«

»*Gib* sie mir!«

Er ging hinaus an die Bar, nahm den Hörer vom Nebenapparat und reichte ihn seiner Frau.

»Hallo«, sagte Junoffs Stimme, hundert Meilen weit weg auf einem Berg an einem See.

Er sprach so laut, daß seine Frau den Hörer ein Stück vom Ohr weghalten mußte. Junoff brüllte:

»Anne? Ich gebe hier nächstes Wochenende eine Party!«

Und dann:

»Komm doch. Und bring *Constance* mit!«

Junior

Es war am 1. Oktober, als Albert Beam, zweiundachtzig Jahre alt, am Morgen erwachte und etwas schier Unglaubliches entdeckte, das sich wundersamerweise, wenn schon nicht in der Nacht, so doch im Morgengrauen ereignet hatte.

Er wurde einer ebenso vertrauten wie absonderlichen Erhebung unter der Bettdecke gewahr, etwa wo deren letztes Drittel begann. Sein erster Gedanke war, er habe wohl einen Krampf im Bein gehabt und das Knie gehoben, doch bei näherem Hinsehen erkannte er –

– seinen alten Freund, Albert junior.

Oder kurz Junior, wie ihn ein ausgelassenes Mädchen vor – o Gott, wie lange war das her! – vor sechzig Jahren einmal getauft hatte.

Und Junior lebte und war putzmunter.

Hoppla, dachte Albert Beam senior, ans Publikum gewandt, das ist seit Juli 1970 das erstemal, daß er vor mir aufwacht.

Juli 1970!

Er sah hin und staunte. Und je mehr er hinsah und staunte, desto röter wurde, ungesehen, Junior; ein echter Draufgänger, eine wahre Schönheit.

Hm, dachte Albert Beam, dann warte ich eben, bis er wieder verschwindet.

Er schloß die Augen und wartete, aber es tat sich nichts. Oder vielmehr tat sich immer *weiter* etwas: Junior verschwand nicht. Er verweilte in der Hoffnung auf neues Leben.

Ruhe bewahren! dachte Albert Beam. Es *kann* ja gar nicht sein.

Er setzte sich kerzengerade auf, die Augen quollen ihm fast aus dem Kopf, sein Atem ging wie im Fieber.

»Willst du bleiben?« rief er zu seinem alten, nun tapfer ergebenen Freund hinunter.

Ja! glaubte er ein dünnes Stimmchen zu vernehmen.

Denn in jungen Jahren hatten er und Junior, der sehr geschwätzig war und die urwitzigsten Sachen von sich gab, gern und oft die Partnergymnastik mit frivolen Dialogen gewürzt. Bauchreden auf dem Trampolin hatte zu Albert Beams einnehmendsten Talenten gehört.

Und das hieß, daß auch Junior begabt war.

Ja! flüsterte das dünne Stimmchen. *Ja*!

Albert Beam sprang aus dem Bett. Er hatte schon sein halbes Adreßbuch durchgeblättert, bevor er merkte, daß er die alten Telefonnummern alle noch irgendwo hinter seinem linken Ohr hatte. Ungestüm wählte er drei davon, und seine Stimme kippte.

»Hallo.«

»Hallo!«

»*Hallo*!«

So rief er vom Eiland der hohen Jahre übers kalte Meer zur sommerlichen Küste, wo drei Frauen antworteten. Sie waren noch halbwegs jung, irgendwo zwischen Fünfzig und Sechzig steckengeblieben, und nun schmachteten und juchzten und johlten sie, als Albert Beam sie mit der Neuigkeit verblüffte:

»Emily, du wirst es nicht glauben –«

»Cora, ein *Wunder*!«

»Elizabeth, Junior ist wieder da.«

»Lazarus ist auferstanden!«

»Laß alles stehen und liegen!«

»Komm ganz schnell!«

»Ade, ade, *ade*!«

Er ließ den Hörer fallen, denn plötzlich fürchtete er, der heißeste Hot-dog des ganzen Tanz-unterm-Tisch-Clubs könne sich nach all dem Joho-trallala in nichts auflösen. Der bloße Gedanke, die Raketen auf Cape Canaveral könnten zerplatzen, bevor noch die ehrfürchtige Menge sie gebührend bewundert hatte, ließ ihn schaudern.

Solches geschah aber nicht.

Junior blieb standhaft, ein trutziger Anblick, ein Wunder anzuschauen.

Albert Beam, fünfundneunzig Prozent Mumie, fünf Prozent stolzer junger Pfau, flitzte im Textilfreien durchs Haus und trank Kaffee, um Junior Mut einzuflößen und sich selbst wachzurütteln, und als er die diversen Autos vors Haus röhren hörte, warf er sich rasch einen Morgenmantel über, dann eilte er mit wirrer Frisur, die drei Mädchen einzulassen, die nicht Mädchen und schon gar nicht Jungfrauen, jedoch fast Damen waren.

Noch ehe er die Tür aufreißen konnte, wurde sie förmlich mit Rammböcken eingerammt, so ungebärdig war ihr Entzücken.

Sie stoben herein, daß sie ihn fast zu Boden schleuderten, und walzerten ihn rückwärts in den Salon.

Die eine war einmal rothaarig gewesen, die zweite blond, die dritte brünett. Jetzt waren die vergangenen Farben, echte wie falsche, von allerlei Spülungen und Tönungen zugedeckt, und sie lachten und kicherten, die eine noch etwas kurzatmiger als die andere, als sie Albert Beam im Triumph durchs Haus trugen. Und ob ihre Gesichter so rot waren vor Fröhlichkeit oder bei dem Gedanken an das antike Wunder, dessen Zeugen sie gleich werden sollten, wer hätte es zu sagen gewußt? Sie hatten selbst kaum etwas an, waren nur rasch in ihre Morgenmäntel geschlüpft und herbeigeeilt, um den auferstandenen Lazarus noch im Grab zu besichtigen.

»Albert, ist es *wahr*?«

»Kein *Scherz*?«

»Früher hast du uns *in* den Arm genommen, nimmst du uns jetzt *auf* den Arm?«

»Kinderchen!«

Albert Beam schüttelte den Kopf und lächelte gütig in die Runde, während er ein ähnliches Lächeln auf dem verborgenen Antlitz seines Lieblings fühlte, seines Gefährten, seines Freundes. Lazarus lief sich ungeduldig warm.

»Nein, kein Scherz. Ich flunkere euch nicht an. Platz nehmen, meine Damen!«

Sie beeilten sich, die Sessel in Beschlag zu nehmen, richteten ihre rosigen Gesichter, ihre festlich strahlenden Augen auf den Mondraketenpionier und warteten auf den Countdown.

Albert Beam packte die Säume seines absichtsvoll unbotmäßigen Morgenmantels, und sein Blick wanderte voll Zärtlichkeit von einem Gesicht zum andern.

»Emily, Cora, Elizabeth«, sagte er mit sanfter Stimme, »wie außergewöhnlich ihr doch wart, seid und immer sein *werdet.*«

»Albert, lieber Albert, wir sterben vor Neugier!«

»Moment noch«, sagte er leise. »Ich muß mich – *erinnern.*«

Und in diesem Augenblick der Stille sahen alle einander an und verstanden auf einmal das Naheliegende; das, worüber sie am Frühnachmittag ihres Lebens nie gesprochen hatten und was mit dem Dahingehen der Jahre nun immer deutlicher wurde.

Es war ganz einfach so, daß sie alle nie erwachsen geworden waren.

Sie hatten einander dazu benutzt, auf ewig im Kindergarten oder allerhöchstens in der Klippschule zu bleiben.

Und das bedeutete alle Tage Sektfrühstück und alle Nächte Foxtrott, endend mit Ohrläppchenknabbern und wilden Spielen im hohen Gras.

Sie hatten alle nicht geheiratet und an Kinder nie gedacht, geschweige welche bekommen, und immer nur diese eine hier versammelte Familie gekannt, und statt einan der zu erziehen, hatten sie nur ihr Kindsein in die Länge gezogen, ihre Jugend hinausgedehnt. Sie hatten sich nur um die Wetterlaunen ihrer Seelen gekümmert und jeweils nur der eigenen Veranlagung gehorcht.

»Ach Kinderchen, liebe Kinderchen«, flüsterte Albert Beam.

Und immer noch blickten sie mit fieberndem Wohlwollen eines in des anderen Maske. Denn plötzlich war ihnen aufgegangen, daß sie doch in dieser ganzen Zeit, die sie eifrig damit beschäftigt gewesen waren, einander glücklich zu machen, niemand anderen *unglücklich* gemacht hatten!

Es war eine nicht geringe Erkenntnis, daß sie einander, wie durch ein Wunder, nur unbedeutende Wunden geschlagen hatten, die auch alle längst verheilt waren, denn nun waren sie, vierzig Jahre später, hier und fühlten sich immer noch als Freunde in der dreifachen Erinnerung an ihre Liebe.

»Freunde«, dachte Albert Beam laut. »Ja, das sind wir – *Freunde*!«

Denn immer wenn die eine Schönheit – vor vielen Jahren – in gutem Einvernehmen aus seinem Leben ging, war die andere in besserem Einvernehmen gekommen. Er hatte ihr Kommen und Gehen in seinem Dasein so präzise aufeinander abgestimmt, daß ihnen dadurch ihre Besonderheit bewußt geworden war, ihre Besonderheit als Frauen, die sich nicht fürchteten und darum nie eifersüchtig waren.

Sie sahen einander an und strahlten.

Wie umsichtig und klug dieser Mann doch war, daß er sie alle so unbedingt und restlos glücklich gemacht hatte, bevor er auf die letzte Reise ins Greisenalter ging.

»Mach schon, lieber Albert«, sagte Cora.

»Deine Verehrerinnen sind versammelt«, sagte Emily. »Wo bleibt Hamlet?«

»Fertig?« fragte Albert Beam. »Alles auf den Plätzen?«

Er zögerte noch einen allerletzten Moment, denn dies

sollte sein letzter Auftritt sein, die letzte große Stunde oder was auch immer, bevor er in die Wandelgänge der Geschichte einging.

Mit zitternden Fingern, die sich erst auf den Unterschied zwischen Reißverschluß und Knöpfen besinnen mußten, faßte er den Theatervorhang, seinen Morgenmantel.

Und im selben Augenblick kam hinter seinen zusammengepreßten Lippen ein höchst eigenartiger, lauter Summton hervor.

Die Damen rissen die Augen auf und beugten sich schmachtend vor.

Denn dies war der große Augenblick, in dem das Logo der Warner Brothers von der Leinwand verschwand und in einer Streicher- und Bläserfontäne von Steiner oder Korngold die Namen und Titel herabsprudelten.

Waren es symphonische Fetzen aus *Opfer einer großen Liebe* oder *Robin Hood, der König der Vagabunden*, von denen die Lippen des alten Mannes nun erzitterten?

War es die Musik aus *Elizabeth und Essex, Jetzt, Reisender* oder *Der versteinerte Wald*?

Versteinerter Wald! Der Witz hätte Albert Beam fast die Lippen zerrissen. Wie passend für ihn, für Junior!

Die Musik schwoll – laut-lauter-am-lautesten –, um endlich hervorzubrechen aus seinem Mund.

»Ta-*tah*!« sang Albert Beam.

Und riß den Vorhang auf.

Die Damen kreischten in süßem Erschrecken.

Denn vor ihnen stand der Star im letzten Akt der Offenbarung: Albert Beam der Zweite.

Oder, vielleicht mit berechtigtem Stolz: Junior!

Nach Jahren im Verborgenen war er wieder da, schön wie ein Apfelbaum, ein Garten Eden ganz für sich allein.

War er Apfel *und* Schlange zugleich?

Er war es!

Szenen aus *Krakatau, ein Ausbruch erschüttert die Welt* geisterten durch die Schmeichelgemüter der Damen. »Nur Gott kann einen Baum erschaffen«, erklang es aus alten Gedichten. Cora vernahm die Musik aus *Der Untergang von Pompeji*, bei Elizabeth war es *Aufstieg und Fall des Römischen Reiches*. Emily fühlte sich plötzlich ins Jahr 1927 versetzt und stammelte den albernen Text zu »Lucky Lindy ... Spirit of St. Louis, high, stay aloft ... we're *with* you ...!«

Und das musikalische Trio verstummte und fiel in eine Morgenandachtstimmung, eine Stunde der Anbetung und erbaulichen Betrachtung. Fast war es, als entspränge ein wundersames Licht der Quelle, dem Schrein, an dem die Andächtigen sich versammelt hatten und nun beteten, daß ihre stummen Hallelujas dem Augenblick gebieten möchten, zu verweilen.

Und er verweilte.

Wie ein Mann standen Albert Beam und Junior vor der Verehrerschar, der Senior mit einem breiten Lächeln im Gesicht und Junior mit einem schmalen.

Zeitreisen huschten über die Gesichter der Damen.

Sie erinnerten sich an Monte Carlo oder Paris oder Rom, den Tanz auf dem Brunnenrand des Plaza-Hotels, vor Jahrhunderten, damals in jener Nacht mit Scott und Zelda. Sonnen und Monde gingen in ihren Augen auf und unter, und da war nichts von Eifersucht, nur lange vergessene Zeiten, jedoch in diesem Augenblick zurückgeholt und neu umschlungen.

»So«, flüsterte schließlich eine nach der anderen.

Und eine nach der anderen traten die drei Spießgesellinnen vor und küßten Albert Beam zärtlich auf die Wange, lächelten zu ihm auf, dann auf den Prinzen, den wichtigsten von allen, der es wohl verdiente, gekost zu werden, doch wurde er in diesem Augenblick nicht angerührt.

Die drei griechischen Jungfrauen, die abgedankten Furien, die antiken Portalsgöttinnen traten zurück und stellten sich auf zum abschließenden Horrido.

Und das Weinen begann.

Zuerst Emily, dann Cora, dann Elizabeth, denn alle drei erinnerten sich, dachten zurück an den einen, den anderen mitternächtlichen Zusammenstoß zweier junger Narren, die beide irgendwie den Aufprall überlebten.

Und Albert Beam stand mitten in dem steigenden Salzsee, bis auch ihm die Tränen aus den Augen rannen, ungehemmt.

Und waren es nun Tränen schwermütiger Erinnerung an eine Vergangenheit, die nur noch eine goldene Pavane war, oder Freudengeheul ob einer hochwohlbekömmlichen, verwunschenen Gegenwart, wer konnte es sagen? Sie standen und weinten und wußten nicht wohin mit ihren Händen.

Bis sie sie zuletzt, wie kleine Kinder, die in den Spiegel schielen und sehen wollen, was denn am Weinen das Fremde und Geheimnisvolle ist, alle zugleich in die Hocke gingen und versuchten, einander beim Weinen zuzusehen.

Und sie sahen alle auf den Brillengläsern der anderen die nassen Salzsterne, die ihnen von den Wimpern spritzten.

»Uaaah!«

Bis unter wüstem Lachen die ganze Pfanne voller Popcorn platzte.

»Uiiih!«

Sie bogen sich und drehten sich im Kreis, sie stampften mit den Füßen und belferten und juchzten vor überschäumender Heiterkeit. Sie alberten wie die Kinder beim Vieruhrtee, jener schwachen Stunde, da jedes gesprochene Wort der grandioseste Witz ist, den man je gehört hat, bis die Beine den Dienst versagen und alle wie betrunken taumeln und umfallen und sich in Ekstasen der Fröhlichkeit auf dem Boden wälzen.

So war es jetzt. Die Damen kapitulierten vor der Schwerkraft und gossen ihre Haare aufs Parkett, und wie glühende Kometen spritzten ihnen nun die letzten Tränen aus den Augen, während sie sich japsend auf dem Boden wanden, angespült an einen morgendlichen Strand.

»O ihr Götter! Ah!« Nun hielt es auch den alten Mann nicht länger. Ihr Beben riß ihn zu Boden. Im letzten Moment sah er gerade noch, daß sein lieber Freund, sein teurer Junior, in all dem Schreien und Schnauben und Johlen endlich doch dahingeschmolzen war wie ein Denkmal aus Schnee und nur noch ein Gespenst seiner selbst war.

Albert Beam faßte sich um die Knie und wieherte, als er die Form und Größe und Lächerlichkeit des nackten Adam auf dieser unbegreiflichen Erde sah, und fiel vor Lachen um.

Zappelnd und lachend, japsend und um sich schlagend lag er zwischen den Damen, und sie wagten einander nicht anzusehen, damit sie von dem Bellen und Trompeten aus ihren eigenen Mündern nicht unversehens der Herzschlag traf.

Als ihre Heiterkeit dann endlich von ihnen abließ, setzten sie sich auf, um ihre Frisuren, ihr Lächeln, ihren Atem und ihre Blicke wieder in Fasson zu bringen.

»O je, mein Gott, o jemine!« stöhnte der alte Mann und seufzte noch ein letztes Mal erleichtert auf. »Haben wir in all den herrlichen Jahren jemals, irgendwo, so einen tollen, so einen unwahrscheinlichen Spaß gehabt?«

»Nein«, bestätigten alle.

»Aber«, sagte die praktische Emily, nun wieder mit ernster Miene, »jetzt ist das Stück zu Ende und der Tee kalt. Wir sollten gehen.«

Sie umringten den antiken Krieger und richteten seine alten Knochen auf, und in der wohltuenden Stille stand er im Kreise seiner Lieben und ließ sich den Morgenmantel umlegen und zur Haustür führen.

»Warum nur?« sinnierte der alte Mann. »Warum ist Junior gerade *heute* wiedergekommen? Warum?«

»Dummer Kerl!« rief Emily. »Weil heute dein Geburtstag ist!«

»Oh, dann viel Glück für mich. Richtig.« Er überlegte. »Und meint ihr, ich bekomme nächstes Jahr, und vielleicht übernächstes Jahr, dasselbe *noch* einmal geschenkt?«

»Hm«, machte Cora.

»Wir –«

»In diesem Leben nicht mehr«, sagte Emily zärtlich.

»Mach's gut, lieber Albert, schöner Junior«, sagten alle der Reihe nach.

»Danke, für mein ganzes Leben«, sagte der alte Mann.

Er winkte, und sie waren fort, verließen die Einfahrt und fuhren davon in einen schönen, hellen Morgen.

Lange stand er noch da, dann wandte er sich an seinen alten Kameraden, den guten Freund und Gefährten, der jetzt auf ewig schlafen sollte.

»Bei Fuß, Fido, komm her, Junge. Zeit für unser Vormittagsschläfchen. Und wer weiß, vielleicht träumen wir, wenn wir Glück haben, wilde Träume bis zum Tee!«

Und, glaubte er da ein dünnes Stimmchen zu vernehmen, *sind wir bis dahin nicht völlig verhungert?*

»Doch.«

Und der alte Mann, der halb im Stehen schlief, und Junior, der schon träumte, fielen längelang ins Bett, in dem drei liebe, lachende Gespenster lagen ...

Und schliefen also.

Der Grabstein

Also, zunächst war da die lange Fahrt; und der Staub, der ihr in die schmalen Nasenlöcher drang; und Walter, ihr Mann aus Oklahoma, der seinen hageren Korpus in dem uralten Model-T-Ford hin und her schaukeln ließ und so mit sich zufrieden war, daß sie hätte speien mögen; dann kamen sie in diese große Backsteinstadt, die so fremd war wie die Sünde, und suchten ein Zimmer. Der Hauswirt führte sie zu einem kleinen Zimmer und schloß die Tür auf.

Und da stand mitten in diesem schlichten Zimmer der Grabstein.

Ein wissender Blick trat in Leotas Augen, und sie tat sofort, als müsse sie nach Luft schnappen, während ihr die Gedanken mit teuflischer Geschwindigkeit durch den Kopf jagten. An ihren Aberglauben war Walter nie herangekommen, ihn hatte er ihr nie nehmen können. Sie schnappte also nach Luft und wich einen Schritt zurück, während Walter sie mit seinen glänzenden grauen Augen unter müden Lidern hervor anstarrte.

»O nein!« rief Leota entschieden. »Ich zieh doch nicht zu einem Toten ins Zimmer!«

»Leota!« sagte ihr Mann.

»Wie meinen Sie das, Madam?« fragte der Hauswirt verwundert. »Sie glauben doch nicht –«

Leota lächelte im stillen. Natürlich glaubte sie es nicht, aber es war die einzige Waffe, die sie gegen ihren Mann aus Oklahoma hatte, darum... »Ich meine damit, daß ich nicht in einem Zimmer schlafe, in dem ein Toter liegt. Schaffen Sie ihn raus!«

Walter betrachtete müde die durchhängende Matratze, und Leota hatte ihre Freude daran, weil sie ihm eins auswischen konnte. O ja, Aberglaube war eine feine Sache. Sie hörte den Hauswirt sagen: »Der Grabstein ist aus bestem grauem Marmor. Er gehörte Mr. Whetmore.«

»Eingemeißelt ist aber der Name WHITE«, versetzte Leota kühl.

»Ja, schon. So hieß der Mann, für den der Stein gemeißelt wurde.«

»Und der Mann ist tot?« fragte Leota abwartend.

Der Hauswirt nickte.

»*Bitte* sehr!« rief Leota. Walter stöhnte, und sein Stöhnen hieß, daß er sich keinen Zentimeter weiterbewegen werde, um ein anderes Zimmer zu suchen. »Hier riecht's wie auf dem Friedhof«, sagte Leota, während sie Walters Blick steinhart werden sah. Der Wirt erklärte:

»Mr. Whetmore, der frühere Mieter dieses Zimmers, hat eine Steinmetzlehre gemacht, und dieser Stein war sein erster Auftrag, daran hat er jeden Abend von sieben bis zehn herumgemeißelt.«

»Und –?« Leota sah sich nach Mr. Whetmore um. »Wo ist er denn? Auch tot?« Sie hatte ihre Freude an dem Spiel.

»Nein, er hat aufgegeben, er hat den Stein einfach Stein sein lassen und eine Stelle in einer Tütenfabrik angenommen.«

»Warum?«

»Er hatte einen Fehler gemacht.« Der Hauswirt tippte auf die marmornen Buchstaben. »WHITE steht hier. Falsch geschrieben. Sollte WHYTE heißen. Mit Y statt I. Armer Mr. Whetmore. Minderwertigkeitskomplex. Gibt beim kleinsten Fehler gleich auf und macht sich aus dem Staub.«

»Sieh mal einer an«, sagte Walter, indem er sich ins Zimmer schob und mit dem Rücken zu Leota anfing, die rostbraunen Koffer auszupacken. Der Hauswirt wollte die Geschichte gern zu Ende erzählen:

»Ja, ja, Mr. Whetmore gab immer schnell auf. Damit Sie sich ein Bild davon machen können, wie pingelig er war: Wenn er sich morgens seinen Kaffee kochte und nur schon einen Teelöffel davon verschüttete, war's gleich ein großes Unglück – er hat ihn ganz ausgegossen und tagelang keinen Kaffee mehr getrunken! Stellen Sie sich das mal vor! Wenn er einen Fehler gemacht hatte, war er immer völlig geknickt. Hatte er zuerst den linken Schuh angezogen statt den rechten, gleich hat er wieder aufgegeben und ist zehn, zwölf Stunden lang barfuß herumgelaufen, auch wenn's kalt war. Oder wenn er einen Brief bekam und sein Name falsch geschrieben war, hat er EMPFÄNGER UNBEKANNT darauf geschrieben und ihn wieder in den Briefkasten gesteckt. Ach ja, Mr. Whetmore war schon eine Marke für sich!«

»Das bringt uns hier nur kein bißchen weiter«, versetzte Leota stur. »Walter, was *machst* du da eigentlich?«

»Ich hänge dein Seidenkleid in den Schrank, das rote.«

»Hör auf damit. Wir bleiben nicht hier.«

Der Hauswirt, der nicht verstand, wie eine Frau so

begriffsstutzig sein konnte, blies vernehmlich die Luft aus. »Also, ich erklär's Ihnen noch einmal. Mr. Whetmore hat hier gearbeitet. Eines Tages, als ich gerade fort war, um einen Truthahn einzukaufen, hat er sich einen Handwagen geliehen und diesen Grabstein hergebracht, und als ich wiederkam – tapp-tapp-tapp, ich konnte es bis unten hören –, hatte er schon angefangen, ihn zu behauen. Und er war so stolz, daß ich's nicht über mich gebracht habe, ihm was zu sagen. Aber vor lauter Stolz ist ihm dann ein Schreibfehler passiert, und da ist er kurzerhand weggerannt und hat sich nicht mal die Zimmermiete zurückzahlen lassen, die er schon bis Dienstag bezahlt hatte, und jetzt kommen morgen früh ein paar Leute mit 'nem Flaschenzug her. Diese *eine* Nacht werden Sie doch wohl mit dem Ding im Zimmer schlafen können, oder? Na klar!«

Der Ehemann nickte. »Verstehst du, Leota? Da liegt gar kein Toter unterm Teppich.« Er tat so überlegen, daß sie ihm am liebsten einen Tritt gegeben hätte.

Sie glaubte ihm nicht und machte sich ganz steif. Ihr Finger stach nach dem Hauswirt. »*Sie* wollen nur Ihr Geld. Und *du*, Walter, willst nur ein Bett, auf dem du deine Knochen ausstrecken kannst. Und beide lügt ihr, ohne mit der Wimper zu zucken!«

Der Mann aus Oklahoma gab müde dem Hauswirt sein Geld, während Leota auf ihn einschalt. Der Hauswirt tat, als ob sie Luft wäre, sagte gute Nacht und schloß die Tür, um sie allein zu lassen, während sie ihm noch einmal »Lügner!« nachschrie. Ihr Mann zog sich aus, legte sich ins Bett und sagte: »Steh nicht so herum und glotz den

Grabstein an. Mach das Licht aus. Wir sind vier Tage gefahren, ich bin kaputt.«

Ihre Arme, die sie über den dürren Brüsten gekreuzt hielt, begannen zu zittern. »Keiner von uns dreien«, sagte sie, indem sie mit dem Kopf nach dem Stein deutete, »wird heute nacht ein Auge zutun.«

Zwanzig Minuten später schälte der Mann aus Oklahoma, aufgestört durch die verschiedenen Geräusche und Bewegungen, mit dämlichem Augenzwinkern sein Geiergesicht aus den Laken. »Bist du noch immer auf, Leota? Ich hab dir doch schon vor einer ganzen Weile gesagt, du sollst das Licht ausmachen und ins Bett kommen. Was machst du da eigentlich?«

Man sah, was sie machte. Sie kroch auf allen vieren herum und stellte ein Gefäß mit frisch geschnittenen roten, weißen und rosa Geranien neben den Grabstein sowie eine Blechdose mit frisch geschnittenen Rosen ans Fußende des imaginären Grabs. Auf dem Boden lag eine noch taunasse Schere, mit der sie vorhin draußen in der Nacht die Blumen abgeschnitten hatte.

Im Augenblick fegte sie mit einem winzigen Kleiderbesen energisch auf dem bunten Linoleum und dem verschlissenen Teppich herum und betete, aber so, daß ihr Mann die Worte nicht hören konnte, nur das Murmeln. Dann richtete sie sich auf, schritt vorsichtig, wie um den Begrabenen nicht zu schänden, über das Grab hinweg und machte beim Gang durchs Zimmer einen weiten Bogen um die Stelle, und schließlich sagte sie: »So, das wäre geschafft«, machte das Licht aus und legte sich auf die Matratze, deren Federn mit ihrem Mann um die Wette ächzten, worauf er fragte: »Was denn, um Gottes willen?« und sie sich im Dunkeln umblickte und antwortete: »Ein Mensch kann nicht in Frieden ruhen, wenn Fremde auf ihm schlafen. Ich habe ihm Abbitte geleistet und sein Bett mit Blumen geschmückt, damit er in der Nacht nicht aufsteht und mit den Knochen klappert.«

Ihr Mann schaute im Dunkeln auf ihre Betthälfte, und da ihm nichts Geeignetes zu sagen einfiel, stieß er nur einen Fluch aus, stöhnte noch einmal auf und sank wieder in Schlaf.

Keine halbe Stunde später packte sie ihn am Ellbogen und drehte ihn zu sich herum, so daß sie ihm rasch und angstvoll etwas ins Ohr flüstern konnte, so ähnlich wie man in eine dunkle Höhle hineinruft: »Walter!« rief sie. »Wach auf! Wach auf!« Und wenn es sein mußte, wollte sie das die ganze Nacht so machen, nur um seinen überlegenen Schlaf zu stören.

Er wehrte sich. »Was gibt's denn?«

»Mr. White! Mr. White! Er fängt an umzugehen!«

»Ach was, schlaf endlich!«

»Ich lüge dich nicht an! Hör doch selbst!«

Der Mann aus Oklahoma horchte. Von irgendwoher, es klang wie aus zwei Meter Tiefe unter dem Linoleum, vernahm man eine gedämpfte, traurige Männerstimme. Es war kein bestimmtes Wort herauszuhören, nur so ein trauriger, klagender Ton.

Der Mann aus Oklahoma setzte sich im Bett auf. Leota fühlte die Bewegung und zischelte erregt: »Hast du's gehört? Na, hast du's gehört?« Der Mann aus Oklahoma stellte die Füße auf das kalte Linoleum. Die Stimme von unten schlug in ein Falsett um. Leota begann zu schluchzen. »Halt den Mund, damit ich was höre!« befahl ihr Mann zornig. Dann richtete er in der angstvollen Stille das Ohr zum Boden, während Leota rief: »Wirf die Blumen nicht um!« und er zurückrief: »Halt's Maul!«, um wieder angestrengt zu lauschen. Endlich stieß er einen verächtlichen Fluch aus und wälzte sich wieder unter die Bettdecke. »Das ist nur der Mann von da unten«, knurrte er.

»Den meine ich ja! Mr. White!«

»Quatsch, kein Mr. White. Wir sind hier im ersten Stock eines Mietshauses, und unter uns wohnen Leute. Hör doch.« Unten redete die Falsettstimme. »Das ist jetzt die Frau von dem Mann. Wahrscheinlich sagt sie ihm, er soll nicht nach der Frau eines anderen schielen! Und wahrscheinlich sind beide betrunken.«

»Du lügst!« beharrte Leota. »Du spielst den Tapferen, und in Wirklichkeit zitterst du, daß fast das Bett zusammenbricht. Ich sage dir, es ist ein Gespenst, und es redet mit verschiedenen Stimmen, genau wie früher Großmutter Hanlon, wenn sie in der Kirche aufstand und in allerlei Sprachen durcheinander redete, mal wie ein Schwarzer, mal wie ein Ire, dann wie zwei Frauen und dann wie Baumfrösche, die sie im Kropf hatte! Es ist der Tote, es ist dieser Mr. White, und er haßt uns, sage ich dir, weil wir heute nacht in sein Zimmer gezogen sind! Hör doch nur!«

Wie um sie zu bestätigen, redeten die Stimmen unten lauter. Der Mann aus Oklahoma lag auf seine Ellbogen gestützt und schüttelt resigniert den Kopf, während er am liebsten gelacht hätte, wenn er nicht zu müde dazu gewesen wäre.

Jetzt krachte etwas.

»Er bewegt sich im Sarg!« kreischte Leota. »Er ist verrückt! Wir müssen hier raus, Walter, sonst sind wir morgen früh tot!«

Noch ein Krachen, noch ein Knall, und wieder Stimmen. Dann Stille. Und plötzlich hörten sie Schritte in der Luft, über ihren Köpfen.

»Er ist aus dem Grab heraus!« wimmerte Leota. »Er hat sich befreit, und jetzt läuft er über uns in der Luft herum!«

Inzwischen hatte der Mann aus Oklahoma sich angezogen. Jetzt stand er neben dem Bett und wollte in seine Stiefel steigen. »Das Haus hat drei Etagen«, sagte er, während er sich das Hemd in die Hose stopfte. »Über uns wohnen Leute, und die sind gerade nach Hause gekommen.« Und als Leota nur schluchzte, sagte er: »Komm schon, ich gehe mit dir rauf, damit du die Leute kennenlernst. Damit du weißt, wer sie sind. Und anschließend gehen wir ins Erdgeschoß runter zu diesem Trunkenbold und seiner Frau. Komm, Leota, steh auf.«

Jemand klopfte an die Tür.

Leota kreischte auf und warf sich einmal und noch einmal herum, bis sie so fest in ihre Decke gewickelt war wie eine Mumie. »Er ist wieder im Sarg und klopft, weil er raus will!«

Der Mann aus Oklahoma knipste das Licht an und schloß die Tür auf. Und herein tänzelte ein quietschfideler kleiner Mann im dunklen Anzug, mit irren blauen Augen, runzligem Gesicht, grauem Haar und dicker Brille.

»Bedaure aufrichtig«, versicherte der kleine Mann. »Ich bin Mr. Whetmore. Ich bin hier ausgezogen. Und jetzt bin ich wieder da. Ich habe nämlich unglaubliches Glück gehabt. Ja, ich. Ist mein Grabstein noch da?« Er sah zuerst nach dem Stein, bevor er etwas anderes sah. »Ah, ja – ja, da ist er noch – oh, nanu!« Er sah Leota aus vielschichtigem Bettzeug hervorlugen. »Ich habe ein paar Leute mit einem Rollwägelchen bei mir, und wenn es Sie nicht stört, holen wir den Grabstein jetzt ab, jetzt gleich. Es dauert nur eine Sekunde.«

Der Ehemann lachte dankbar. »Klar, bin doch froh, wenn wir das verdammte Ding los sind. Nichts wie raus damit!«

Mr. Whetmore dirigierte zwei stämmige Arbeiter ins Zimmer. Er war fast atemlos vor Freude. »Ein richtiges Wunder. Heute morgen war ich noch ganz verzweifelt, total erledigt, völlig am Boden – aber nun ist ein Wunder geschehen.« Der Grabstein wurde auf ein Rollwägelchen gewuchtet. »Noch keine Stunde ist es her, daß ich zufällig von einem Mr. White gehört habe, der soeben an Lungenentzündung gestorben sein soll. Ein Mr. *White*, wohlgemerkt, White mit I, nicht mit Y. Eben habe ich mich mit seiner Frau in Verbindung gesetzt, und sie ist hocherfreut, daß der Stein für ihn schon fertig ist. Dabei ist Mr. White noch keine Stunde kalt, und er schreibt sich mit I, denken Sie mal an! Ich bin ja so glücklich!«

Der Grabstein rollte auf dem Wägelchen aus dem Zimmer, während Mr. Whetmore und der Mann aus Oklahoma sich lachend die Hände schüttelten, und im Nu war unter Leotas argwöhnischen Blicken der Trubel zu Ende. »So, das wäre erledigt«, meinte ihr Mann grinsend, als er hinter Mr. Whetmore die Tür wieder abschloß und sich daran machte, die Blumen aus den Konservenbüchsen zu nehmen und ins Waschbecken zu werfen und die Büchsen in den Abfalleimer zu stecken. Er löschte das Licht und kam wieder ins Bett, und er bemerkte ihr ernstes, tiefes Schweigen nicht. Lange Zeit sagte sie auch gar nichts, lag nur da und fühlte sich sehr allein. Sie merkte, wie er seufzend die Decken über sich zog. »Jetzt können wir endlich schlafen. Das blöde Ding ist weg. Erst halb elf. Noch jede Menge Zeit zum Schlafen.« Wie wohl es ihm tat, ihr den Spaß zu verderben!

Gerade wollte Leota etwas sagen, als sie von unten wieder ein Klopfen hörten. »Da, bitte!« rief sie triumphierend, wobei sie sich an ihn klammerte. »Da sind sie wieder, die Geräusche. Wie ich gesagt habe. Hör doch!«

Der Mann ballte die Fäuste und knirschte mit den Zähnen. »Wie oft soll ich es dir noch erklären? Muß ich dir erst eins auf den Schädel geben, damit du es endlich begreifst, Weib! Laß mich in Ruhe. Da ist überhaupt nichts –«

»Aber hör doch, Mann, hör doch!« flehte sie leise.

Sie lauschten ins Stockdunkel.

Unten wurde laut an eine Tür gepocht.

Eine Tür ging auf. Ganz fern und gedämpft und leise hörte man eine traurige Frauenstimme sagen: »Ah, Sie sind es, Mr. Whetmore.«

Und tief unten im Dunkeln, tief unter der Matratze, auf der Leota und ihr Mann aus Oklahoma lagen, tief unter dem Bett, das plötzlich bebte, antwortete Mr. Whetmores Stimme: »Noch einmal guten Abend, Mrs. White. Hier. Ich bringe den Stein.«

Das Ding am Kopfende der Treppe

Er mußte auf den Anschlußzug warten.

Er war in Chicago ausgestiegen und mußte feststellen, daß er hier vier Stunden Aufenthalt hatte.

Er dachte daran, ins Museum zu gehen. Die Renoirs und Monets hatten schon immer sein Auge gefangen und seine Seele angerührt. Aber er hatte keine Ruhe. Als er die Reihen Taxis vor dem Bahnhof sah, durchzuckte es ihn.

Warum nicht? dachte er. Warum nicht ein Taxi nehmen und die fünfzig Kilometer nach Norden fahren, eine Stunde in dem alten Heimatstädtchen verbringen, ihm zum zweitenmal im Leben adieu sagen und gemächlich wieder nach Süden fahren und in den Zug nach New York steigen, glücklicher – und vielleicht klüger?

Viel Geld für eine Augenblickslaune, aber was tat's! Er riß eine Taxitür auf, schleuderte seinen Koffer hinein und sagte: »Einmal Green Town und zurück!«

Der Fahrer schnippte mit strahlendem Lächeln den Taxameter an, während Emil Cramer in den Fond stieg und die Tür zuklappte.

Green Town, dachte er, und –

Das Ding am Kopfende der Treppe.

Was?

Mein Gott, dachte er, wieso fällt mir an so einem schönen Frühlingsnachmittag gerade *das* ein?

Und sie fuhren nach Norden, vor den Wolken her, die ihnen folgten, und hielten um drei Uhr auf der Main Street von Green Town. Er stieg aus, gab dem Fahrer fünfzig Dollar als Sicherheit und befahl ihm zu warten, dann sah er auf.

Auf der Anschlagtafel über dem alten Genesee-Kino stand in blutroten Lettern: ZWEI SCHOCKER. MANIAC HOUSE. DOCTOR DEATH. TRETEN SIE EIN. ABER VERSUCHEN SIE NICHT WIEDER HERAUSZUKOMMEN.

Nein, nein, dachte Cramer. THE PHANTOM war besser. Als ich sechs war, brauchte er sich nur umzudrehen, starr zu werden, den Mund aufzureißen und mit seinem unheimlichen Gesicht in die Kamera zu blicken. *Das* war Horror!

Ob es demnach das Phantom war, dachte er, *und* der Bucklige *und* der Vampir, die mir als Kind meine Nächte so vergrault haben?

Und er ging durch das Städtchen und mußte still bei sich lachen in der Erinnerung...

Wie ihn morgens seine Mutter so angesehen hatte über den Cornflakes: Was *war* heute nacht? Hast du's *gesehen*? War es *da*, oben im *Dunkeln*? Wie *groß*, welche *Farbe*? Wie hast du es fertiggebracht, diesmal *nicht* zu schreien und deinen Vater aufzuwecken? Wie? Was?

Während sein Vater sie beide um die Felskante seiner Zeitung herum beäugte und einen Blick nach dem Lederriemen warf, der in der Küche neben dem Waschbecken hing und darauf brannte, in Aktion zu treten.

Und er, Emil Cramer, sechs Jahre alt, saß da und erinnerte sich an den stechenden Schmerz in seinen kümmerlichen kleinen Lenden, wenn er es nicht rechtzeitig die

Treppe hinauf schaffte, vorbei an dem lauernden Untier in der Dachbodenfinsternis des Hauses, und wenn er im letzten Moment aufschrie und zurückfiel wie ein zu Tode erschrockener Hund oder eine versengte Katze, um dann blind und zerschmettert am Fuß der Treppe zu liegen und zu heulen:

Warum? Warum ist es da? Wofür werde ich bestraft? Was habe ich getan?

Und er schleppte sich auf allen vieren durch die dunkle Diele zurück und legte sich wieder ins Bett, sich windend in Qualen von berstender Flüssigkeit, und betete um den Morgen, wenn Das Ding es vielleicht aufgab, ihm aufzulauern, und in die fleckigen Tapeten zurückdrang oder in die Ritzen unter der Mansardentür schlüpfte.

Einmal hatte er versucht, einen Nachttopf unter seinem Bett zu verstecken. Der wurde entdeckt und zerschlagen. Einmal hatte er in der Küche das Wasser laufen lassen und versucht, das Waschbecken zu benutzen, aber die Radarohren des Vaters hatten aufgemerkt, gehorcht, und in brüllender Wut war er aufgesprungen.

Ach ja, sagte er sich, während er weiter durchs Städtchen ging und der Tag sich gewittrig verfärbte. Er kam in die Straße, in der er einst gewohnt hatte. Die Sonne verlosch. Der Himmel war ein einziges winterliches Grau. Er schrak zusammen.

Denn ein einzelner Regentropfen war ihm auf die Nase gefallen.

»Mein Gott!« lachte er. »Da *ist* es ja. Mein Haus!«

Und es war leer, und auf dem Trottoir stand ein Schild: ZU VERKAUFEN.

Da war die weiße Schindelfront mit der großen Veranda auf der einen Seite und einer kleineren vorn. Da war die Haustür und dahinter die gute Stube, in der er mit seinem Bruder in einem Klappbett gelegen und die Nachtstunden durchschwitzt hatte, während alle anderen schliefen und träumten. Und rechts das Eßzimmer und die Tür zur Diele und die Treppe, die hinaufführte in die ewige Nacht.

Er ging auf die Seitentür zu.

Das Ding – von welcher Form war es gewesen, von welcher Farbe und Größe? Hatte es ein Rauchgesicht gehabt, und Höhlenzähne und Baskerville-Augen, glühend wie Höllenfeuer? Hatte es je geflüstert, gemurmelt, geächzt –?

Er schüttelte den Kopf.

Schließlich hatte es Das Ding ja nie *gegeben,* oder?

Gerade deshalb war seines Vaters Gebiß jedesmal in tausend Stücke zersprungen, wenn er diesen Jammerlappen ansah, der sein Sohn war! Konnte der Junge denn nicht sehen, daß die Diele leer war, *leer!*? Wußte der verflixte Lümmel nicht, daß es sein eigener alpträumender Filmprojektor im Kopf war, der diese Schneegestöber der Angst in die Nacht emporjagte, daß sie in der grausigen Luft zerschmolzen?

Rums-*klatsch*! Des Vaters Fingerknöchel krachten auf seinen Schädel, um das Gespenst zu exorzieren. Klatsch-*rums*!

Emil Cramer riß die Augen auf, selbst ganz erstaunt darüber, daß er sie geschlossen hatte. Er trat auf die kleine Veranda.

Er faßte den Türknauf an.

Mein Gott! dachte er.

Denn die unverschlossene Tür glitt lautlos auf.

Das Haus und die dunkle Diele lagen leer und warteten.

Er drückte gegen die Tür, und sie ging weiter auf, mit einem bloßen Seufzen ihrer Angeln.

Die gleiche Nacht, die hier schon immer gehangen hatte wie der Vorhang eines Bestattungsinstituts, füllte noch immer die sargenge Diele. Sie roch nach dem Regen anderer Jahre und war angefüllt mit Zwielicht, das einmal zu Besuch gekommen und nie mehr fortgegangen war...

Er trat ein.

Augenblicklich begann es draußen zu regnen. Der Wolkenbruch sperrte die Welt aus. Der Wolkenbruch durchnäßte die Bretter auf der Veranda und ertränkte seinen Atem.

Er trat noch einen Schritt weiter in die totale Nacht.

Kein Licht brannte am anderen Ende der Diele, drei Treppenstufen höher –

Ja! Das war an allem schuld gewesen!

Um Geld zu sparen, hatte man die verdammte Birne *nie* brennen lassen!

Um Das Ding zu verscheuchen, mußtest du einen Anlauf nehmen, die Treppe hinaufspringen, die Kette packen und mit einem Ruck das Licht anmachen!

Also sprangst du, blind, schlugst gegen die Wände. Und *fandest nie die Kette*!

Sieh nicht auf! dachtest du. Wenn du *Es* siehst, sieht Es *dich*! Nein! Nein!

Aber dann zuckte dein Kopf. Du sahst auf. Du schriest!

Denn das finstere Ding kam angewackelt aus der Luft und klappte sich über deinen Schrei wie ein Sargdeckel!

»*Ist* da jemand...?« rief er leise.

Ein feuchter Wind wehte von oben. Ein Geruch von Kellererde und Mansardenstaub streifte seine Wangen.

»Eins-zwei-drei«, flüsterte er, »ich *komme.*«

Hinter ihm bewegte sich langsam, leise die Haustür, hielt inne, klappte *zu.*

Er erstarrte.

Dann zwang er sich, noch einen Schritt weiterzugehen, und noch einen.

Und herrje –! Er kam sich vor, als ob er... schrumpfte! Zentimeter um Zentimeter schmolz er dahin, wurde immer kleiner, sein Gesicht zog sich zusammen, sein Anzug, seine Schuhe wurden ihm zu groß...

Was *tue* ich hier? dachte er. Was *suche* ich hier?

Antworten. Ja. Antworten.

Sein rechter Schuh berührte...

Die unterste Stufe.

Er schnappte nach Luft. Sein Fuß zuckte zurück. Dann zwang er ihn, die Stufe langsam noch einmal zu berühren.

Ganz einfach. Du darfst nur nicht aufsehen, dachte er.

Idiot! dachte er dann, deswegen bist du doch hier. Die Treppe. Und am Kopfende der Treppe. Ja, *das*!

Jetzt...

Sehr bedächtig hob er den Kopf.

Und sah, zwei Meter über sich, die dunkle Glühbirne in ihrer toten weißen Fassung.

Sie war so fern wie der Mond.

Seine Finger zuckten.

Irgendwo in den Mauern des Hauses drehte seine Mutter sich im Schlaf um, lag sein Bruder eingewickelt in bleiche verdrehte Laken, hörte sein Vater zu schnarchen auf und – *horchte.*

Schnell! Bevor er *aufwacht.* Spring!

Mit einem fürchterlichen Grunzen nahm er Anlauf. Sein Fuß landete auf der dritten Stufe. Seine Hand griff nach der Kette, die dort hing. *Zieh!* und *noch* einmal.

Tot! Herrgott. Kein Licht. Tot! Wie alle die verlorenen Jahre.

Die Kette entwand sich seinen Fingern. Seine Hand sank herab.

Nacht. Und Dunkel.

Draußen fiel kalter Regen hinter einer verschlossenen Grubentür.

Er machte die Augen auf, zu, auf, zu, als könnte er mit ihnen an der Kette reißen, die das Licht anmachte! Sein Herz hämmerte nicht nur in seiner Brust, es pochte unter seinen Armen, in seinen schmerzenden Lenden.

Er wankte. Er taumelte.

Nein, schrie er stumm. Mach dich frei. Guck hin! *Sieh hin!*

Und endlich wandte er den Kopf und sah hinauf und immer höher hinauf in Schichten über Schichten von Dunkelheit.

»Ding...?« flüsterte er. »Bist du *da*?«

Das Haus senkte sich wie eine riesige Waagschale unter seinem Gewicht. Hoch in der Mitternachtsluft faltete und entfaltete eine schwarze Fahne, ein finsteres Banner, ihren Trauerrock, ihren raschelnden Krepp.

Draußen, dachte er, *denk daran*, draußen ist ein *Frühlingstag*.

Hinter ihm trommelte der Regen gleichmäßig gegen die Tür.

»Jetzt«, flüsterte er.

Und balancierend zwischen den kalten, schwitzenden Wänden des Treppenhauses begann er emporzuspringen.

»Ich bin auf der vierten Stufe«, flüsterte er.

»Jetzt bin ich auf der fünften ...«

»Sechs! *Hörst* du es, du da oben?«

Stille. Dunkel.

Herr Jesus! dachte er, lauf doch, spring, fall hinaus in den Regen, das Licht –!

Nein!

»Sieben! Acht.«

Die Herzen pochten unter seinen Armen, zwischen seinen Beinen.

»Zehn –«

Seine Stimme zitterte. Er holte einmal tief Luft und –

Lachte! Gott, ja! Er *lachte*!

Es klang, als würde Glas zerschmettert. Seine Angst brach in tausend Stücke, fiel von ihm ab.

»Elf!« rief er. »Zwölf!« schrie er. »Dreizehn!« johlte er. »Zum Teufel mit dir! Zum Teufel, o Gott, ja, zum Teufel! Und vierzehn!«

Warum war ihm das nicht früher eingefallen, als er sechs war? Einfach hinaufzuspringen, schreiend, lachend, um Das Ding ein für allemal umzubringen?!

»Fünfzehn!« prustete er, fast wiehernd vor Freude.

Ein letzter, herrlicher Sprung.

»Sechzehn!«

Er landete. Er konnte gar nicht mehr aufhören zu lachen.

Er stieß die Faust nach vorn in die feste, dunkle, kalte Luft.

Sein Lachen gefror, der Schrei blieb ihm in der Kehle stecken.

Er sog die Winterluft ein.

Warum? hallte eine Kinderstimme von unten, aus einer anderen Zeit. Wofür werde ich bestraft? Was habe ich *getan*?

Sein Herzschlag stockte und raste los.

Seine Lenden krampften sich zusammen. Wie aus einer Kanone schoß brühendes Wasser hervor und strömte ihm schockierend heiß die Beine hinunter.

»Nein!« brüllte er.

Denn seine Finger hatten etwas berührt...

Es war Das Ding am Kopfende der Treppe.

Es wollte wissen, wo er gesteckt hatte.

Es hatte die ganzen Jahre gewartet...

Auf ihn, daß er nach Hause kam.

Colonel Stonesteels handgefertigte echt ägyptische Mumie

Es war der Herbst, in dem sie draußen am Loon Lake die echte ägyptische Mumie fanden.

Wie die Mumie dahingekommen war und wie lange sie schon dort lag, wußte niemand. Aber sie war da, eingewikkelt in ihre kreosotgetränkten Lumpen und ein bißchen mitgenommen von der Zeit, und wartete nur darauf, gefunden zu werden.

Der Tag davor war ein Herbsttag wie viele, mit flammenden Bäumen und fallendem Laub, das wie verbrannt aussah, und einem Geruch nach scharfem Pfeffer in der Luft, und Charlie Flagstaff, zwölf Jahre alt, ging auf die fast menschenleere Straße hinaus und stellte sich hin und hoffte, daß doch irgend etwas Tolles, Besonderes, Aufregendes passieren möge.

»Na«, sprach Charlie zum Himmel, zum Horizont, zur Welt. »Ich warte. *Mach* schon!«

Nichts passierte, und Charlie trieb das Laub auf den Straßen mit den Füßen durchs ganze Städtchen, bis er zum größten Haus an der breitesten Straße kam, denn dorthin ging in Green Town jeder, der Kummer hatte. Charlie machte ein düsteres Gesicht und trat von einem Fuß auf den anderen. Kummer hatte er schon, o ja, aber er konnte nicht den Finger darauf legen und seine Form und Größe nennen. Und so schloß er nur die Augen und brüllte zu den Fenstern des großen Hauses hinauf:

»Colonel Stonesteel!«

Die Haustür ging so blitzschnell auf, als hätte der alte Mann, wie Charlie, dort nur gewartet, daß irgend etwas Unerhörtes geschehen möge.

»Charlie«, rief Colonel Stonesteel, »du bist alt genug, um anzuklopfen. Was fällt kleinen Jungen nur ein, so einfach das Haus anzubrüllen? Versuch's nochmal.«

Die Tür ging zu.

Charlie ging seufzend hin und klopfte zaghaft.

»Bist du's, Charlie Flagstaff?« Wieder ging die Tür auf, und der Colonel sah blinzelnd heraus und blickte nach unten. »Hab ich dir nie gesagt, du sollst einfach rufen?«

»Himmel!« stöhnte Charlie verzweifelt.

»Guck sich einer dieses Wetter an. Hol's der Zeisig!« Der Colonel trat vor die Tür und wetzte seine messerscharfe Nase am kühlen Wind. »Magst du den Herbst vielleicht nicht, Kleiner? So ein wunderwunderschöner Tag! Was?«

Jetzt drehte er sich um und sah hinunter in das bleiche Gesicht des Jungen.

»Kinder, Kinder, du machst ein Gesicht, als ob dein letzter Freund dich verlassen hätte und obendrein dein Hund gestorben wäre. Was gibt's? Nächste Woche wieder Schule?«

»Ja.«

»Dauert's dir zu lange bis Halloween?«

»Noch sechs ganze Wochen. Fast ein Jahr. Ist Ihnen schon mal aufgefallen, Colonel Stonesteel...« Der Junge seufzte noch abgrundtiefer und schaute über die herbstliche Stadt. »... daß hier eigentlich nie was passiert?«

»Na! Morgen ist immerhin Labor Day. Großer Umzug mit sieben Wagen, der Bürgermeister, vielleicht ein Feuerwerk und – äh.« Der Colonel hielt mitten im Satz inne, von seiner Aufzählung wohl selbst nicht sehr beeindruckt. »Wie alt bist du, Charlie?«

»Dreizehn. Demnächst.«

»Ja, ja, wenn man dreizehn wird, geht's mit der Welt bergab.« Der Colonel verdrehte die Augen nach innen und sichtete die schütteren Erinnerungen in seinem Schädel. »Mit vierzehn ist dann alles aus. Mit sechzehn möchtest du am liebsten sterben. Mit siebzehn geht die Welt unter. Erst mit zwanzig und darüber geht's wieder aufwärts. Ja, Charlie, und was machen wir nun, um wenigstens den heutigen Vormittag, den Tag vor Labor Day, bis Mittag zu überleben?«

»Wenn einer das weiß, dann Sie, Colonel Stonesteel«, meinte Charlie.

»Charlie«, sagte der alte Mann, angetan von dem offenen Blick des Jungen, »ich kann Politiker herumschubsen, so groß wie Preisochsen, ich kann die Skelette im Rathaus klappern lassen und Lokomotiven rückwärts den Berg hinauf schicken. Aber kleine Jungen an herbstlichen Wochenenden, den Kopf voll Kleister und rasende Leere im Leib? Also ...«

Colonel Stonesteel beäugte die Wolken, ergründete die Zukunft.

»Charlie«, sagte er endlich, »mich rührt dein Jammer, ich kann es nicht mit ansehen, wie du mit dem Kopf auf den

Schienen liegst und auf einen Zug wartest, der nie kommt. Wie wäre das? Ich wette mit dir um sechs Tafeln Schokolade gegen einmal Rasenmähen, daß Green Town, Nord-Illinois, Einwohnerzahl fünftausendundzweiundsechzig, eintausend Hunde, für immer verändert sein wird, verändert zum Guten, bei Gott, und zwar im Lauf der nächsten wundersamen vierundzwanzig Stunden. Ist das was? Gilt die Wette?«

»Mann!« Charlie ergriff begeistert die Hand des alten Mannes und riß sie ihm fast aus. »Die Wette gilt, Colonel Stonesteel! Ich hab doch gewußt, daß Sie es schaffen!«

»Noch ist es nicht getan. Aber sieh her. Die Stadt ist das Rote Meer, und ich befehle ihm, sich zu *teilen*. Platz da!«

Der Colonel marschierte ins Haus, Charlie rannte hinterdrein.

»So, Charles, Trödelmarkt oder Friedhof, was darf es sein?«

Der Colonel schnupperte an einer Tür, die zu roher Kellererde hinunterführte, dann an einer anderen, die nach oben führte zum holztrockenen Speicher.

»Hm –«

Der Speicher ächzte wie ein sterbender alter Mann im Schlaf, als plötzlich frischer Wind hereinfuhr. Der Colonel riß weit die Tür auf, und in den Balken flüsterte der Herbst, zitterten die gefangenen Stürme.

»Hörst du das, Charlie? Wovon spricht es?«

»Hm –«

Eine Bö fegte den Colonel die dunkle Treppe hinauf wie ein Häuflein Spreu.

»Vor allem spricht es von Zeit, von Alter und Erinnerungen, vielen Dingen. Staub, vielleicht auch Schmerzen. Hör die Balken flüstern! Laß an einem schönen Herbsttag den Wind an die hölzernen Skelette, und du hörst die Zeit erzählen. Von Bränden und Asche, Bombaywurz und Friedhofsblumen, die zu Geistern welkten –«

»O Mann, Colonel Stonesteel«, japste Charlie, der hinter ihm nachgeklettert kam. »Sie sollten für's *Top Notch Story Magazine* Geschichten schreiben!«

»Hab ich mal. Wurden abgelehnt. So, da wären wir.«

Da waren sie in der Tat, an einem Ort ohne Kalender, Monate, Tage, Jahre, nur mit einem Riesenspinnennetz von Schatten und voller Lichtfünkchen von kaputten Kronleuchtern, die im Staub lagen wie große Tränen.

»Mann!« rief Charlie erschrocken und darum glücklich.

»Klappe!« sagte der Colonel. »Soll ich dir jetzt mal auf der Stelle ein echtes, lebendiges Wunder zaubern, das dich von den Socken haut, bist du soweit?«

»Bin soweit!«

Der Colonel wischte Landkarten, Zeichnungen, Achatmurmeln, Glasaugen, Spinnweben und Staubschichten von einem Tisch und krempelte die Ärmel hoch.

»Das Schöne am Wundergebären ist, daß die Hebamme kein heißes Wasser braucht und sich nicht mal die Hände waschen muß. Reich mir von da drüben mal die Papyrusrolle rüber, Kleiner, und die Nähnadel gleich dahinter, dann das alte Diplom dort vom Regal und den Ballen Putzwolle vom Boden. Hopp!«

»Ich springe ja schon!« Charlie sprang und brachte, brachte und sprang.

Es flogen Reisigbündel, Weidenruten und Binsen. Der Colonel fuchtelte mit sechzehn Händen durch die Luft, sechzehn Nadeln blitzten, Leder klatschte, Rispengras raschelte, Eulenfedern flatterten und Fuchsaugen funkelten. Der Colonel summte und schnaufte, während seine acht wunderlichen Arm- und Händepaare stießen und strichen, nähten und tanzten.

»So!« rief er, und seine Nase hackte kurz in die Richtung. »Halb getan. Kriegt langsam Formen. Wirf einen Blick drauf, Charlie. Woran erinnert dich das allmählich?«

Charlie umkreiste den Tisch, die Augen so weit aufgerissen, daß der Mund gleich mit offenstand. »Also – äh –«, stieß er hervor.

»Nun?«

»Sieht aus wie –«

»Ja, ja?«

»Eine Mumie! *Nein*!«

»Doch! Volltreffer. *Doch*!«

Der Colonel beugte sich über das längliche Objekt. Die Hände tief in seinem Geschöpf, lauschte er dem Flüstern der Binsen und Disteln und Strohblumen.

»So, und nun fragst du sicher mit Recht, warum einer denn überhaupt so eine Mumie *macht*. Es war *deine* Eingebung, Charlie. Du hast mich darauf gebracht. Geh mal da an das Fenster und sieh raus.«

Charlie spuckte auf die verstaubte Scheibe, wischte ein Guckloch frei und sah hinaus.

»Nun?« fragte der Colonel. »Was siehst du? Passiert da draußen im Städtchen *irgend* etwas, Charlie? Werden Morde begangen?«

»Herrgott, nein –«

»Fällt irgendwo einer vom Kirchturm oder wird von einem wildgewordenen Rasenmäher überfahren?«

»Nö.«

»Siehst du irgendwelche *Monitors* oder *Merrimacs* auf dem See herumkurven, stürzt ein Luftschiff auf den Freimaurertempel und erschlägt sechstausend Freimaurer auf einmal?«

»Aber Colonel Stonesteel, es *gibt* doch in ganz Green Town nur fünftausend Leute!«

»Sperr die Augen auf, Junge. Beobachte. Berichte!«

Charlie sah angestrengt hinaus auf die fadeste aller Städte.

»Kein Luftschiff! Kein zerquetschter Freimaurertempel.«

»Genau!« Der Colonel lief hin zu Charlie, um mit ihm das Gelände zu inspizieren. Er zeigte mit der Hand, er zeigte mit der Nase. »In ganz Green Town, dein ganzes Leben, nicht ein einziger Mord, kein Waisenhaus in Flammen, kein irrer Unhold schnitzt seinen Namen der Bibliothekarin ins Holzbein. Finde dich damit ab, Junge, daß Green Town in Illinois die allernormalste, gewöhnlichste, stinklangweiligste Stadt in der ewigen Geschichte des römisch-deutsch-russisch-britisch-amerikanischen Reiches ist! Wenn Napoleon hier geboren wäre, hätte er mit neun Jahren Harakiri begangen. Langeweile. Wenn Julius Cäsar hier aufgewachsen wäre, hätte er sich mit zehn Jahren aufs Forum Romanum begeben und sich selbst den Dolch in den Rücken gebohrt –«

»Langeweile«, sagte Charlie.

»Rrrichtig! Guck du weiter aus dem Fenster, Junge, während ich arbeite.« Colonel Stonesteel ging an den knarrenden Tisch zurück und walkte und werkte und drückte und klopfte weiter an der sonderbaren werdenden Gestalt herum. »Langeweile im Pfund und im Zentner, Langeweile so weit wie das Jüngste Gericht und so breit wie der Friedhof. Vorgärten und Häuser, Felle auf den Hunden und Haare an den Leuten, Anzüge in staubigen Schaufenstern, alle aus demselben Stoff geschneidert...«

»Langeweile«, sagte Charlie aufs Stichwort.

»Und was kann man tun, wenn man Langeweile hat, Junge?«

»Äh – in einem verhexten Haus die Fensterscheiben einschmeißen?«

»Heilige Neune, Junge, wir haben keine verhexten Häuser in Green Town!«

»Hatten mal eins. Das Ding vom Old Higley. Abgerissen.«

»Siehst du, das meine ich. Und was können wir noch tun, um uns nicht zu langweilen?«

»Ein Massaker veranstalten?«

»Massaker! Hier? Nicht bis in die Steinzeit und zurück. Lieber Gott, hier ist sogar der Polizeichef ehrlich! Der Bürgermeister – nicht korrupt. Irre! Eine ganze Stadt voll gähnender Langeweile und plattem Stumpfsinn! Letzte Chance, Charlie, was *tun* wir?«

»Eine Mumie bauen?« Charlie lächelte.

»Kreuzhimmelherrgott! Guck mal, wie's staubt!«

Und keckernd nahm der alte Mann hier ein Stückchen

ausgestopfte Eule, da einen Eidechsenschwanz und dort einen Packen nikotingelbes Verbandszeug, übriggeblieben von einem Skiunfall 1895, der ihm einen Knöchelbruch und eine verpatzte Romanze eingetragen hatte, ein Stück Schlauch von einem Kissel Kar Baujahr 1922, ein paar ausgebrannte Feuerwerkskörper vom letzten friedlichen Sommer 1913, und webte und spann und knetete das alles zusammen mit seinen dürren Spinnenfingern.

»*Voilà*! Da, Charles. Fertig!«

»Colonel!« Der Junge kriegte den Mund nicht mehr zu. »Kann ich eine Krone dafür machen?«

»Mach eine Krone dafür, Junge. Mach du eine Krone.«

Die Sonne sank schon, als der Colonel und Charlie und ihr ägyptischer Freund die dämmrige Hintertreppe im Haus des alten Mannes herunterkamen, zwei mit bleischweren Schritten, der dritte so leicht in der Herbstluft schwebend wie getoastete Cornflakes.

»Colonel«, sinnierte Charlie, »was machen wir jetzt mit dem Kerl, nachdem wir ihn haben? Es ist ja nicht so, daß er viel reden oder durch die Gegend laufen könnte –«

»Braucht er auch gar nicht, Junge. Sollen die Leute reden, sollen die Leute laufen. Guck mal da!«

Sie drückten die Tür einen Spaltbreit auf und spähten nach draußen in eine Stadt, die am Frieden erstickte und am Nichts-zu-tun-Haben kaputtging.

»Du siehst, es genügt nicht, Junge, daß du von deiner rasenden Leere genesen bist, die fast tödlich war. Die ganze Stadt da draußen steckt bis zu den Ohrläppchen in Uhrfedern ohne Zeiger und fürchtet sich jeden Morgen, aufzustehen und zu merken, daß immer und ewig Sonntag ist! Wer wird die Rettung bringen, Charlie?«

»Amon Bubastis Ramses Ra der Dritte, soeben angekommen mit dem Vieruhrzug?«

»Gottes Segen, Junge, jawohl! Was wir hier haben, ist eine Riesensaat. Eine Saat ist zu nichts nütze, solange man nicht *was* damit macht?«

»Na ja«, sagte Charlie, ein Auge zugekniffen. »Aussäen?«

»Aussäen. Und sie wachsen sehen. Und dann? Ernte! Erntezeit! Komm, Charlie. Und bring – äh – deinen Freund mit.«

Der Colonel schlich hinaus in die frühe Abenddämmerung.

Ihm folgte die Mumie, auf Charlies Arm gestützt.

Am Labor Day traf Osiris Bubastis Ramses Amon-Ra-Tut um zwölf Uhr mittags aus dem Land der Toten ein.

Ein Herbstwind rührte das Land und machte die Türen weit, doch es war nicht das übliche Getöse der Labor-Day-Parade – sieben geschmückte Wagen nebst Trommler- und Pfeiferkorps und Bürgermeister, sondern eine anschwellende Menschenmasse, die über die Straßen flutete und auf Colonel Stonesteels Rasen überquoll. Colonel Stonesteel und Charlie saßen schon ein paar Stunden auf der Veranda und warteten auf den ersten Ausbruch der Hysterie, das Signal zum Sturm auf die Bastille. Schon kriegten die Hunde die ersten Koller und bissen kleine Jungen in die Beine, hopsten und tanzten die kleinen Jungen um die Menge herum, als der Colonel auf das Geschöpf (seines und Charlies) hinunterblickte und verstohlen lächelte.

»Na, Charlie... habe ich unsere Wette gewonnen?«

»Gewonnen, Colonel.«

»Komm mit.«

Im ganzen Städtchen klingelten die Telefone und brannten Mittagessen auf dem Herd an, als der Colonel vortrat, um der Parade seinen päpstlichen Segen zu spenden.

Die Menge führte in ihrer Mitte einen Pferdewagen mit, und auf dem Wagen stand mit wildem Entdeckerblick Tom Tuppen, Besitzer einer halbtoten Farm am Rande des Städtchens. Tom schnatterte, und die Menge schnatterte, denn auf dem Wagen lag das kostbare Stück, die Ernte aus viertausend dahingegangenen Jahren.

»Flutet den Nil und bepflanzt das Delta«, stieß der Colonel hervor und starrte um sich. »Ist das nicht etwa eine echte altägyptische Mumie, was da noch im Originalpapyrus und geteerten Wickeln auf dem Wagen liegt?«

»Klar ist es!« rief Charlie.

»Klar ist es!« schrie es im Chor.

»Ich war heute morgen auf meinem Acker und hab gepflügt«, sagte Tom Tuppen. »Ich pflüge nur so und pflüge, und da – *paff*! Wühlt doch der Pflug dieses Ding da hoch, *vor* meinen Augen! Ich denke, mich trifft der Schlag! Stellt euch das vor! Da müssen doch die alten Ägypter vor dreitausend Jahren geradewegs durch Illinois marschiert sein, und keiner hat was davon gewußt! Das nenne ich eine Offenbarung! Platz da, Kinder. Ich bringe das Ding jetzt zum Postamt, da wird es in der Halle ausgestellt! Hüah! Hott!«

Pferd und Wagen, Mumie und Menge zogen weiter, und zurück blieb der Colonel, dem noch immer die Augen überquollen und der Mund offenstand vor gespieltem Erstaunen.

»Dunnerkeil«, flüsterte der Colonel. »Charles, wir haben es geschafft. Diese Aufregung, dieses Gebrabbel und Getratsche, das hysterische Geschrei wird noch tausend Tage oder bis zum Armageddon vorhalten, falls der zuerst kommt.«

»Aye, Sir.«

»Michelangelo hätte das nicht besser gemacht. Sein David ist ein ausrangierter alter Schuh neben unserem ägyptischen Knallbonbon, und –«

Der Colonel verstummte, denn soeben hastete der Bürgermeister vorbei.

»Colonel, Charlie, wie geht's? Hab eben mit Chicago telefoniert. Die Presse kommt morgen zum Frühstück, die Museumsleute zum Lunch! Gloria halleluja für die Handelskammer von Green Town!«

Der Bürgermeister hetzte weiter, immer der Menge nach.

Über Colonel Stonesteels Gesicht zog eine Herbstwolke und ließ sich um seinen Mund nieder.

»Ende des ersten Aktes, Charlie. Jetzt heißt es schnell denken. Vorhang auf für Akt zwei. Wir *wollen* doch, daß dieser Aufstand ewig währt, nicht?«

»Aye, Sir –«

»Dann streng mal dein Gehirn an. Was sagt Onkel Wiggily?«

»Onkel Wiggily sagt – äh – geh zwei Felder *zurück*?«

»Gebt dem Jungen eine Eins-plus und einen Orden und zwei Schokoladenkekse! Der Herr gibt, der Herr nimmt, stimmt's?«

Charlie sah in das Gesicht des alten Mannes und erblickte Heimsuchungen und Plagen darin. »Aye, Sir.«

Der Colonel behielt die Menge im Blick, die zwei Straßen weiter um das Postamt wimmelte. Das Trommler- und Pfeiferkorps traf ein und gab etwas entfernt ägyptisch Klingendes zum besten.

»Bei Sonnenuntergang, Charlie«, flüsterte der Colonel mit geschlossenen Augen. »Da unternehmen wir den letzten Schritt.«

Welch ein Tag! Noch Jahre später sagten die Leute: War das ein Tag! Der Bürgermeister ging nach Hause und warf sich in Schale und kam zurück und hielt drei Ansprachen und nahm zwei Paraden ab, eine die Main Street hinauf bis zur Trambahnendstation, die zweite in umgekehrter Richtung, jedesmal mit Osiris Bubastis Ramses Amon-Ra-Tut in der Mitte, der einmal nach rechts lächelte, wenn die Schwerkraft sein zartes Gewicht so drehte, dann wieder nach links, wenn der Zug um eine Ecke bog. Das Trommler- und Pfeiferkorps, inzwischen ergänzt durch schweres Blechblasgerät, hatte eine Stunde damit zugebracht, Bier zu trinken und den Triumphmarsch aus Aida zu üben, und jetzt spielte es ihn so oft, daß Mütter ihre schreienden Kleinkinder ins Haus holten und Männer sich zur Beruhigung ihrer Nerven in die Bars verzogen. Dort wurde von einer dritten Parade und einer vierten Ansprache palavert, aber der Sonnenuntergang erwischte die Stadt auf dem falschen Fuß, und alle, auch Charlie, gingen nach Hause zum Dinner, bei dem viel geredet und um so weniger gegessen wurde.

Um acht, als es schön dunkel war, sah man Charlie und den Colonel durch die laubbedeckten Straßen patrouillieren; sie fuhren in Colonel Stonesteels altem 1924er Moon, der immer da weiterzitterte, wo der alte Mann damit aufhörte.

»Wohin fahren wir, Colonel?«

»Hm«, überlegte Colonel Stonesteel, während sie mit philosophischen zehn Meilen pro Stunde gemächlich dahintuckerten, »zur Zeit sind alle, auch deine Leute, draußen auf Grossett's Meadow, ja? Letzte Labor-Day-Reden. Jemand pustet den Bürgermeister auf, daß er zehn Meter hoch steigt wie ein Gasballon, stimmt's? Die Feuerwehr startet ihre Weltraumraketen. Und folglich ist das Postamt nebst Mumie nebst Polizeichef, der ihr Gesellschaft leistet, leer und verwundbar. Also wird nun das Wunder geschehen, Charlie. Es *muß*. Frag mich, warum.«

»Warum?«

»Gut, daß du fragst. Also paß auf. Morgen früh werden die Leute aus Chicago, heiß und frisch wie die Pfannkuchen, mitsamt ihren spitzen Nasen und Glasaugen und Mikroskopen aus dem Zug springen. Dann werden die Museumsschnüffler nebst Associated Press unsern ägyptischen Pharao siebenmal bis Weihnachten und zurück auseinandernehmen und ihre Blitze zünden. Und in Anbetracht dieser Tatsache, Charles –«

» – spucken wir ihnen jetzt in die Suppe.«

»Etwas unfein ausgedrückt, mein Junge, aber ein Körnchen Wahrheit steckt darin. Sieh es mal so, das Leben ist eine Zauberbühne, oder *sollte* eine sein, wenn die Leute nicht einer auf dem andern einschliefen. Laß den Menschen immer ein bißchen was zum Staunen, Kleiner. Also, bevor die Leute sich an unsern antiken Freund gewöhnt haben, bevor er das falsche Handtuch benutzt, sollte er wie ein erfahrener Wochenendgast das nächste Kamel nach Westen nehmen. Da!«

Das Postamt stand still und stumm, nur eine einzige Lampe brannte im Foyer. Sie sahen durch das große Fenster den Sheriff neben der ausgestellten Mumie sitzen, beide schweigsam und alleingelassen von der Menge, die zu Tisch und Feuerwerk geeilt war.

»Charlie.« Der Colonel brachte eine braune Tüte zum Vorschein, in der eine geheimnisvolle Flüssigkeit gluckerte. »Gib mir fünfunddreißig Minuten, den Sheriff aufzuweichen. Dann kommst du leise herein, spitzt die Ohren, achtest auf meine Stichworte und wirkst das Wunder. Auf los geht's los!«

Und der Colonel schlich sich davon.

Draußen vor dem Städtchen nahm der Bürgermeister Platz und das Feuerwerk seinen Lauf.

Charlie stellte sich auf das Auto und guckte ein halbes Stündchen zu. Dann fand er, daß des Aufweichens wohl genug getan sei, und trabte über die Straße, schlich sich ins Postamt und drückte sich dort in den Schatten.

»Also«, meinte soeben der Colonel, der zwischen dem Sheriff und dem ägptischen Pharao saß, »nun trinken Sie doch die Flasche auch ganz aus, Sir.«

»Schon geschehen«, sagte der Sheriff und gehorchte.

Der Colonel beugte sich im Dämmerlicht über die Mumie und betrachtete das goldene Amulett auf ihrer Brust.

»Glauben Sie eigentlich an diese alten Sprüche?«

»Was für alte Sprüche?« fragte der Sheriff.

»Es heißt, wenn einer diese Hieroglyphen laut liest, wird die Mumie wieder lebendig und geht spazieren.«

»Mumpitz«, sagte der Sheriff.

»Sehen Sie nur mal, alle diese wundervollen ägyptischen Symbole!« bohrte der Colonel weiter.

»Mir hat einer die Brille geklaut. Lesen Sie mir das Zeug doch mal vor«, sagte der Sheriff. »Damit diese dämliche Mumie aufsteht und rumläuft.«

Charlie verstand dies als seinen Einsatz und pirschte sich im Schatten näher zu dem Ägypterkönig.

»Meinetwegen.« Der Colonel beugte sich noch tiefer über das Amulett des Pharaos, wobei er die Brille des Sheriffs aus der geschlossenen Hand in seine Rocktasche gleiten ließ. »Das erste Symbol hier, das ist ein Falke. Das zweite ist ein Schakal. Das dritte eine Eule. Das vierte ist ein gelbes Fuchsauge –«

»Weiter«, sagte der Sheriff.

Der Colonel gehorchte der Aufforderung, und seine Stimme hob und senkte sich, und der Kopf des Sheriffs nickte, und die ägyptischen Bilder und Worte umströmten und umschmeichelten die Mumie, bis der Colonel auf einmal vernehmlich nach Luft schnappte.

»Großer Gott! Sehen Sie mal, Sheriff!«

Der Sheriff riß beide Augen auf.

»Die Mumie«, sagte der Colonel. »Jetzt geht sie tatsächlich spazieren!«

»Gibt's nicht!« rief der Sheriff. »*Gibt es nicht*!«

»Gibt's doch«, flüsterte von irgendwoher eine Stimme, vielleicht die des Pharaos persönlich.

Und die Mumie erhob sich und schwebte durch die Luft davon zur Tür.

»Na so was!« rief der Sheriff mit Tränen in den Augen. »Ich hab den Eindruck, sie ist einfach – *weggeflogen!«*

»Ich laufe ihr am besten nach und hole sie zurück«, sagte der Colonel.

»Ja, tun Sie das!« sagte der Sheriff.

Die Mumie war fort. Der Colonel eilte. Die Tür schlug zu.

»Oje-oje.« Der Sheriff hob die Flasche und schüttelte sie. »Leer.«

Sie dampften bis vor Charlies Haus und hielten an.

»Gehen deine Eltern je auf euren Speicher rauf, Charlie?«

»Zu klein. Wenn es da was zu kramen gibt, schicken sie mich.«

»Gut. Dann hilf unserm betagten ägyptischen Freund mal da hinten von der Rückbank, viel wiegt er ja nicht, höchstens zwanzig Pfund, und du hast ihn prima getragen, Charlie. War das ein Anblick! Wie du aus dem Postamt gerannt bist und der Mumie das Laufen beigebracht hast. Du hättest das Gesicht des Sheriffs sehen sollen!«

»Hoffentlich kriegt er jetzt keine Scherereien deswegen.«

»Ach was, er rennt sich eine Beule in den Kopf und erfindet eine schöne Geschichte. Daß er gesehen hat, wie die Mumie auf eigenen Beinen davonspaziert ist, kann er ja schlecht zugeben, oder? Also wird er sich was ausdenken und eine Suchaktion organisieren, du wirst schon sehen. Aber jetzt schaff mal unsern antiken Freund da rauf, Junge, versteck ihn gut und besuch ihn jede Woche. Du mußt ihn mit Gutenachtgeschichten füttern. Und so in dreißig, vierzig Jahren –«

»Was dann?« fragte Charlie.

»In einem schlimmen Jahr, das so randvoll ist mit Langeweile, daß sie dir aus den Ohren tropft, und wenn die Stadt das erste Erscheinen und Verschwinden der Mumie längst wieder vergessen hat und wenn du eines Morgens im Bett liegst und gar nicht erst aufstehen magst, nicht mal mit den Ohren wackeln oder mit den Augen blinzeln, weil du dich so tödlich langweilst... Ja, an *diesem* Morgen, Charlie, steigst du rauf auf deinen Trödelspeicher, wirfst den Pharao aus dem Bett, legst ihn in ein Maisfeld und guckst zu, wie die Leute wieder außer Rand und Band geraten. In dieser Stunde, an diesem Tag fängt das Leben noch mal von vorn an, für dich, für die Stadt, für die Welt. Und nun mach schon, Kerl, ab ins Versteck mit ihm.«

»Schade, daß der Abend schon vorbei ist«, sagte Charlie leise. »Könnten wir nicht noch ein bißchen herumlaufen und bei Ihnen auf der Veranda 'ne Limonade trinken? *Mit* ihm?«

»Limonade«, entschied Colonel Stonesteel und stieß den Absatz aufs Bodenblech, daß der Wagen zum Leben explodierte. »Auf den verlorenen König und Sohn des Pharao!«

Es war am späten Abend des Labor Day, und beide saßen wieder auf Colonel Stonesteels Veranda, jeder mit einem Glas Limonade in der Hand, schaukelten sich eine sanfte Brise herbei und lutschten das süße Aroma ihres unglaublichen nächtlichen Abenteuers aus den Eiswürfeln.

»Mann«, sagte Charlie. »Ich sehe schon die Schlagzeilen morgen früh im *Clarion*: KOSTBARE MUMIE ENTFÜHRT. RAMSES-TUT VERSCHWUNDEN. GROSSER FUND ABHANDEN GEKOMMEN. HOHE BELOHNUNG. SHERIFF STEHT VOR EINEM RÄTSEL. ERPRESSUNG ZU ERWARTEN.«

»Sprich weiter, Junge. Du verstehst dich auf Worte.«

»Von Ihnen gelernt Colonel. Jetzt sind Sie an der Reihe.«

»Was möchtest du denn von mir hören?«

»Etwas über die Mumie. Was sie in Wirklichkeit ist. Woraus sie in Wirklichkeit gemacht ist. Woher sie kommt. Was sie zu *bedeuten* hat...«

»Junge, du warst doch dabei, du hast geholfen, du hast *gesehen* –«

Charles sah den alten Mann unverwandt an.

»Nein.« Ein langer Seufzer. »Sagen Sie es mir, Colonel.«

Der alte Mann stand auf und stellte sich in den Schatten zwischen den beiden Schaukelstühlen. Er fuhr mit der Hand über sein tabakgetrocknetes, nilwassergebeiztes antikes Meisterwerk, das am Geländer lehnte.

Am Himmel verloschen die letzten Festtagsraketen. Ihr Licht erstarb in den lapislazuliblauen Augen der Mumie, die den Colonel ebenso beobachtete wie der Junge.

»Du möchtest wissen, wer er *wirklich* einmal war, vor langer, langer Zeit?«

Der Colonel kratzte eine Handvoll Staub in seinen Lungen zusammen und blies sie leise aus.

»Er war alle und keiner, irgendwer.« Ein kurzes Schweigen. »Du. Ich.«

»Weiter«, flüsterte Charlie.

Weiter, sagten die Augen der Mumie.

»Er war, er ist«, sprach der Colonel leise, »ein Bündel alter Comicseiten aus Sonntagszeitungen, auf den Speicher verbannt zwecks Selbstentzündung an all den vergessenen Ideen und Geschichten. Ein Büschel Papyrus, lange vor Moses auf einer Herbstwiese stehengeblieben, eine Steppenhexe aus Papiermaché, aus der Zeit dahingeweht in längst vergessenen Abenddämmer, in wiederkehrendes Morgengrauen... vielleicht ein nikotingelber Fetzen Stoff, mittags gespenstisch flatternd an einem Fahnenmast und irgendwas verheißend, alles... eine Landkarte von Siam, vom Quellgebiet des Blauen Nils, ein heißer Wüstenwirbelsturm, das Konfetti verlorener Trambahnfahrscheine, vergilbte und im Sand verlaufende Straßenkarten, abgebrochene Reisen, nie geträumte, nie angetretene Vergnügungsfahrten. Sein Körper?... Hmmm... zerdrückte Hochzeitssträuße, welke Grabkränze, aufgerollte Luftschlangen von lange abmarschierten Paraden, die gelochten Fahrkarten schlafloser ägyptischer Pharaonen im Mitternachtszug. Schenkungsurkunden, wertlose Aktien, verfallene Schuldscheine. Zirkusplakate – siehst du, dort? Das Papier um seinen Brustkorb? Plakate, abgerissen von Getreidescheunen in North Storm, Ohio, südwärts abgeschwirrt nach Fulfillment in Texas, nach Promised Land in Kalif-orni-ohhh! Feierliche Proklamationen, Heiratsaufgebote, Geburtsanzeigen ... alles, was einmal Bedürfnis und Hoffnung gewesen war, der erste Fünfer in der Tasche, der eingerahmte Dollar an der Caféwand. Von brennenden Blicken versengte Tapeten voller Lichtpausen, mit heißem Auge hineingeätzt von Jungen und Mädchen, enttäuschten alten Männern, zeitwaisen Frauen, die alle sagten: Morgen! Ja! Morgen ist *es* soweit! Alles, was so viele Nächte starb und, Ehre dem menschlichen Geiste, wiedergeboren wurde an so vielen neu anbrechenden Tagen. Alles, was du dir je ausgedacht hast an sonderbaren Schattenbildern, Junge, alles, was ich mir im Kopf ausgemalt habe, nachts um drei. Das alles zerknüllt und verstaut und in eine einzige Form geknetet von unseren Händen, vor unseren Augen. *Das* ist er, unser alter König und Pharao vom Siebten Geschlecht des Heiligen Staubes.«

»Auweia«, entfuhr es Charlie leise.

Der Colonel nahm wieder Platz und setzte die Reise im Schaukelstuhl fort, die Augen geschlossen und lächelnd.

»Colonel.« Charlies Blick war in die Zukunft gerichtet. »Wenn ich meine höchsteigene Mumie nun überhaupt nie *brauche,* nicht mal, wenn ich alt bin?«

»Wie?«

»Wenn mein Leben rammelvoll ist, wenn ich nie Langeweile habe, wenn ich weiß, was ich will, und es *tue,* wenn jeder Tag für mich zählt, und jede Nacht mir etwas bringt, wenn ich tief schlafe und quietschvergnügt aufwache, viel lache und alt werde und immer noch putzmunter bin, was *dann,* Colonel?«

»Dann, mein Junge, gehörst du zu den glücklichsten Menschen unter Gottes Sonne!«

»Denn sehen Sie, Colonel.« Charlie sah ihn an mit reinen runden Augen, die nicht zuckten. »Ich hab mich nämlich entschieden. Ich will der größte Schriftsteller werden, den es je gab.«

Der Colonel bremste seinen Schaukelstuhl und erforschte das unschuldigte Feuer in dem kleinen Gesicht.

»Mein Gott, ja, ich *sehe* es. Doch. Du *wirst* es! Gut. Dann mußt du, wenn du einmal sehr alt bist, Charles, dir einen jungen Burschen suchen, der nicht so glücklich ist wie du, und ihm Osiris-Ra schenken. Du hast ein ausgefülltes Leben, aber andere, die auf der Strecke geblieben sind, werden unsern ägyptischen Freund brauchen. Abgemacht? Abgemacht.«

Das letzte Feuerwerk war verloschen, die letzten Leuchtballons segelten zwischen freundlichen Sternen davon. Autos fuhren und Menschen gingen nach Hause, Väter und Mütter trugen ihre müden oder schon schlafenden Kinder. Manch einer aus der stummen Parade, die an Colonel Stonesteels Veranda vorbeizog, warf einen Blick herüber und winkte dem alten Mann und dem Jungen und dem hochgewachsenen Diener zu, der undeutlich zwischen ihnen im Schatten stand. Der Abend war endgültig vorüber. Charlie sagte:

»Erzählen Sie mir noch etwas, Colonel.«

»Nein. Ich bin fertig. Hör jetzt *ihm* zu, was *er* dir zu sagen hat. Laß dir von ihm die Zukunft weissagen, Charlie. Laß dir von ihm bei deinen Geschichten helfen. Fertig...?«

Ein Wind kam auf und raschelte in dem trockenen Papyrus, wehte durch die alten Hüllen, ließ die wunderlichen Hände zittern und zupfte sanft an den Lippen ihres alt-neuen nächtlichen Besuchers aus viertausend Jahren, leise wispernd.

»Was sagt er, Charles?«

Charlie schloß die Augen und wartete, lauschte, nickte, ließ eine einsame Träne über seine Wange rinnen und sagte schließlich:

»Alles. Einfach alles. Alles, was ich schon immer hören wollte.«